카와스미 이츠키

리시아

필로

아마키 렌

라트딜

라프타리아

이와타니 나오후미

가엘리온

인물소개

방패용사
성공담

목차

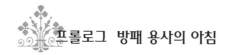

프롤로그 방패 용사의 아침

밑도 끝도 없는 얘기지만, 내 아침은 일찍 시작된다. 노예들이 일어나기도 전에 기상한다.

밤늦게까지 약 제작이나 잡무를 하는 날은 꼭 그렇지만도 않지만.

내 이름은 이와타니 나오후미. 원래는 현대 일본에서 대학생 노릇을 하고 있었지만, 도서관에서 사성용사서라는 책을 읽다 보니 재수 없게 이세계의 방패 용사가 되어 소환되고 말았다.

용사로서의 사명은, 세계를 멸망시키는 원흉이라 전해지는 '파도'──나중에 설명하겠지만, 세계 융합 현상인 그 파도를 해결하는 것이었다. 처음에는 이세계 소환이라는 상황에 대한 희망으로 가득했지만, 나는 곧 지독한 음모에 휘말려서 누명을 뒤집어쓴 채, 무일푼 신세로 쫓겨나고 말았다.

그 때문인지, 스스로도 자각할 수 있을 만큼 사람을 믿지 못하는…… 뒤틀린 인간이 되었다.

뭐, 누명 문제는, 음모를 파헤치고 책임자에게 대가를 치르게 했으니, 어느 정도 해소되긴 했지만.

그 후에도 이런저런 사건들이 뒤를 이어서, 용사들 간의 우호를 다지는 데 실패하기도 하고, 영귀 관련 문제가 발생하기도 했다.

그리고 영귀 관련 문제를 해결한 결과, 다음 파도가 오는 시간이 대폭 미뤄지게 되었다.

나는 이렇게 생긴 여유를 활용해서, 영귀 문제 해결을 위해서 갔던 다른 이세계에서 만난 카자야마 키즈나의 동료들을 참고 삼아, 파도에 맞서기 위한 사병을 육성하기로 했다. 그러기 위해, 내 오른팔이자 자식뻘인 라프타리아의 고향 마을도 재건할 겸, 노예가 된 마을 주민들을 불러들여서 훈련을 시작한 것이다. 뭐, 그 뒤에도 이런저런 문제들이 꼬리를 물었지만.

이제 마을에 관련된 문제는 어느 정도 해결됐고, 재건도 순조롭다.

"어디 보자……."

창밖으로 아침노을…… 아직 어슴푸레하지만, 바깥을 내다본다.

"호옷! 하앗! 타앗!"

렌이 검을 들고 열심히 휘두르며 훈련하고 있다.

아아, 그랬었지. 렌은 이미 마을에 머물고 있었다.

렌은 내가 살던 곳과는 다른 일본…… VRMMO, 즉 온라인 세계로 들어갈 수 있는 기술이 존재하는 일본에서 소환

된 검의 용사다.

소환 당시에는 쿨한 척을 하던 녀석이었지만, 이런저런 일을 겪은 끝에, 지금은 만사에 성실하게 임하려는 자세를 보이고 있다.

만약에 느긋하게 늦잠이나 자고 있었더라면 귓가에서 장난질이라도 쳐 줄 생각이었는데, 마음을 고쳐 먹겠다는 얼마 전의 얘기는 거짓말이 아니었던 모양이다.

나는 집을 나와서 렌에게 말을 건다.

"아침부터 단련이냐?"

"나오후미군. 좋은 아침. 더 강해질 수 있도록 노력해야 하니까."

영귀에게 패배하고 한동안 내 보호를 받다가 다시 행방불명됐던, 나 이외의 사성용사들.

처음에는 창의 용사 모토야스의 동료였던 엘레나라는 여자의 협조하에 모토야스를 포획하려 했지만 실패. 돌아오는 길에 렌과 조우해서 다시 포획하려 했지만…… 렌은 내게 누명을 씌웠던 악의 근원 중 하나인 윗치의 감언이설에 넘어가서 도망치고 말았다.

하지만, 그 대신 윗치의 본성을 알게 된 모토야스를 포획하는 데 성공했다.

거기까지는 좋았지만, 풀이 죽어 있던 모토야스를 필로가 위로해주는 바람에, 모토야스가 이상한 방향으로 뒤틀려서 필로 스토커로 변해 버렸다.

사실을 있는 그대로 얘기하고 있는 것뿐이건만, 나도 내가 무슨 소리를 하는 건지 이해할 수가 없을 지경이다.

어쨌거나 모토야스는 맛이 갔다.

그 뒤에, 우리는 모토야스로부터 도망치다시피 포털을 이용해 귀환했다.

당분간은 큰 문제없이 평온한 날들이 이어졌지만, 얼마 후부터 내 영역에서 도적들이 설치기 시작했다.

당연히 토벌에 나섰더니, 윗치에게 속아서 커스에 침식당한 렌이 도적 두목이 되어 날뛰고 있는 사태와 맞닥뜨리게 되었다.

그 뒤로는…… 뭐, 별로 떠올리고 싶지도 않지만, 곤경에 처한 나와 필로를 구해 달라는 식으로, 여전히 맛이 가 있는 모토야스를 구슬려서 렌을 유인해 냈다.

당초에는 렌의 저항 때문에 포획이 어려울 거라고 생각했었지만, 에클레르가 렌과 정면으로 검술 대결을 펼쳐서 설득에 성공했다.

그 후, 렌은 세계를 구한다는 사명에 눈을 뜨고, 에클레르의 지도를 받으며 내 영지에서 체류하게 되었다.

다만…… 모토야스 쪽은 도망치고 말았다.

보아하니 내가 가르쳐 준 강화 방법을 모두 실천한 것 같았으니, 딱히 위험해질 일은 없을 거라고 믿고 싶다.

어쨌거나…… 앞으로의 전투는 종전보다 훨씬 더 험난해질 것이다.

그렇게 생각한 나는, 렌을 이길 수 있을 정도의 기술을 에클레르에게 전수해 준 변환무쌍류 사범…… 행상을 하던 내가 먹여 준 약 덕분에 중병에서 목숨을 건지고 과도하게 팔팔해진 할망구의 지도를 받기로 마음먹었다.

하지만 할망구는 나에게 딱 맞는 수행법이 있다면서, 렌 등과는 따로 단련을 받게 되었다.

"나오후미는 나나 에클레르와는 수행법이 다르다고 그랬었지?"

"그래."

"나오후미, 너도 열심히 해."

"왜 내가 열심히 해야 하는 건지…… 뭐, 그건 너도 마찬가지…… 아니, 미안."

렌은 포획될 때, 대가를 지불하게 되어 있는 스킬, 탐욕의커스를 여러 번 사용했다.

탐욕의 대가는 운이 저하되는 것, 그리고 재산 소지가 불가능해지는 것이었다. 여기에는 장비도 포함되는 모양이라, 렌이 착용하고 있었던 싸구려 갑옷들은 전부 넝마가 되어쓸 수도 없을 지경이었다.

내 블러드 새크리파이스도 대량의 대미지와 스테이터스저하라는 대가를 치르게 되어 있다.

렌에게도 비슷한 대가와 지속적인 저주가 몸에 깃들게 되었다는 것인가.

듣자 하니, 렌이 사용한 커스 스킬, 골드 리벨리온을 발동시키는 대가는 소지하고 있는 금전이라는 모양이다.

지속적인 저주는, 접촉한 물건의 질을 떨어뜨리는 것과 드롭 아이템의 품질을 떨어뜨리는 것이라고 한다.

포획에 성공한 것까지는 좋았지만, 동시에 성가신 상태에 빠진 동료를 떠안게 된 셈이다.

그리고 에클레르와 싸울 때 발동되었던 식탐의 대가도 금방 판명되었다.

렌은 에클레르에게 패하기 전에는 레벨이 95였다는 모양인데, 지금은 85까지 떨어져 있었다.

아무래도, 발동에 필요한 대가는 바로 레벨이었던 모양이다.

본인은 의욕을 보이고 있지만, 그렇게 약화된 상태에서 안이하게 싸움에 내보낼 수도 없는 노릇이다.

"그럼, 또 보자고."

"그래."

나는 훈련을 재개한 렌에게 그렇게 손을 흔들어 주고, 발걸음을 내디딘다.

이제부터 나는 마물 우리에 들러서, 우리에 있는 먹이통 속 먹이를 꺼내 마물들에게 먹이고, 가볍게 운동……이라는 이름의 놀이를 할 예정이다.

마물들을 돌보는 일은 노예들에게 맡기고 있지만, 아침에는 내가 자발적으로 맡아 하고 있다.

"자, 얘들아, 오늘 아침은 뭘 해 볼까?"

마물들이 일제히 신이 나서 울어댄다.

나는 아침마다 나뭇가지를 던져서 주워오게 하는 놀이며, 술래잡기 같은 놀이 등을 하곤 한다.

이 놀이에 참가하고 싶은 노예들도 아침 일찍부터 준비를 갖춘 채 기다리고 있다.

물론 행상 일에 나서지 않는 녀석들에 한해서지만.

지렁이 같은 마물인 듄은 토지 정비용 마물이기에, 매번 참여하고 있다.

르모 종 노예들과 친밀하게 지내는 마물이다.

"멍멍! 형! 더 던져 줘!"

내가 던진 나뭇가지를 입에 물고 키르가 돌아온다.

……응. 이 녀석은 완전히 개다. 문자 그대로의 의미로.

본래는 라프타리아와 마찬가지로 부모를 잃은 아인 노예였는데, 수인으로 변신할 수 있는 자질을 갖고 있다는 듯, 사디나의 교육을 받아 수인의 모습…… 수인화된 상태로 지내는 경우가 많다.

그 외모는 시베리안 허스키 같은 강아지에 가깝다.

요즘 들어, 키르가 점점 더 개와 비슷해져 간다는 느낌을 지울 수가 없다.

놀이를 마치고, 마음 내킬 때 아침 식사를 만든다.

오늘 아침은 요리 준비가 다 돼 있었기에, 요리 담당 노예와 함께 아침 식사를 만들어 마을 녀석들에게 배급한다.

그러고 보니 마을에 어린 노예가 늘었다.

내가 마을을 비운 사이에 노예상 관계자가 들러서 노예를 맡기고 간 것이다.

이제는 마을로서의 체제도 갖춰져 가고 있고, 개척도 궤도에 오른 상황이다. 파도에 대비해서 조금이라도 전력을 갖춰야 하는 때인 만큼, 이것저것 가리지 말고 인원을 모아야만 한다.

노예문을 새긴 후에는 키르 등에게 일임한다.

이제 굳이 내가 관리하지 않더라도, 노예들이 후배 노예들에게 이런저런 규칙을 가르쳐 준다.

전체적인 통솔은, 라프타리아를 비롯해서, 처음부터 관리해 온 키르 등의 노예들이 맡고 있다.

혼내는 걸 비롯해서, 노예들이 다 맡아서 처리해 주니 편하기 그지없다.

"나오후미 님, 안녕히 주무셨어요."

"라프~."

"오오, 라프타리아, 필로, 좋은 아침."

라프타리아는 노예들을 이끌고 아침을 먹으러 왔다.

라프타리아는 내 믿음직한 파트너다.

원래는 노예였지만, 지금은 이세계에서 도(刀)의 권속기에게 선택받은 용사다.

내가 이 세계에 온 후로, 이 세계에서 처음으로 나를 믿어준 인물로, 지금은 내가 부모 노릇을 하고 있다.

내가 그릇된 행동을 했을 때는 적절하게 지적해 주는……부모 자식 같은 관계다.

"라프~."

라프짱은 이세계에서 행방불명이 됐던 라프타리아를 찾아내기 위해, 라프타리아의 모발을 이용해서 만들어낸 식신…… 이쪽 세계의 표현으로는 사역마다.

너구리나 미국너구리 같은 깜찍한 외모를 갖고 있고, 흥이 많은 성격을 갖고 있다.

예뻐해 주고 싶지만, 너무 싸고 돌면 라프타리아가 싫어한다.

뭔가 낯간지러운 기분이 든다는 모양이다.

"나오후미 님, 안녕히 주무셨어요."

그때 아트라도 나타났다.

아트라는, 요전에 제르토블에서 새로이 노예를 구입했을 때, 쓸 만해 보이던 오빠를 사면서 덤으로 사게 된, 병약한 여동생 노예였다.

라프타리아와 같은 아인으로, 종족은 하쿠코 종이라고 한다.

이 하쿠코 종은 방패 용사를 신봉하는 나라인 실트벨트에서도 유명한 종족으로, 아인들 가운데 상당한 상위종에 속한다는 모양이다.

분명 그런 하쿠코 종이긴 하지만, 아트라는 선천적인 질병 때문에 잔여 수명이 얼마 안 남은 상황이었다.

하지만 내가 입수한 이그드라실 약제를 복용한 덕분에 빠른 속도로 회복해서, 전에는 제대로 걷지도 못했었는데, 이제는 멀쩡하게 걸어다닐 수 있게 되었다.

피부도 문드러져서 온몸에 붕대를 감고 있었는데, 약 덕분에 그것도 다 나아서 온 마을을 통틀어서도 손에 꼽을 만큼의 미…… 유녀(幼女)가 되었다.

앞도 못 보고 걷지도 못하고, 게다가 다 죽어 가던 상태에서 회복하다니 참 대단하다니까.

"아아, 아트라 왔어? 사디나는 어디 있지?"

사디나는…… 술주정뱅이 범고래녀다.

변신 능력을 갖고 있어서, 평소에는 수인의 모습으로 지낸다. 마을 녀석들 사이에서는 듬직한 누나 같은 역할이다.

전투 경험이 풍부해서, 콜로세움에서 대결했을 때는 나도 상당히 고전했었다.

듣자 하니 자기보다 술이 더 센 사람이 좋다는 듯, 내가 술에 취하지 않는 체질이라는 이유로 성희롱을 해대고는 한다.

그리고 아트라와 사디나는 둘 다 나를 좋아한다는 공통점 때문인지, 자주 어울려 다니곤 한다.

"저도 몰라요. 자, 자, 오라버니, 제 손을 놓고 사다나 씨나 찾으러 가세요."

"안 돼! 아트라! 내가 손을 놓으면 저 녀석한테 갈 거잖아!"

그리고 아트라가 내 쪽으로 오지 못하도록 손을 붙잡고 있는 녀석이, 아트라의 오빠이자, 구입 당시에는 전투력 면에서 기대주였던 포울이다.

시스콤에 알프스…… 아니, 동생을 아끼는 녀석이지만, 아트라의 행동에 농락당하는 신세다.

"오라버니, 저쪽 하늘 좀 보세요."

"응?"

아트라의 갑작스러우면서도 뻔한 말에, 포울의 의식이 엉뚱한 방향으로 향한다.

그 직후, 아트라는 친오빠의 배를 손가락으로 찌른다.

"에잇!"

"끄아악……!"

갑작스러운 공격에, 포울은 배를 부여잡고 고통에 신음한다.

아트라 쪽이 더 전투에 자질이 있어 보이는 건, 아마 단순히 내 착각만은 아닐 것이다.

변환무쌍류 할망구에게 물어보니, 눈이 안 보이기 때문에 오히려 주위의 기며 마력, 소리 등에 대해 민감해지고, 상대의 급소를 정확히 분석하는 힘을 얻은 것이라고 했다.

결국, 찌르는 능력에 특화되는 결과가 됐다는 것이다.

"……하지만, 나는 그래도 못 놔!"

"오라버니, 끈질기게 굴지 좀 마세요!"

여러 가지 의미로 이상한 남매다.

"계속 놀고 있지만 말고 빨리 밥 먹고 나가. 아트라, 수련은 식사를 마치고 나서 할 거야."

"너무 기대돼요!"

"아, 그래, 그래. 포울도 지지 말고 레벨업과 수행에 힘쓰라고. 안 그러면 동생한테 질 테니까."

"큭…… 알았다고!"

포울은 나를 노려보며 고개를 끄덕였다.

요전에, 이 남매…… 아니, 포울이 모토야스가 내쏜 스킬의 영향을 받아서, 아트라를 덮치려고 들었던 게 기억에 생생하다. 뭐, 아트라가 도망치지 못하도록 찰싹 매달렸던 것뿐이지만.

어찌 됐건, 포울이 아트라에 대해 남매애 이상의 감정을 품고 있다는 건 확실하다.

"……"

마을에는 그 밖에 필로도 있지만, 그 녀석은 메르티가 있는 도시로 놀러가서 돌아올 줄을 모른다.

필로는 내 두 번째 동료이자, 필로리알이라는 조류형 마물…… 그것도 인간화하는 마물이다.

인간형으로 변신했을 때의 외모는 등에 날개가 달린 금발

벽안의 어린 여자아이.

마차 끄는 걸 세상에서 제일 좋아하는 마물로, 용사의 손에 길러지면 특별한 형태로 성장한다. 전투 센스가 뛰어나서, 우리가 수많은 궁지를 벗어나는 데 크게 한몫을 했다.

성격은 천진난만한 먹보다.

그리고 그 필로는 모토야스를 섣불리 위로해 줬다가, 모토야스에게 연애 대상으로 찍히는 신세가 되었다.

게다가 소중히 여기던 마차까지 빼앗기는 바람에, 요즘은 영 심란한 모양이다.

"그럼 어디……. 다들 밥 다 먹었으면 업무에 착수하도록. 이상."

그렇게 지시하고 있으려니, 잠이 덜 깬 얼굴로 다가오는 녀석이 한 명…… 그리고 두 대.

"응──."

세인이라는 이름을 가진…… 이 세계도 아니고 글래스의 세계도 아닌, 다른 이세계에서 온 권속기 소지자다. 재봉 도구의 권속기라고 했던가. 털실 뭉치며 가위를 무기로 사용한다.

처음에는 제르토블의 콜로세움에서 머더 피에로라는 링 네임으로 우리와 대전했다.

그랬는데, 무슨 인연인지, 여기서 돌봐주게 되었다.

은발에…… 얼핏 보면 15살 정도 돼 보이는 여자다. 키는 아담한 편.

귀여운 편인 것 같기는 하지만, 그런 걸 의식할 만한 사이는 아니다.

원래 있던 세계는 멸망해 버렸다고 하며, 그 원래 세계를 멸망시킨 원수가 이 세계 사성용사의 목숨을 노리고 있다고 한다. 현재는 내 보디가드 같은 역할을 맡고 있다.

"안녕히 주무셨습니까, 이와타니 씨."

세인이 거느리고 있는 봉제인형 같은 녀석이 세인 대신 인사한다.

표정에 졸음이 가득한 건, 밤늦게까지 이 봉제인형을 만드느라 그런 건가?

보아하니 봉제인형을 사역마로 부릴 수도 있는 모양이다.

특수한 재봉 능력인 것 같지만, 세인이 만든 봉제인형은 완성도 면에서 여러모로 문제가 있다.

처음에는, 도대체 무슨 생각을 한 건지, 라프짱의 모양을 한 말하는 봉제인형을 만들었었다.

라프짱은 "라프~."라는 울음소리밖에 못 내는 게 귀여운 것이건만.

그런 라프짱이 재잘재잘 말을 하면 매력이 반감된다.

그 점을 지적했더니, 봉제인형의 말하는 능력을 없앴다.

현재 라프짱 봉제인형은 내 머리맡에 놓아두고 있다.

그리고 새 디자인의 봉제인형은 수인 형태의 키르를 본떠 만든 것이다.

일단 키르 2호라고 부르기로 하자.

"좋은 아침——."

세인이 사용하는 권속기는, 세계가 멸망해 버린 영향 때문인지 번역 기능이 파손되어 있다. 말할 때면 잡음이 섞여 들린다.

"그래, 좋은 아침. 그나저나…… 네 봉제인형은 말 되게 유창하게 잘하는데?"

"그 점 말입니다만, 저는 대변자입니다."

봉제인형인 키르 2호가, 그렇게 말하며 목에 매달려 있는 액세서리를 가리킨다.

"이와타니 님이 제 주인님의 숙적을 처치했을 때, 그 시체에서 번역기능이 담긴 액세서리를 빼앗아서 이용했습니다."

아까도 설명한 바 있지만, 사성용사를 죽이려는 이세계의 침입자가 있는 모양이다.

그리고 얼마 전에, 그런 녀석들이 우리를 습격했었다.

녀석들은 다른 세계를 멸망시킴으로써 막대한 이득을 얻으려는 게 목적이니, 글래스나 키즈나와 했던 것처럼 녀석들과 화해하는 건 불가능하다.

그 막대한 이익이라는 건 게임 용어로 따지면 '소생', 즉 죽더라도 어딘가에서 다시 살아 돌아올 수 있는 능력이다. 전투 기술도 상당한 수준이라, 고전을 면치 못했다.

다행히도 소생을 가능하게 해 주는 조건 같은 게 존재하는 걸 알아낸 덕분에, 가까스로 해치울 수 있었다.

이 도구는 그때 녀석들의 시체를 뒤져서 손에 넣은 물건이다.

"마음 같아서는 분석을 해 보고 싶은데……."

"원하신다면 드릴까요?"

독점할 생각은 없는 것 같지만…… 이게 없으면 세인과 제대로 대화를 할 수가 없다.

그 점을 고려해 보면, 이 사역마가 사이에 끼어 있는 쪽이 대화가 용이하겠지.

지금은 키즈나의 세계에서 손에 넣은 액세서리류 분석이 아직 끝나지 않은 상태다.

번역 기능에 대한 해석이 진행되면 확실히 편리해지긴 하겠지만, 내 경우는 어차피 무기가 번역해 주고, 사용 대상이 세인 하나뿐이니…… 우선도는 낮다고 볼 수 있겠군.

"필요해지면 따로 요청할 테니까, 그때까지는 갖고 있어."

"알겠습니다. 그럼 앞으로도 계속해서 사용하도록 하겠습니다."

"세인이 쓸 수는 없는 거야?"

"권속기와 반발하는 바람에. 저도 가까스로 쓸 수 있는 단계입니다."

우와…… 세인 본인은 쓸 수 없다고……? 편리하면서도

쓰기 까다롭네.

아마 나도 못 쓰겠지.

"그렇군. 뭐, 됐어. 세인, 너도 밥 먹을 거지?"

내가 그렇게 묻자, 세인은 꾸벅 고개를 끄덕이고 식기를 내밀었다.

음식을 담아 주자 테이블에 앉아서 묵묵히 먹기 시작한다.

뭐, 오늘도 마을은 이렇게 왁자지껄하다는 거다.

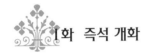

1화 즉석 개화

그렇게 식사를 마치고, 노예들은 저마다 일을 시작한다.

단련하는 자, 마법 공부를 시작하는 자, 행상을 떠나는 자, 재건을 거드는 자 등 제각각이다.

나는 날에 따라 이런저런 일들을 하는데, 아침 식사를 마친 후에는 아트라와 함께 훈련을 하기로 되어 있다.

포울은 레벨업을 위한 사냥을 떠난 상태다. 아트라가 맡았던 보초 임무는 라프타리아가 교대해 준다.

왜 아트라와 같이 훈련을 하는가 하면, 거기에는 이런저런 사정이 있다.

변환무쌍류 할망구를 마을로 불러왔을 때의 일이었다.

"이봐, 할망구. 나도 수행을 좀 하고 싶은데."

리시아와 에클레르가 눈에 보이는 성과를 올린 것을 확인했기에, 나도 성실하게 수행에 임하고 싶다고 부탁했다.

뭐, 다짜고짜 할망구라고 부르는 건 실례일지도 모르지만, 그 호칭이 정착돼 있는 상황이니 어쩔 수 없다.

"알겠습니다. 허지만 그러려면 먼저 필수적으로 기를 느끼는 법을 익히셔야 합지요."

"아아…… 역시 그것부터 해야 하는 건가……."

"저는 이제 조금 알 수 있을 것 같아요."

"오오, 라프타리아 문하생은 감을 잡은 것 같군요."

할망구도 라프타리아를 보고 이해한 모양이다.

"그럼 라프타리아 문하생은 나중에 한 랭크 위의 수행을 시키도록 하지요!"

"나는 또 산속에 틀어박혀서 좌선을 해야 하는 거야? 아니면 명력수(命力水) 같은 걸 복용해야 하는 건가……."

끈기 있게 수행해야 한다는 건 나도 알긴 하지만…….

요즘 들어 성가신 사건들이 잇달아 일어나고 있으니, 최대한 빨리 익히고 싶지만…… 그렇게 일이 술술 풀릴 리는 없겠지.

"아뇨, 약간 극약처방이긴 하지만, 성인님에게는 좋은 방법이 있을지도 모르겠습니다."

"그런 게 있으면 빨리 얘기했어야지. 어느 정도는 아파도 상관없어."

지금 중요한 건 최대한 빨리 강해지는 것이다.

"나보다 더 적임자인, 기를 이해하는 눈을 가진 자가 있습니다. 그자와 대련을 해 보시면, 성인님이라면 분명 이해할 수 있지 않을까 싶습니다."

"아아, 그러고 보니 아트라는 재능이 있다고 그랬었지."

에클레르가 아트라에 대해 얘기한 적이 있었던 것이다. 굳이 할망구의 가르침을 받을 필요가 없을 거라고.

"그렇습니다."

같이 있던 포울이 할망구의 시선을 느끼고, 경계하면서 아트라를 쳐다본다.

"어라? 왜 그러시죠?"

"너라면 성인님께 기를 이해시켜 드릴 수 있을 것 같구나."

"하긴, 지난번에 사냥을 갔을 때는 포울보다 더 강해 보였으니까."

"뭐가 어째?! 무슨 헛소리야! 내가 더 강하지!"

"오라버니, 나오후미 님 앞에서 저를 낮게 평가하는 건 좀 자제해 주시죠."

아트라가 포울의 옆구리를 쿡 하고 찌른다.

"끄헉?!"

아트라에게 찔린 포울의 몸이 확 젖혀진다.

"큭……."

"잘 알았겠지, 포울? 지금의 너는 아트라보다도 약해. 그걸 만회하고 싶으면 이 할망구 밑에서 수행하고 와."

"오라버니, 지금까지 고마웠어요."

지금까지 키워 준 것에 대한 감사를 한마디 말로 정리해 버리는 아트라의 태도에, 나는 말문이 막힌다.

"아, 아트라?! 큭…… 알았어. 난 기필코 강해지고 말 거야!"

울분에 찬 목소리와 함께, 포울은 강해지겠다는 의지를 온 표정으로 드러냈다.

아트라가 포울의 성장을 부채질해준 것이다.

그런 의미에서는 아트라의 태도도 나쁜 게 아닐지도 모른다.

"저는 나오후미 님과 함께 단련하겠어요!"

아트라가 내 팔에 팔짱을 낀다.

지나치게 얽히는 건 피하고 싶지만, 수행을 같이 하게 된 사이이니 다소는 관대하게 봐 줘야 하려나?

"얘기 들었지? 라프타리아, 먼저 할망구와 수행을――."

"싫어요!"

어째선지 라프타리아가 이의를 제기했다.

왜지? 분명히 수행에 대해서 의욕을 보였으면서?

"흐음……. 뭐, 라프타리아 문하생도 같이 단련하면 효과적인 수행이 될지도 모르지요. 라이벌의 존재는 의욕을 불러일으키는 법이니까."

어째 할망구도 타협한다.

그런 건가? 하긴 내가 읽었던 만화 중에도 그런 식의 이야기가 있긴 했지만.

"그리고 성인님, 명력수 발주를 부탁드리겠습니다. 그리고 본격적인 수행을 하려면, 아무래도 산에 가야 합니다. 근시일 내에 그에 대한 허가도 부탁드리도록 합지요."

본래는 산속에서 수행을 해야 하지만, 명력수의 존재를 알게 된 뒤로는 마을은 물론 도시에서도 수행이 가능하게 되었다. 그 덕분에 에클레르와 리시아도 자주 단련할 수 있게 된 거고 말이지.

렌도 에클레르와 함께 할망구 밑에서 수행할 생각인 것 같았고 하니, 명력수가 생각보다 많이 필요하게 될 수도 있을 것 같다. 할망구 말로는 나도 같이 수련해도 될 것 같았지만, 렌은 즐기면서 강해지려는 생각은 없는 것 같았기에, 에클레르와 같이 더 높은 경지를 향해 경쟁하는 것도 괜찮을 거라 판단했다고 한다.

그렇게 해서 나와 라프타리아는 아트라와 대련을 하게 되었다.

우선 기를 눈으로 볼 수 있도록 하는 것이 급선무라고 한다.

"자, 아트라, 이번에는 내가 부탁한 공격을 강하게, 그리고 재빠르게 날려 봐."

"알았어요!"

아트라의 찌르기 공격을 막아낸다. 그러자 챙 하는 말끔

한 소리와 함께, 몸속에 뭔가가 들어와서 터진다.

할망구가 나에게 사용한 적이 있었던 바로 그 기술 같은 느낌이다.

훈련용으로 약한 방패를 사용하고 있어서 천만다행이다. 괜히 강한 방패를 이용해서 막았더라면 그냥 아픈 정도로 넘어갈 수 없었을 것이다.

"큭……."

몸속에 들어오는 이물질을 나 자신의 마력에 실어서 가까스로 내보낸다.

하지만, 할망구 말에 따르면 이건 잘못된 배출법이라고 그랬던가?

"아, 아주 안 되는 건 아니지만 어려운데. 자, 대련을 계속하자."

"그럼 갈게요! 에잇에잇에잇!"

할망구는 훈련법에 대해서 미리 이것저것 가르쳐 주었다.

단순히 내가 막기만 하는 게 아니라, 아트라를 상대로 한 실전 형식의 훈련법이 더 단련에 보탬이 될 될 것이라는 얘기였다.

더불어 라프타리아도 나와 마찬가지로 아트라와 스파링을 하라는 조언이었다.

"나오후미 님……."

"할망구가 얘기하길, 아트라의 공격을 받아내다 보면 기를 보게 될 수 있을 거라고 했어. 그러니까 해 보는 수밖에 없잖아."

그렇게 계속 공격을 막아내다가, 피로 때문에 다리에서 힘이 풀려 주저앉을 지경이 되어서야 휴식을 취한다.

"다음은 라프타리아 양 차례네요."

아트라가 손가락을 까딱거려서 라프타리아를 손짓해 부른다.

왜 그렇게 도발적으로 나오는 거야?

라프타리아는 라프타리아대로, 목도를 들고 있으면서도 마치 진검이라도 들고 있는 듯한 표정으로 맞선다.

"각오 단단히 하세요."

"어림없을 텐데요?"

찌릿…… 찌릿…… 이 두 사람이 훈련을 하고 있으니, 실전을 방불케 할 정도의 기백이 느껴진다.

이거 혹시 진검승부로 착각한 거 아냐? 아니면 나도 이 정도로 진지하게 해야 하는 건가?

"하앗!"

라프타리아가 재빨리 아트라 근처로 파고 들어가서 목도를 휘두르자, 아트라는 그것을 종이 한 장 차이로 피하면서 라프타리아를 향해 날카로운 찌르기를 날린다.

라프타리아 역시 몸을 젖혀서 그 찌르기 공격을 회피하고, 몸을 되돌리며 측면으로 도를 휘두른다. 그러자 아트라는 몸을 숙여서 빈틈을 찌르고…… 라프타리아가 목도로 막아내자 쾅 하고 뭔가가 빠르게 충돌하는 듯한 소리가 울려 퍼진다.

"갑니다!"

라프타리아는 아트라의 예리한 찌르기를 팔로 후려쳐서 옆으로 쳐내고, 목도를 내리 휘둘러서 반격한다.

"칫! 끈질기네요."

아트라는 혀를 차면서 백텀블링을 해서 거리를 벌렸다.

"제 일격을 받으면 승부는 판가름 날 거예요. 물론 그 후에 나오후미 님과의 훈련은 제가 맡을 테니까, 라프타리아 씨는 당분간 가만히 계시기만 하면 돼요."

"어림없어요! 아트라 씨야말로 제 도의 공격을 받고, 나오후미 님과 제가 훈련하는 모습을 구경이나 하세요!"

그러면서, 라프타리아는 목도의 휘어진 부분에 손을 얹고…… 뭔가를 흘려 넣는 건가? 기를 볼 줄 모르니 알 수가 없잖아.

"해 보자 이거군요."

"누가 할 소리!"

두 사람이 서로를 노려보다가…… 재빨리 돌진해서, 충돌과 함께 불꽃을 흩뿌린다.

이거 모의전 맞지? 진짜로 싸우는 것도 아닌데 요란하게도 하는군.

"끝까지 끈질기게 구시네요."

"당신이 할 소리는 아닐 것 같은데요?"

이런 식으로 묘하게 기백이 담긴 시합을 선보이고 있다.

그러고 보니 할망구가 말하길, 이 둘의 전투를 관찰하는 게 내 수행이라고 했었지.

그런 생각을 하며, 나는 두 사람의 접전을 바라보았다.

그러다 보니 어느덧 점심시간이 되어 점심 식사를 만든다. 하루 종일 수련에 몰두할 만한 여유가 있으면 좋으련만.

"방패 형이 만들어준 밥은 언제나 맛있다니까~!"

키르가 흥분해서 개로 변했다. 꼬리를 붕붕 흔들대고 있다.

그렇게 기쁘냐, 훈도시 강아지 녀석.

뭐, 상관없다. 의욕이 있는 건 좋은 일이니까.

"자, 식사도 마쳤으니, 오늘은 무기상 아저씨 가게에 얼굴이라도 비추러 갈까."

"네."

"알았어요!"

우리는 수행을 중단하고, 포털을 이용해 성 밑 도시로 이동했다.

# 2화 연금술사

무기상에 들어가니…… 이미아의 숙부가 가게를 보고 있었다.

"아, 방패 용사님."

"여어, 일은 좀 어때?"

"만들면 만드는 족족 팔려나가는 상황입니다. 매상 일부를 방패 용사님의 장비 값에 보태고 있지요."

오오! 그거 근사하군.

여러모로 자금 사정이 열악한 상태가 지속되고 있다. 장비에 돈을 쓰고 싶어도, 아직 지갑에 여유가 없다.

그런 상황이니만큼, 이미아의 숙부가 일하고 있는 덕분에 장비를 싼 값에 살 수 있다면 더없이 반가운 일이다.

"고마워. 이미아도 그렇고, 너희 손재주 좋은 녀석들이 고생이 많다."

"별말씀을 다 하십니다. 보람이 있는 일을 주셔서, 오히려 저희가 더 고마운걸요."

이미아의 숙부는 르모 종이라는, 두더지와 비슷하게 생긴 수인이다.

원래는, 노예상에게서 구입한 이미아의 손재주가 좋은 걸 보고 동족 노예를 추가로 구입한 것이었는데, 그 가운데 이미아의 친척인 이 녀석이 있었기에, 마음속으로 이미아의 숙부라고 부르고 있다.

본명은 따로 있었는데, 뭐였더라. 이 녀석들은 하나같이 이름이 너무 길단 말이지.

마을에서 무기 제작을 할 수 있도록 하기 위해 무기상 아저씨의 제자로 알선해 줬는데, 알고 보니 두 사람은 원래부터 안면이 있던 사이인 모양이었다.

"영귀의 산에서 나온 소재의 특색을 검토하면서 밤낮으로 논쟁을 벌이는 단계인데, 간밤에는 주먹다짐으로까지 번졌지 뭡니까."

"그건 그것대로 굉장한데."

어젯밤에 아저씨와 말다툼 끝에 주먹다짐……. 그리고, 그랬으면서도 오늘은 그런 분위기를 조금도 드러내지 않고 가게를 보고 있다니……. 서로를 신뢰하고 있다는 게 느껴진다.

"무슨 일이야?"

가게 안쪽에서 아저씨가 나타났다. 작업 중이었던 듯, 한 손에 망치를 들고 있다.

"오? 형씨 아니우. 요즘은 좀 어떻수?"

"그럭저럭……. 이것저것 수련을 하는 중이야. 그쪽이야 말로 장비품은 어떻게 됐어?"

"고작 며칠 만에 진전을 볼 수 있는 물건이 아니라서 말이지. 오늘 온 용건은 그것뿐이우?"

싹싹하게 묻는 아저씨의 물음에, 나는 잠시 생각에 잠긴다.

그리고 같이 온 라프타리아와 아트라 쪽으로 가만히 시선을 옮겼다.

"으음……."

돈은 없지만, 이미아의 숙부가 일을 도와주고 있으니 외상으로 구입할 수도 있을 터.

그럼 예전부터 관심이 가던 걸 부탁해 보기로 할까.

"이봐 아저씨, 예전에 나한테 운철(隕鐵) 방패를 보여준 적이 있었지?"

"응? 갑자기 그건 왜 찾으슈? 그게 있으면 형씨가 더 강해진다거나 하는 거요?"

"아니, 그런 게 아냐. 유성방패는 꽤 편리하니까."

솔직히, 유성방패를 습득한 후로는 전투 때 항상 신세를 지고 있다.

오랫동안 쓸 수 있는 만능 스킬이라는 건, 지금까지의 전투를 통해 충분히 실감하고 있다.

액세서리를 달면 더 큰 효과를 기대할 수도 있고.

"아저씨가 운철 방패를 안 내놓고 있는 건, 그 방패에 뭔가 특별한 애착이라도 있어서 그런 건가 싶어서."

"으음……. 그냥 재료가 워낙 희귀한 거니까 팔기 싫어서 창고에 넣어 두고 있는 건데, 그건 왜 묻는 거요?"

"그래? 그럼 부탁하는 수밖에 없겠군."

"뭔데 그러슈? 무슨 말을 하려고 그렇게 뜸을 들이는데?"

나는 라프타리아에게로 시선을 옮기고 아저씨에게 제안한다.

"그 운철 방패를 녹여서 도…… 운철도(隕鐵刀) 같은 걸로 만들 수는 없을까?"

그러자 아저씨와 라프타리아가 동시에 납득한 듯 고개를 끄덕인다.

"예전부터 눈여겨봤었는데, 혹시 아가씨의 도는 형씨의 방패와 같은 무기요?"

아아, 그러고 보니 무기상 아저씨한테는 라프타리아의 도에 대해서 아직 설명을 안 했었군.

이세계의 권속기, 칠성무기로 여겨지는 무기라는 걸.

라프타리아는 도를 뽑아서 아저씨에게 보여준다.

"이세계의…… 권속기라고 불리는 무기인데, 아마 이 세계로 따지면 칠성무기에 해당하는 녀석일 거야."

"무슨 소린지 알 것 같구려. 그러니까 운철 방패를 녹여서 도로 만들면, 아가씨도 강한 도를 쓸 수 있다는 계산이군."

"그런 셈이지. 부탁해도 될까?"

"나오후미 님이 무기를 발주해 주시다니. 부러워라. 저도 뭔가 무기를 갖고 싶어요."

아트라의 질투를 무시한다. 맨손으로도 충분히 싸울 수

있는 녀석에게 무기는 필요 없다.

"못 할 건 없지."

"해 주겠어?"

"아아. 어차피 희귀하기만 하고 처분할 길이 막막하던 물건이니까. 형씨 일행에게 도움이 된다면야, 못할 것도 없지."

"그럼 나중에 용광로 쪽으로 가져다줄까?"

이미아의 숙부가 아저씨에게 그렇게 묻자, 아저씨는 고개를 끄덕인다.

"그나저나 도라……."

아저씨의 눈이 뭔가 감회에 젖어들었다.

"도가 뭐 어쨌는데 그래?"

그러자 아저씨와 이미아의 숙부는 나란히 추억에 잠긴 듯이 대답했다.

"방패 용사님, 저희의 스승님은 도를 만드는 게 주특기셨습니다."

"뭐, 스승님의 본업은 도를 만드는 거고, 다른 건 겸사겸사 하는 수준이었지."

"호오……."

그러고 보니 대장장이들은 만드는 무기 등에 따라 특화된 부분이 있다는 얘기를 들었던 것 같기도 하다.

유럽에서는…… 내 세계의 오랜 옛날 대장장이들은, 이권 등의 문제 때문에, 만들 수 있는 물품의 종류가 세세하게 정해져 있었다고 한다.

뭐, 여기는 이세계인 만큼 제도가 다른 것 같지만,

내 경우는 무기상 아저씨가 워낙 이것저것 다 잘 만들기에 갖가지 물건을 다 주문하곤 하지만, 그건 아저씨와 이미아의 숙부가 특별히 만능이었던 건지도 모른다.

"어쨌거나 나는 스승님의 기술을 다 전수받고 졸업한 몸이긴 해. 뭐, 솔직히 말해서 스승님의 실력에는 아직 못 미치지만."

"흐음……."

그 스승이라는 자는 여자 문제로 온갖 말썽을 일으키는 명공이었다고 요전에 들은 바 있었다.

인격에는 문제가 있지만 실력은 확실한 타입이었던 모양이다.

그 명공의 주특기 분야는 도였다는 건가.

"재료는 처음부터 갖춰져 있었으니, 그렇게까지 시간이 걸리진 않을 거요. 2, 3일 후에 다시 오도록 하슈."

"알았어. 그리고 요금은……."

"어차피 살 건 아니지 않수? 연습도 겸해서 하는 거고, 그냥 들어 보기만 하는 걸 테니, 공짜로 해 주지."

이게 아저씨의 좋은 점이라니까. 배포가 넓어서 참 좋다.

"고마워. 다음번에 마을 녀석들의 장비를 대량으로 발주하도록 할게."

"얼마든지."

그렇기에, 나 역시 아저씨에게 보답하고 싶다는 생각이 든단 말이지.

"그리고 뭔가 희귀한 광석 같은 게 필요하거든 얘기해. 그럼……."

"이만 가 보겠습니다."

"다음에 또 오겠어요."

"그래. 형씨 주위가 이렇게 왁자지껄해진 걸 보니, 보고 있는 나까지 흥이 나는구려."

아저씨와 작별한 우리는, 그길로 마을로 귀환했다.

"주인님, 라프타리아 언니, 어서 와~."

오? 필로가 마을에 돌아와 있었군. 필로리알 형태의 필로가 총총총 내 쪽으로 달려온다.

"아, 방패 용사, 어서 와."

마물에 관심이 많은 마물광 노예가 나를 맞이한다.

별일인데.

"방패 용사, 외부에서 온 어떤 사람이 너무 진상을 부려서 골머리를 앓고 있어."

"엉?"

마물광 노예가 얘기했을 때, 에클레르와 렌이 나타났다.

에클레르도 약간 곤혹스러워하는 표정이다. 무슨 일이라

도 있었던 건가?

"잠깐, 잠깐, 망은 제대로 보고 있으니까 그렇게 당황할 것 없어."

"그치만 몇 번인가 마물들을 놓칠 뻔 했는걸!"

나는 렌 쪽으로 시선을 돌린다.

"나도 잘은 모르겠지만, 나오후미를 찾아온 손님 같았어."

"렌, 네가 응대했어도 됐을 거 아냐?"

"뭐…… 그렇기는 하지만."

렌의 태도도 어째 어정쩡한데…….

"좀 별난 손님이라서 말이지. 빨리 이와타니 님과 면회하고 싶다는군."

"하아…… 도대체 누군데 그래?"

"포브레이에서 여러모로 문제를 일으켰다고 알려진 연금술사다."

……엉? 포브레이라면, 사성용사를 떠받드는 대국의 이름이었던 것 같은데?

거기서 연금술사가 왔다고?

"나도 얼마 전에 여왕에게서 들은 얘기일 뿐이지만, 포브레이에서 이단으로 판단돼서 추방당한 연금술사가 메르로마르크에 왔다더군."

도대체 어떤 인물이냐.

"그런 수상쩍은 녀석은 두말 말고 쫓아내 버렸어야지!"

"여왕이 얘기하길, 독도 잘만 쓰면 약이 된다고 했어. 그러니까 우선은 나오후미에게 의견을 묻는 게 좋을 것 같아서."

흐음, 일리 있는 얘기군.

"뭔가 이와타니 님이 관리하고 있는 마물을 보고는, 꼭 조사해 보고 싶다면서――."

"호오…… 이게 소문으로만 듣던 신조구나."

어느 틈엔가 낯선 여자가 필로의 몸을 더듬더듬 만지고 있었다.

"뭐, 뭐야뭐야뭐야?!"

"우왓!"

"도, 도대체 어느 틈에?! 전혀 눈치 못 챘어요!"

"어쩜 이렇게 재빠를 수가……. 흥분해서 맛이 간 오라버니의 접근술에 필적할 정도예요."

"주, 주인님~!"

필로가 비명을 지른다. 모토야스 때와 비슷한 반응이다.

"아, 인간의 말을 알아듣는구나. 전승 속에 나오는 필로리알 여왕이라는 변이체가 바로 얘였단 말이지?"

머리색은 플라티나 블론드. 생머리에, 피부는 갈색. 외모는 인간. 연령은 20대 중반 정도로 보인다.

나올 곳은 나오고 들어갈 곳은 들어간 몸매다. 내 세계 스타일로 표현하자면, 섹시한 스타일의 누님이 흰 가운을 걸치고 있는 것 같은 느낌이다. 하지만 누님 캐릭터라면 사디나와 겹칠 텐데 말이지.

"깃털이 풍성하네. 내장은 어떻게 돼 있으려나?"

연금술사?가 필로의 입을 억지로 쩍 벌려서 혓바닥을 붙잡는다. 필로는 저항했지만 상대는 그런 필로를 손쉽게 다룬다. 아니, 그 차원을 넘어서 갓난아기 손목 비틀듯 간단히 제압한다.

"우~!"

그리고 입속까지 머리를 집어넣지만…… 필로가 퍼덕퍼덕 날뛰다가 퉤 하고 연금술사?를 뱉어낸다.

"그렇게 날뛰면 볼 수가 없잖니. 얌전히 좀 있어."

나가떨어지기 직전, 어디선지 주사기를 꺼내서 필로에게 던진다.

필로는 미처 피하지 못했고, 주사기는 푹 하고 필로의 입에 박혔다.

"후냐……."

필로가 털썩 하고 주저앉는다.

"히, 힘이 안 들어가……."

"어, 어이……."

"잠깐 좀 기다리고 있어. 지금은 조사를 하는 중이니까."

"아니, 그렇게 멋대로 굴면 주인인 내가 곤란한데."

"어머나……?"

내 말을 들은 연금술사?의 관심이 필로에게서 내게로 넘

어온다.

"당신이 방패 용사님이야?"

"그, 그렇긴 한데…… 넌 누구지?"

"나? 나는 라트딜 안스레이아. 친한 사람들은 라트라고들 불러."

"그, 그래? 내 이름은 이와타니 나오후미. 나오후미가 이름이야."

"나오후미 씨란 말이지? 잘 부탁해."

라트는 축 늘어져 있는 필로에게 시선을 고정한 채로 말한다.

"그럼, 얘를 좀 조사해 봐도 될까?"

"주, 주인님! 싫어!"

흐음…… 이 제안에 승낙하면 필로의 수수께끼가 해명될 수 있을 것 같은 느낌도 들지만, 그 대가로 필로에게 큰 고난이 닥칠 것 같은 느낌이 든다.

"하아……. 일단은 안 돼."

"어머, 아쉬워라."

필로가 이제야 정신을 차렸는지 천천히 일어선다.

"어머나, 이거, 조사하려면 좀 더 강력한 약을 써야겠는걸."

"싫어~! 살려줘, 메르!"

필로가 저 멀리로 달려서 도망간다. 보아하니 한동안은 안 돌아오겠군.

"그나저나, 네가 나와 면회하고 싶다던 녀석이야? 무슨 용건이지?"

"맞아. 여기서 이것저것 살펴봤어. 마을에 있는 식물이나, 마을에서 키우는 마물 같은 거."

"하아……."

"그랬더니, 엄청나게 끌리지 뭐야? 꼭 이것저것 만져 보고 싶어서 그래."

"만져 보고 싶다니, 무슨……."

이 녀석은 대체 뭘 하려는 꿍꿍이지?

바이오플랜트에 대해서도 알고 있는 것 같으니, 어느 정도 뒷조사는 한 상태라고 봐도 무방할 것이다.

"포브레이에서 여러모로 말썽을 일으킨 연금술사라고 했던가?"

"말썽? 그게 아냐. 녀석들이 자기들의 무능함은 생각도 않고, 내 연구를 이해도 못 하면서 매도한 것뿐이라구."

광기에 찬 연구자 캐릭터란 바로 이런 녀석을 두고 하는 말이겠지.

"어처구니없게도, 그런 녀석들이 내 연구가 신의 분노를 살 소행이라느니 하는 헛소리를 해대면서 추방 처분을 내린 거야. 그 신이라는 게 바로 사성용사와 칠성용사 아냐?"

"그래서, 그 사성용사에게 인정을 받을 생각으로 왔다는 건가?"

나는 렌을 쳐다보았지만, 렌은 고개를 가로젓는다.

"그게 아냐."

"······그럼 왜 여기에 온 거지?"

"처음에는 영귀를 조사하러 온 거였어. 그치만, 내 관심은 이미 다른 곳으로 옮겨가고 있어."

라트는 뭔가 정열적인 태도로, 내 손을 붙잡으려는 듯 손을 뻗어 왔다.

나는 그 손을 피하고 대답한다.

"건드리지 마. 나는 너 같은 여자는 질색이야."

"그러서? 그럼 안 건드릴 테니까 마물들을 만질 수 있게 해 줘."

마물들이라······. 그렇게까지 많이 늘리지는 않았는데 말이지.

"하나같이 난생 처음 보는 특이한 방식으로 성장해 있던 걸. 꼭 관찰해 보고 싶어."

하긴, 그 말마따나 마을에서 관리하고 있는 마물들은 하나같이 이상하게 성장해 가고 있다.

평균 레벨은 25. 보통 마물들보다 높은 수준이라고 한다.

노예들과 함께 있는 세 마리의 애벌레 마물 캐터필랜드가, 지나치게 증식한 바이오플랜트 줄기를 후려쳐서 쓰러뜨리고 있다.

······어라? 세 마리? 내가 구입한 캐터필랜드는 분명 두

마리였는데?

한 마리, 두 마리, 세 마리?! 몇 번을 헤아려 봐도 한 마리가 더 많다!

이상하잖아! 아침에는 분명 두 마리였는데!

"누구야? 제멋대로 캐터필랜드를 늘린 녀석이?!"

"이런!"

조금 전까지 우리와 같이 있던 노예가 화들짝 놀란 듯 캐터필랜드 한 마리를 감춘다.

"이미 늦었어!"

너도 범인 중 한패였냐. 게다가 감춘 녀석이 제일 크잖아.

아침에는 없었던 걸 보면, 어딘가에 숨겨 둔 채 키우고 있었다고 생각하는 게 타당하겠지.

확장돼서 숲처럼 변해 가고 있는 바이오플랜트 밭 같은 곳에라도 숨겼었던 걸까?

게다가 스테이터스 화면을 확인할 수 있는 걸 보면, 내가 관리하고 있는 상태가 돼 있다는 뜻이잖아!

마물광 노예가 온몸으로 감추려 들지만 전부 다 가리지는 못했다. 그 뒤에는 바이오플랜트.

어디선가 본 것 같은 광경이다. 어째 이 광경이 갈색으로 바랜 것처럼 보이는 건 아마 내 환상이겠지.

"어, 어째 옛날 애니메이션에서 본 것 같은 광경이……."

아아, 렌의 세계에도 있었던 건가. 아니, 그건 상관없다고.

"없어! 그런 애는 없다구!"

"너무 크잖아! 다 가려지지도 않았단 말이다!"

없기는 뭐가 없다는 거냐. 넌 무슨 계곡의 소녀라도 되는 거냐?!

뒤에 있는 캐터필랜드가 다른 녀석들보다 한참 커서, 꼭 그 애니메이션에 나오는 벌레처럼 보인단 말이다!

"자, 반성해!"

내가 지시하자 노예들이 고개를 푹 숙였다. 그러자 어째 선지 아트라가 앞으로 나섰다.

왜 네가 앞으로 나오는 건데?

"그럼 벌을 받아야겠죠. 나오후미 님의 명령에 따라서, 한 명 한 명에게 엄중한 벌이 내려질 거예요. 우선은——."

"이봐…… 아트라, 넌 잠자코 있어. 내가 사정을 들어볼 테니까."

아트라는 이 녀석들에게 뭘 시키려고 했던 거야?

뭔가 내가 생각하는 것보다 더 가혹한 벌일 것 같은 느낌 이 든다.

"그럼 어디, 경위를 얘기해 보실까?"

"그게 말이야……. 일부러 형을 속이려고 한 건 아니었어."

키르가 앞으로 나서서, 마물광 노예를 감싼다.

"그나저나…… 무슨 수로 내 등록을 위조한 거야?!"

"노예를 파는 사람이 몰래 해 줬어."

"노예상!"

어느 틈에 그딴 짓을 한 거냐!

"노예상이 왜 그런 짓을⋯⋯."

"처음으로 다 함께 찾아낸 알이었어!"

"뭐?"

얘기는 대충 이러했다.

다 함께 레벨업을 하러 사냥을 갔을 때, 노예들이 마물 둥지를 발견했고, 거기서 알을 슬쩍해 왔다고 한다.

그리고 마을로 가져온 것까지는 좋았지만, 문제는 그 마물을 어떻게 키우느냐 하는 것이었다.

"라프타리아는 알고 있었어?"

"저는 몰랐다구요!"

"라프타리아한테 얘기하면 형한테 보고할 거 아냐?"

"당연하죠! 키르 군, 도대체 무슨 짓을 하신 거예요⋯⋯."

키르의 이야기는 다음과 같이 이어진다⋯⋯. 마물문을 이용해서 부모로 등록하지 않은 알을 부화시키는 게 얼마나 위험한지는 다들 알고 있었기에, 어떻게 해야 할지 고민하고 있었는데, 그때 마침 노예상이 찾아왔다.

그래서, 행상 일을 할 때 내가 용돈으로 쓰라고 준 잔돈을 모아서 노예상에게 등록을 부탁했다고 한다.

그러자 노예상 녀석은, 노예들 중에 한 명이 등록하는 것보다는 내 관할로 하는 편이 더 튼튼하고 우수하게 자랄 거라고 바람을 넣었고, 그 결과…… 이렇게 되었다.

음, 캐터필랜드에게는 지나치게 커지지 않도록 의도적으로 레벨 조정을 해 뒀었는데, 이 캐터필랜드는 크다. 다른 개체의 1.5배 크기다. 이걸 어쩐다…….

"죽이지는 말아 줘!"

"거기 계곡 같은 녀석! 시끄러우니까 좀 닥쳐!"

"계곡은 또 뭐야, 형?!"

"그건 말이지, 아마 나오후미 쪽 세계에 있는 이야기 속에, 비슷한 행동을 한 인물이 있는 걸 거야."

렌이 내 태클을 냉정하게 해석한다. 뭐, 안 그래도 설명하기 귀찮았던 참이니 잘됐군.

아아, 나 참…… 이 자식들, 내 허락도 없이 감히 그런 짓을 하다니.

계곡의 소녀 같은 소리를 연발하는 노예가 척 하고 캐터필랜드 앞을 막아선다.

"어이, 네놈들이 그렇게 멋대로 굴면 내가 더 곤란하단 말이다! 꼭 키우고 싶을 때는 먼저 나한테 보고를 해!"

원래 노예상에게 의뢰했었던 것도 있으니, 괜히 두 번 고생을 하게 될 수도 있다.

"그리고 그 녀석은 네가 책임지고 돌봐. 다른 녀석에게 떠넘기고 있는 게 내 눈에 띄는 날에는, 당장 팔아치워 버릴 테니까."

"으, 응!"

나 참……. 왜 이렇게 문제가 꼬리를 물고 일어나는 건지.

"나오후미, 꼭 보모 같군."

"뭐가 어째?!"

렌 자식, 무슨 얼토당토않은 소리를 지껄이는 거냐!

내가 보모?! 오해도 작작 좀 하시지!

렌을 험악하게 노려보며 따지려고 했을 때, 키르가 떠들어댄다.

"거봐, 내가 그랬잖아! 형은 용서해 줄 거라고."

"응? 그치만 키르는 방패 형한테 들키면 팔려나갈 거라고 그랬잖아. 돈에 환장한 사람이니까 분명히 팔아넘길 거라고, 그러니까 비밀로 해야 한다고."

"친한 척 부르지 마!"

"이 자식들이……."

이것들이 하나같이…… 아니 잠깐, 이 녀석들 '처음으로 발견한 알'이라고 그러지 않았나?

"알은 이 녀석뿐이야?"

"아니."

"아니라고?!"

노예들이 고개를 가로젓는다.

마물 둥지를 찾아내는 데 소질이 있는 건지, 노예들이 살고 있는 노예용 집 바닥 밑에서 알들이 수도 없이 나온다.

"돈을 모아다 주면 노예상이 가공해 줘."

"뭐가 이렇게 많아……. 저절로 부화하면 어쩌려고 이러는 거냐!"

그렇게만 돼도 엄청난 재해라고. 아니, 갓 태어난 마물을 제거하는 건 별문제 없겠지만.

"그야 그렇지만……."

그건 그렇고…… 야생 상태의 알이라는 것도 있긴 있구나.

쓸모없는 건 음식 재료로 쓰는 것도 한 방법이겠군. 그렇게 말했다간 화낼 것 같지만.

"전부 다 캐터필랜드야?"

"글쎄. 여기저기서 주워온 거라 그건 잘 모르겠어."

그때 라트가 내 어깨에 툭 하고 손을 얹는다.

"……뭐야? 난 지금 바쁘다고. 얘기는 나중에……."

"내가 공짜로 감정하고 관리해 줄 테니까, 여기서 연구하게 해 주지 않겠어?"

끙…… 공짜라니, 이해타산을 따지는 내 속물근성을 자극하는 근사한 대사로군.

하지만, 공짜보다 더 비싼 건 없다는 말도 있잖아. 이걸 어쩐다.

"안 돼!"

마물광 노예, 즉 계곡녀가 건방지게 반대하고 나선다.

이 녀석은 마물이 얽힌 일이면 어째 과하게 덤비는 경향이 있군.

"잠깐, 잠깐……. 생각 좀 해 보고."

경우에 따라서는 받아들이는 것도 나쁘지 않다. 이 녀석
은 마물 분야의 전문가니까. 활용할 방법은 얼마든지 있다.

약간 기대가 지나친 건지도 모르지만, 연금술사라고 할
정도이니, 나 대신 바이오플랜트나 마물들에 대한 개조를
맡길 수 있을지도 모른다.

그나저나, 이건 타이밍이 너무 절묘한 것 같은 느낌도 드
는데…….

"너희, 다 같이 짜고 연기하고 있는 건 아니겠지? 내 허
가를 얻으려고."

"그런 거 아냐!"

"나오후미, 내가 보기에도 상황이 너무 딱딱 들어맞는 것
같긴 하지만, 그건 좀 생각이 지나친 거 아냐?"

흐음……. 너무 딱딱 들어맞아서 의심스럽긴 하지만, 그
걸 따져 봤자 소용없는 일이다. 그래서 다른 방향으로 접근
을 시도해 본다.

"라트, 네 목적은 뭐지? 대답에 따라서는 받아들여줄 수
도 있어."

"내 목적? 강한 마물을 창조하는 거야."

"호오……."

강한 마물을 창조하는 것이라. 지극히 단순한 목적이군.

합성이나 배합 같은 시스템이 등장하는 게임도 존재하니, 이해하지 못하는 건 아니다.

하지만 실제 생물로 그걸 시도했다가는, 포브레이 녀석들과 마찬가지로 반감이 생길 것이다.

"그러려면 마물을 분석해야 하고, 다양한 연금술이나 마술 조합도 필요하게 돼. 그런데 그 포브레이 녀석들은 신이 절대로 용서하지 않을 악마의 연구라느니 하는 소리를 지껄이면서 연구소를 파괴하질 않나, 연구 대상을 죽여 버리질 않나, 내가 얼마나 고생했는데."

"으음……. 한마디로, 너는 연금술을 이용해서 마물을 강화하는 연구를 하던 마물사(魔物使)라고 생각하면 되는 거야?"

"……아주 틀린 얘기는 아냐."

음, 부정할 거라고 생각하고 한 말이었는데, 마물사 취급에도 불만이 없는 거냐.

광기에 빠져 있을 줄 알았는데, 객관적 시점도 갖고 있는 모양이다. 그러다가 자신의 목적이 얽힌 일과 맞닥뜨리면 폭주하는 타입이다.

"기본적 상식부터 물어봐도 될까? 에클레르, 너한테도 묻고 싶어."

"응? 나도?"

경계하고 있던 에클레르가 어리둥절한 얼굴로 되물었다.

"이 녀석이 하는 연구라는 거, 위험한 거야?"

"나 개인의 의견을 묻는 거라면, 나도 자세한 건 모른다. 하지만, 필로 님을 보면 마물도 전력에 포함시키는 게 옳을 거라고 생각한다."

솔직한 대답이긴 하다. 하지만 해답이 되지는 못한다.

사회적으로 용인되기 힘든 자일 가능성이 높은 것 같은 데……. 이걸 어쩐다.

"라트, 네 연구라는 건 영귀의 복제품 같은 걸 만들어서 전력으로 활용한다거나 하는 거야?"

"그것도 생각해 볼 만한 발상이긴 하네. 방패 용사…… 귀족으로서의 지위는 아직 없나?"

"이와타니 님 말인가? 백작이다."

"좋아, 그럼 백작이라고 부르지. 백작의 발상은 확실히 재미있긴 해. 그것도 한번 생각해 볼 만한 것 같아."

"그런데 말이야, 우리가 다른 이세계에 다녀왔다는 소문은 너도 들었겠지?"

"맞아. 적을 쫓아서 성공적으로 해치우고 돌아왔다고 들었어. "

"그 세계에서, 영귀에 필적하는 생물의 복제품을 만든 연금술사가 있었어."

그렇기에 우리 세계에서 그런 연구를 하려는 자는 신뢰할 수가 없다.

그래서 유도해 본다. 여기서 고개를 끄덕이면 끝이다.

"……쳇. 다른 사람이 이미 한 연구는 관심 없어."

라트는 머리를 긁적거리면서, 진심에서 우러난 표정으로 내뱉었다.

"관심이 있긴 했었는데 말이야. 그치만 다른 사람이 먼저 했다면 참고로 하는 정도밖에 안 되겠는걸."

흐음, 머리가 어떻게 된 녀석인 줄 알았는데, 신념은 있는 모양이다.

다른 사람을 따라 할 생각은 없다는 건가.

"나는 잘 이해가 안 되는데? 게임으로 따지자면 몬스터 테이밍 같은 건가?"

렌이 게임 지식을 참고로 해서 나와 라트에게 묻는다.

"내 목적을 하나 들자면, 필로리알이야."

일반적인 필로리알은 그렇게까지 강하지는 않을 텐데…….
어쩌면 피트리아 같은 존재를 얘기하고 있는 건지도 모른다.

녀석은 괴물 같은 힘을 갖고 있으니까.

영귀를 상대로 싸웠을 때도 절체절명의 상황에서 영귀를 저지해 준 건 그 녀석이었다. 일반적으로는 전설로만 알려져 있었지만, 그 사건 덕분에 존재가 증명된 상태다.

"이건 내가 독자적으로 조사해 본 건데, 그건 용사가 만들어냈다는 설이 있어. 드래곤과 쌍벽을 이룰 정도로 강력한 능력을 갖춘, 신적인 새. 나는 그 마물처럼 후세까지 찬양받는 마물을 만들고 싶어. 사람들에게 힘이 되어 주는 생물을."

……그렇군. 요컨대 전설 속의 마물을 자기 힘으로 만들어내겠다는 목표를 갖고 있다는 거다.

"필로리알은 사람들의 이동수단으로서 각지에 서식하고 있어. 나는 사람들에게 도움이 되는 마물을 만들어내고 싶어."

나도 한때 마물을 육성하는 게임에 빠졌던 적이 있었다.

……실은 라프타리아 몰래, 라프짱을 한층 더 강력하게 개조할 방법을 찾아 고민하고 있던 참이기도 했고.

일단 어느 정도 내버려 뒀다가, 믿을 만하다고 판단됐을 때 의논해 보는 것도 나쁘지 않다.

"나는 거짓말하는 녀석은 질색이야. 거짓말을 할 수 없도록 내 노예가 된다면 협조해 줄 수도 있는데, 그래도 해 보겠어?"

"노예라니…… 나오후미는 변한 게 없군."

"그게 확실한 방법이니까."

"그래. 그 정도로 괜찮다면, 기꺼이 인간의 존엄성을 내놓고말고."

라트는 일말의 망설임도 없이 승낙했다.

그나저나, 참 꺼림칙한 표현이군.

그래도…… 조금은 신뢰해도 될 것 같다.

노예가 되면, 녀석이 거짓말을 했을 때 손쉽게 벌을 줄 수 있으니까.

"흐음……."

한마디로 이 녀석을 끌어들이면 마물들을 여러모로 강화할 수 있게 된다는 얘기군.

그런 면에서 보면 나쁘지 않은 인재다.

노예문을 새겨 두면, 나중에 말썽을 일으키더라도 강제로 부려먹을 수도 있게 된다.

키르 등이 주워 온 알들을 관리하는 것 이외에도, 잘만 운용하면 나쁘지 않은 방법이다.

라트 입장에서는 좋은 연구 환경을 얻을 수 있고, 나도 파도에 대비해서 전력을 증강할 수 있다.

"나는 마물을 막 부려먹는데, 그래도 괜찮겠어? 그야말로 노예처럼. 물론 너도 부려먹을 거고."

"인간이든 아인이든 노예는 필요한 법이니까. 불쌍하다고 우대하는 것도 일종의 차별이지."

으음…… 우대도 차별이라. 재미있는 발상이다.

그러고 보니 내 세계에서, 남녀평등을 주장하는 해외의 여성들은 우대를 받는 것도 질색한다는 얘기를 들은 적이 있다. 일본의 도심 지하철에 존재하는 여성 전용차량 같은 건, 진정한 평등을 갈망하는 그런 여성들에게는 규탄의 대상일 것이다. 라트의 사고방식도 그런 것에 가까운 건지도 모르겠다.

"일부 생물만 보호하고, 다른 생물들은 함부로 대하는 사고방식은 질색이거든."

"호오……."

"나는 있지, 마물이 파도에서 생겨난 거라는 가설을 안 믿어. 마물도 용사처럼 파도와 싸울 수 있을 거라고 생각하니까!"

계곡녀가 울컥해서 라트를 노려본다. 같은 마물광이긴 해도, 서로 다른 가치관을 갖고 있다는 걸 눈치챈 것이리라.

"내가 뭘 하고 싶은 건지는 이해했어. 마물도 큰 전력이 될 수 있으니, 파도가 일어났을 때 전투에 활용할 수 있게 하자는 거지?"

"맞아!"

"그럼 만약에──."

나는 바이오플랜트 씨앗을 라트에게 내민다.

"이건 식물인데, 개조한 상태라서 마물처럼 변한 상태지. 그런데 이걸 유익한 쪽으로 개량해서 약초를 생산한다면, 너는 그 행위를 어떻게 생각하지?"

"내가 손만 대면 그 정도는 식은 죽 먹기야."

흐음──. 이 녀석의 생각은, 내가 하고자 하는 것과 방향성이 일치하는군.

"나오후미 님? 설마 이분을 받아들이실 생각이에요?"

라프타리아는 어째 회의적인 반응이다.

뭐, 수상쩍게 보이는 건 사실이니까. 하지만 그 수상쩍음에도 불구하고, 수단 방법을 가리지 않고 내 신뢰를 얻으려는 행동력은 평가해 줄 만 하다.

"일단 시험문제를 하나 내걸고, 하는 짓을 살펴보면 되지 않겠어?"

마침, 마을에는 기술자가 부족하던 참이다.

그리고 세인이라는 전례가 있다. 세인은 되고 이 녀석은 안 된다는 건, 이치에 맞지 않는 얘기다.

나는 라트와 악수를 나누었다.

"앞으로 잘 부탁할게."

그때 에클레르가 끼어든다.

"갑자기 끼어들어서 미안하지만, 얘기가 매듭지어졌다면 한번 살펴봐 줬으면 하는 게 있어."

"뭐지? 뭔가 더 있는 거야? 얘기는 다 끝난 거 아냐?"

"아, 맞아! 방패 용사! 나도 의논하고 싶은 게 있었어!"

거기에 계곡녀까지 나에게 또 다른 소식을 알리려 한다.

또 너냐.

"나오후미가 마을을 비운 사이에 발견한 게 있었거든."

아직도 안 끝난 거냐……. 에클레르의 손에 이끌려, 나는 노예들을 두고 마을 밖으로 나갔다.

라트도 고개를 갸웃거리며 따라온다. 계곡녀도…… 제멋대로 따라온다.

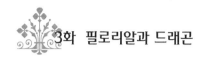

3화 필로리알과 드래곤

그리고 마을 밖에는 나무상자가 산더미처럼 쌓여 있었다.

뭐야, 이건? 어제는 이런 거 없었는데.

"우선 내용물을 살펴봐 줘."

나는 나무상자를 열어서 내부를 확인한다.

각 상자들 안에는…… 다양한 무기며 물자, 그리고 마물의 알이 들어있었다.

"뭐지? 내가 맡긴 돈으로 멋대로 물건을 산 거야? 그걸 여기에 두고 간 건가? 아니면 전에 렌이 강탈했었던 물자?"

렌은 얼마 전까지 도적 두목 노릇을 하고 있었으니까. 내가 렌 쪽으로 시선을 돌리자, 렌은 고개를 가로젓는다.

"아니, 나는 그런 걸 조달한 적은 없어."

흐음…… 렌도 짐작 가는 게 없다는 건가.

……모토야스인가? 필로한테 주는 선물이니 뭐니 하면서 두고 간 걸지도 모른다.

충분히 가능성이 있는 얘기다.

"이걸 읽어 봐."

"뭐지?"

나는 열려 있는 상자 뚜껑을 살펴본다. 자세히 보니 주위에 있는 다른 나무상자들에도 같은 내용이 적혀 있는 것 같다.

뭔가 서툴기 짝이 없는 서체로 '방패 용사님께. 가난한 노예들에게 선물해 주세요.' 라는 큼직큼직한 글씨가 적혀 있다.

"뭐야, 이건?"

"일단은 기부 물자라고 생각하는 게 좋겠지. 무기 쪽은 그럭저럭 값비싼 것들도 섞여 있어. 물자들 중에도 희귀한 약초나 광석, 재목들도 제법 있고."

"……도대체 누구지? 이런 짓을 하는 게."

"아마 실트벨트나 실드프리덴 녀석들이겠지. 글씨의 서체나 잉크의 질로 봐서, 아마 틀림없을 거야."

"받아도 되는 거야?"

"하나같이 출처를 파악하기 힘든 것들뿐이야. 꼼꼼하게 제작자 이름까지 지워 놨으니까. 만약에 범인을 찾는다고 해도 처벌하기는 힘들 테고."

노예 사냥꾼들을 제르토블에 팔아치웠을 때쯤부터 그런 분위기는 있었다.

제르토블의 노예시장에서도 비슷한 녀석이 있었고.

한마디로, 내 환심을 사기 위한 술책인가. 답례 같은 걸 요구하지는 않겠지.

"나오후미 님을 곤란하게 만들다니 백 번 죽어 마땅해요. 지금 당장 처형하러 가요."

"그건 너무 과격하잖아. 딱히 곤란한 것도 아니고."

태연자약하게 받으면 그만이다.

"성가신 물건을 두고 가는군."

"그러게 말이야. 그나저나, 저 알은 어떤 거지? 라트, 알아볼 수 있겠어?"

"우사피르부터 특이한 종류까지 다양하게 있는걸. 그리고……."

오오, 한눈에 알아봤잖아.

"문제는 이 녀석이야."

나무상자 속에 다른 것보다 유난히 큼직한 알이 있다.

저게 뭔데 그러지? 영귀 클래스 괴물의 알이라도 되나?

"뭔데 그래?"

"비룡의 알이야. 그것도 일부러 비싸고 강하고 희귀한 녀석을 골라서 넣어 줬네."

이것 참…… 이렇게 받는 사람을 곤란하게 만드는 물건을 보내다니.

"드래곤이라. 그거 폼 나는데."

"응! 아──."

계곡녀가 렌의 말에 동의하면서도, 퍼뜩 뭔가를 깨달은 듯, 내키지 않는 표정으로 고개를 돌렸다.

뭐지?

하지만, 계곡녀의 얼굴은 곧 다시 밝아졌다.

라트는 뭔가 언짢아 보이는군. 드래곤을 싫어하나?

"드래곤이 이 마을에 있다니 근사해!"

"계곡녀는 라트와는 달리 드래곤을 좋아하나 보군."

"계곡녀?"

"나오후미 님의 작명 센스는 역시 뛰어나다니까요. 부럽기도 해라."

아트라가 그런 얼빠진 소리를 하고 있다.

무시해 두자. 아니, 마음 같아서는 입을 틀어막고 싶지만, 아트라는 계속 지껄여댄다.

계곡녀라 불린 계곡녀가 내 얼굴을 보며 말한다.

"뭐야, 그게?"

"그야, 애초에 네 이름을 모르니까."

"이름의 유래는 아마 애니메이션이겠지."

"그래, 정답이야."

애벌레의 존재를 숨기려고 우겨대던 것에서 따 온 이름이다. 이런 멋진 이름을 지어 줬으니 오히려 감사를 받고 싶을 지경인데 말이지.

"본명을 얘기하지 않으면, 나오후미 님은 계속 자기가 마음속으로 정한 이름으로 부르실 거예요. 빨리 이름을 대세요!"

어째 라프타리아가 어쩔 줄 몰라 하며, 그렇게 계곡녀에게 설명한다.

"……윈디아."

"아아, 됐어. 그냥 계곡녀라고 부르지 뭐."

"싫어!"

"아무리 그래도 그건 좀 심했어, 나오후미. 불쌍하잖아."

렌이 황당해했지만, 계곡녀 윈디아는 오히려 그렇게 자신을 옹호하는 렌을 노려보고 있다.

"할 수 없지 뭐……."

"다른 사람들한테 제대로 자기소개를 해 두지 않으면, 나오후미 님한테 어떤 이름으로 불리게 되더라도 이상할 게 없다구요."

"그게 그렇게 경계할 일인가?"

그냥 닉네임 같은 거라고 생각하면 될 것 같은데.

"얘기가 곁길로 샜군. 본론으로 돌아가지."

"조심하셔야 해요……. 아, 그랬네요. 어떻게 하시겠어요?"

라프타리아가 곤혹스러운 얼굴로 말했다.

드래곤이라……. 필로가 싫어할 것 같은데.

명절 선물도 아니고, 생각 없이 받았다가는 괜한 소동에 휘말릴지도 모른다.

비싼 물건을 선물 받으니 쓸데없는 걱정거리만 늘었다.

하지만 돌려줄 수도 없을 테고, 버리기에는 너무 아까우니, 고분고분 받는 수밖에 없으리라.

"일단 받아 두기로 하지. 나중에 따지는 녀석이 있으면 시치미를 떼고. 그나저나 비룡이란 건 마물문 등록은 어떻게 하면 되지?"

"고도 마물문을 새길 필요가 있을 거야. 꼼꼼하게 의식용 도구까지 넣어 준 것 같으니까……. 백작이 원한다면 내가 해 줄 수도 있고……."

"부탁하지. ……그런데 왜 그렇게 드래곤을 싫어하는 거야?"

내가 묻자 라트는 약간 귀찮아하면서 대답한다.

"상위 드래곤은 말이지, 한번 발정하면 지조가 없어지거든."

"엉?"

"몰랐어? 많은 드래곤들이 서식하는 지역은 오염 지역이야. 여러 가지 의미에서 위험하다구."

"그런 거야?"

내가 아는 곳 중에 드래곤이 서식하는 지역이라면…… 내가 물리친 드래곤이 살던 동쪽 마을과, 도적 퇴치 때 갔던 산속뿐이다.

거기서는 드래곤 시체가 병원균을 뿌려 대고 있었지.

오염 지역이라는 말도 납득이 간다.

"드래곤은 말이지, 가리는 게 없어. 그래서 그 지역은 드래곤과 섞인 잡종이 늘어난다구."

"어째 얘기가 꽤 살벌하게 들리는데."

판타지 계열 게임들 중에는 드래곤 잡종이나 드래곤이 섞인 아종(亞種) 같은 게 등장하곤 하는데, 실제로는 곤란한 문제인 건가?

"뭐, 자기 구역을 갖고 있어서 그 구역 밖으로 안 나오긴 하지만 말이야. 생태계가 순식간에 교란되니까 난 맘에 안 들어. 까놓고 말하자면 비룡도 약한 마물과 드래곤 사이에서 생긴 혼혈이고."

흐음……. 일본에서 종종 얘기하는, 외래종에 의한 생태계 침식 같은 것인 모양이다.

호수에 블랙 배스를 방류하는 바람에, 일본의 고유종이 멸종 직전의 위기에 내몰린 것과 유사한 문제가 발생하는 것이리라. 그 외에도 교배에 의해 고유종이 멸종하거나 쫓겨나거나 하는 문제도 있을 것이다.

"제일 성가신 건, 용제(龍帝)라고 불리는 순혈종이야. 그녀석들은 정말 종족을 안 가려서, 인간까지 덮치려고 들 정도니까."

정말 성가신 생물이군.

음? 윈디아가 어째 퉁명스러운 표정인데.

"그래도 드래곤은 기품이 있다구!"

왜 네가 드래곤을 대변하고 드는 건데. 그나저나 이 녀석, 마물 얘기만 나오면 시끄럽게 구는군.

"아인종 중에는 이미 하나의 종으로 확립된 것들도 있는 걸. 아오타츠 종 같은 유명한 것도 있고."

아오타츠…… 한자로 쓰자면 青辰…… 진(辰)은 용이라

는 뜻이니까…… 청룡인가?

하쿠코가 백호였던 걸 생각하면 충분히 가능성이 있는 얘기다. 아마 예전의 어떤 용사가 이름을 붙인 것이리라.

"하긴, 순혈종은 발정만 안 하면 기품도 있고 얌전하긴 하지."

"어쨌거나, 넌 그래서 그 드래곤 알이 싫다고?"

"그래. 드래곤용 고급 마물문에는 번식 행위를 억제하는 명령이 있으니까 꼭 체크해 둬야 해. 안 그러면 이 마을 마물들은 모조리 오염될 테니까."

이게 대체 뭐람.

사냥을 즐기는 게임 속에서 부부 드래곤을 실컷 사냥했던 내 입장에서 보자면, 그런 식으로 번식하는 생태를 갖고 있다면, 왜 인간이나 아인을 멸종시키지 못하는지 의문이다.

"그런 짓은 용제님이 용서하지 않는걸!"

윈디아가 소리친다.

용제라. 피트리아를 비롯해서, 이런저런 사람에게서 듣는 이름이다.

키즈나 쪽 세계에서도 들었었지, 아마.

"그래, 그래. 전설 속에 나오는 용의 왕 말이지? 필로리알의 여왕과 싸웠다느니 하는."

"다른 이세계에서도 들었었는데, 이쪽에도 있는 건가?"

"어디까지나 전설이야. 뭐, 둘 다 실존 여부를 의심받는……. 아아, 필로리알의 여왕은 영귀의 진군을 저지했다고 그랬던가?"

다시 말해, 전승 속에는 드래곤이 인간이나 아인의 생활권을 위협하면, 필로리알의 여왕이 드래곤을 죽이러 온다느니 하는 얘기가 있는 것이리라.

"그나저나…… 그런 생태를 갖고 있는데도, 나는 거의 맞닥뜨린 적이 없었는데. 기껏해야 타일런트 드래곤 렉스 정도가 고작이었고."

"그건 정말 굉장했어요. 그리고 콜로세움에서도 싸운 적이 있었어요."

아아, 워낙 순식간에 해치워서 기억도 못 하고 있었다.

"드래곤이 있는 곳은 기본적으로 사람들이 드나들지 않는 변경이야. 백작은 가 본 적 있어?"

내가 가 본 적이 있는 곳은 행상용 길뿐……. 그러고 보니 산이나 동굴 같은 곳은 거의 가 본 적이 없었다.

렌을 붙잡기 얼마 전에 사냥을 갔을 때 정도가 고작이다.

그러고 보니 그때 사냥한 마물들 중에도 드래곤의 잡종이 있었다.

"렌은…… 가 본 적 있겠지?"

"그래……. 게임 속 지식을 동원해서 해치우고…… 무시무시한 피해를 발생시켰지. 어떻게 죗값을 치러야 할지……."

진심으로 반성하고 있는 듯, 렌이 축 쳐져 버렸다. 이 녀석은 쓸데없이 책임감이 강해서 탈이다.

"세계를 구하기 위해 진지하게 노력하면 돼."

"……알고는 있지만, 그래도 나는……."

"네가 죽는다고 해서 죄를 갚을 수 없다는 건 명심하라고."

사성용사가 죽으면 파도가 일어났을 때 내게 걸리는 부담이 늘어난다.

피트리아도 그렇게 말했었고, 키즈나 쪽 세계의 경험을 통해서도 어느 정도는 알고 있다.

그러니 나는 렌이 죽도록 내버려둘 수는 없단 말이다.

"……."

윈디아는 렌을 쏘아보고 있다.

"뭐, 애초에 드래곤은 자기 구역을 갖고 있고, 어지간해서는 그 구역 밖으로 안 나오니까, 일부러 거기까지 가지 않는 한 만날 일은 없다는 얘기야."

"그렇군. 그래도 나는 이용할 수 있는 건 이용하자는 주의니까, 일단 부화시켜서 키워 볼까."

"재건이 진행될수록, 제가 알던 마을에서 점점 더 멀어져 가는 것 같은 느낌이 들어요!"

마물과 식물 돌보기……. 한번 목장을 연상하고 나니, 라트가 목장 관리인처럼만 보인다.

그나저나, 목장 관리라……. 바이오플랜트를 개조해서 지금 당장 수확할 수 있는 식물…… 마물을 만들어서 수익을 내면…… 완전히 내가 아는 평온한 목장 게임과 판박이 잖아.

"용을 기르는 건 보통 힘든 일이 아닌가 보군. 용기사들 의 고생이 이해가 돼."

"그래. 영귀 사건 때도 그런 녀석들이 있었지. 별로 강하 지는 않았지만."

영귀의 사역마에게 공격을 받고 비명을 지르며 추락하던 광경이 떠오른다.

"백작이 키우면 다른 결과가 나올 수도 있어. 필로리알의 전례도 있으니까."

"으음……. 그래, 조심해야겠군."

이렇게 해서 비룡의 알을 부화시키기로 결정했다.

그렇긴 하지만, 의식이 끝나고 부화하기까지는 약간 시간 이 걸릴 것 같다.

마무리는 내가 해야 한다고 한다. 라트가 언짢은 표정으 로 작업을 해 주고 있다.

그런데——.

"왜 내가 알을 짊어지고 가야 하는 건데?!"

어째선지 비룡의 알을 내가 업고 가서 덥혀 줘야 하는 신 세가 되었다.

"렌이 해도 되는 거 아냐?!"

그렇게 말하며 렌을 노려본다.

"아니…… 내가 만지면 썩을 것 같으니까."

그러고 보니 렌은 저주에 걸려 있었지. 잊어버린 건 아니었다. 커스 스킬을 쓴 대가로, 렌은 접촉하는 물건의 질을 떨어뜨리는 저주에 걸려 있는 것이다. 그 때문에 설불리 물건을 건드릴지 말도록 하고 있다.

"안 돼! 검의 용사는 절대로 안 돼! 그냥 방패 용사가 해 줘!"

제발 검의 용사에게만은 맡기지 말라고 윈디아가 애원한다.

왜 그렇게도 렌한테 적개심을 갖고 있는 건지 물어보고 싶은 기분도 들지만…… 어쩔 수 없지.

이것도 값비싼 드래곤을 육성하기 위한 수련이라고 생각하는 수밖에.

"라프짱은 어디 있지?"

"왜 이 상황에서 라프짱을 찾으시는 건데요?"

"스트레스 해소용으로 쓰다듬으려고."

역시 이럴 때는 라프짱이 최고란 말이지.

왜 없는 거냐! 참고로, 이때 라프짱은 마을 쪽에서 낮잠을 자고 있었다.

"아하하하! 형 되게 웃겨!"

키르는 나를 가리키며 폭소하고 있다.

"이 자식이! 젠장! 난 절대 안 해! 등록만 해 두면 될 거아냐!"

"그렇게 안 하면 부모로 등록을 못하게 돼 있는걸. 이렇게 바탕을 제대로 깔아 두지 않으면 명령 거부가 잦아지니까 좀 참아!"

라트가 넌덜머리를 내며 못을 박는다.

비룡이라는 게 이렇게 성가신 녀석이었나? 당장에라도 파기해 버리고 싶은 심정이다.

"정말이냐?"

"그래! 연구자인 내가 하는 말이니까 좀 믿어."

"네가 하는 말이라서 오히려 믿음이 안 가는 건데……."

"뭐가 어째?"

"그래, 그래, 알았다고."

아아, 진짜, 귀찮아 죽겠네.

그때 필로 녀석이…… 메르티를 데리고 돌아왔다.

왜 하필 이런 타이밍에 돌아오는 거냐. 원수지간인 같은 반 녀석에게 내 추태를 들킨 느낌이랄까.

"아하하하하하하하하하! 나오후미, 지금 뭐 하는 거야!"

"시끄러, 제2왕녀!"

"제2왕녀라고 안 부르기로 약속했잖아!"

"그럼 웃지 마, 멍청아!"

"멍청이?! 지금 날 보고 멍청이라고 했어?!"

"저기……."

라프타리아가 어쩔 줄 몰라 하고 있다. 괜한 동정이 되려 더 마음을 찌른다.

아트라가 옆에서 끼어든다.

"어떤 모습인지는 모르겠지만, 나오후미 님을 곤란하게 만드는 물건이라면 파괴하는 게 좋겠네요."

"사려면 비싼 녀석이니까 안 돼!"

나 원 참…… 어쩌다가 이런 상황이 돼 버린 거야.

"그건 그렇고 백작, 이 드래곤의 성별은 어느 쪽으로 할 거지?"

"엉?"

"알을 덥힐 때 온도를 조절해서, 어느 정도 성별을 정할 수 있어. 백작의 취향에 따라 성별을 정할 수 있다는 거지."

그러고 보니 파충류 중에는 알의 온도에 따라 성별이 정해지는 종류가 있다고 했던가.

드래곤도 결국은 그런 성질을 갖고 있다는 거군.

"백작이라면…… 암컷이려나? 필로리알의 변종처럼 인간화하게 될지도 모르니까."

"도대체 무슨 기준인데? 키르의 전례도 있는데, 내가 일부러 여자를 긁어모으고 있기라도 한다는 거냐?"

천천히 필로 쪽으로 눈길을 돌린다.

"왜~애?"

내가 키운 탓에 특별한 방식으로 성장하면 어떻게 해야 하지?

만약에 인간화돼서 필로 같은 녀석이 나온다면, 발정이

났을 경우 여러모로 성가신 상황이 벌어질 것 같다.

그럴 경우를 고려하면, 내가 피해를 입지 않기 위해서는,

"수컷으로."

"왜 필로를 쳐다보면서 결정하는 건지 나오후미한테 따지고 싶은걸."

메르티가 언짢은 얼굴로 말한다.

그야 뻔한 거 아닌가. 내가 무사할 수 있는 가능성을 높이기 위해서지.

"알았어. 그럼 수컷으로 태어나도록 조치할게. 안심하고 짊어지고 있어. 뭐, 2, 3일쯤 지나면 금방 부화할 거야."

"그래, 알았어, 알았다고. 젠장! 완전 웃음거리 신세잖아!"

"그럼 앞으로 잘해 보자구, 백작."

이렇게 해서 연금술사가 이 마을에 눌러앉게 되었다.

예상치 못한 사태였지만, 그 후에는 여유가 좀 있었기에, 사냥을 위해 마을을 떠난다.

그렇다고는 해도, 오늘은 성 밑 도시에도 가고 라트가 나타나기도 하고 선물도 처리해야 해서, 시간은 그리 많지 않았다.

저녁 무렵이 되자 저녁을 만들어서 마을 녀석들에게 먹인다.

"형, 형! 한 그릇 더!"

"나중에 남거든."

"남을 리가 없잖아! 조금 더 만들어 줘!"

키르를 비롯한 성장기의 먹보들이 만족할 만큼의 식사를 만드는 건 상당한 육체노동이다.

　그렇게 저녁 식사를 마치고 나니, 바깥은 어느덧 새까만 어둠에 잠겨 있었다.

　"아아, 오라버니! 이것 좀 놓으세요."

　"안 돼."

　"그럼 포울, 아트라를 부탁한다. 오늘은 절대 놓치지 마."

　"아, 알았어……."

　훈련을 마치고 돌아온 포울에게 아트라를 맡긴다.

　"나오후미 님! 오라버니, 무슨 수를 써서든 빠져나오고 말겠어요!"

　"절대 안 놓칠 거야!"

　이 남매, 사이가 좋은 건지 나쁜 건지…….

　그렇게 아트라 남매가 방을 나가자마자, 라프짱을 어깨에 얹은 사디나가 찾아온다.

　"나오후미~! 놀러왔어."

　"왔냐, 주정뱅이녀."

　"안녕하세요, 사디나 언니."

　"어머나, 라프타리아는 이제 슬슬 자야 할 시간이라구."

　"뭐, 하긴 그렇지. 어린이는 자는 게 좋을지도 모르겠군."

　"어린애 취급하지 마세요!"

　어째 이 문답은 매일 밤 되풀이되고 있는 것 같단 말이지.

라프타리아와 사디나에게는, 잠들기를 무서워하는 노예들이 잠들 때까지 같이 있어 주는 업무가 아직 남아 있다.

"그럼 나오후미, 아이들이 잠든 걸 확인하고 나서 이 누나랑 같이 노는 거야."

"놀긴 누가!"

"뭐 어때서 그래~."

그렇게 말하면서 조끼를 벗으려는 사디나의 어깨를, 라프타리아가 살기등등한 눈으로 붙잡는다.

"사디나 언니?"

"어머나."

사디나는 쿡쿡 웃고 있지만, 진심으로 그만 좀 해 줬으면 좋겠는데.

"아쉬운걸. 그치만 언제든지 상대해 줄게."

"닥치고 잠이나 자!"

나 원 참……. 그러고 보니 사디나 녀석도 그동안 은근히 레벨업을 해서, 이미 62까지 오른 상태다. 이 정도면 필로를 타고 달리면서 레벨업을 하는 것보다 더 효율적으로 싸우고 있는 거 아냐?

같은 날에 레벨 리셋을 했던 포울은 아직 39밖에 안 되는데.

"자, 사디나 언니, 어서 가요."

"네~에. 그럼 또 보자, 나오후미."

"그래, 알았어, 알았다고."

오늘도 이른 아침의 마물 돌보기부터, 정신없이 바쁜 하루였군. 레벨업을 할 시간도 없을 지경이다.

……악마에게 혼을 팔아넘기는 것 같은 선택지지만, 레벨업 속도가 무시무시하게 빠른 사디나의 사냥에 동행하는 게 좋지 않을지 고민되는군.

렌은 헤엄을 칠 줄 모르지만, 제물 삼아 한 번 보내 볼까?

그런 생각을 하면서 잠들려고 했을 때, 누군가 집 문을 노크하는 소리가 들린다.

"나오후미, 집에 있어?"

라프타리아와 사디나가 떠나는 동시에 렌이 찾아왔다.

"무슨 일이야?"

"그게…… 낮에 벌어진 사건 이후에, 에클레르와 다른 노예들과 같이 사냥을 나갔다가, 식탐의 저주가 뭔지를 알아냈어."

"응? 알아낸 거야?"

식탐의 저주가 어떤 것인지, 스테이터스를 아무리 확인해 봐도 렌은 알지 못했었다.

가능성이 있을 것 같은 사항들을 하나하나 차례대로 확인해 나갔고…… 그 결과, 상당한 시간이 걸렸다.

"역시 식탐의 저주는…… 경험치가 안 들어오는 거였어."

"으윽……."

하긴 경험치를 희생시켜서 힘을 사용했으니, 그 대가로

한동안 경험치가 들어오지 않는 것 정도는 충분히 가능성이 있다고 생각하긴 했었다.

"내 가까이에서 싸워서 그런 건 아니고?"

"아냐."

상당히 오래전에, 키즈나와 함께 사성용사가 같이 싸울 경우의 페널티에 대해 조사한 적이 있었다.

용사들이 서로 가까이 있을 경우에 일어나는, 경험치가 들어오지 않는 현상의 적용 범위는 반경 1킬로미터 전후.

은근히 좁기도 하고, 은근히 멀기도 하다. 둘 이상의 용사가 이 범위 안에서 싸우면 경험치가 들어가지 않는다.

그 범위 밖까지 가서 싸웠는데도 렌에게 경험치가 들어가지 않았다면, 저주일 가능성이 높으리라.

이거야 원, 하필 성장에 관한 저주에 침식당하다니, 렌도 참 어지간히 운이 없군.

정말 강해지고 싶다면 조금이라도 저주가 풀려야지, 이대로 가다가는 손발이 다 묶인 거나 매한가지다.

"그걸 보고하러 온 거야?"

"그래. 그리고 온 김에 나오후미한테 문자 채점을 부탁하고 싶은데⋯⋯."

나는 앞날을 생각해서, 렌에게 이 세계의 문자를 가르치고 있는 중이다. 마법서를 읽고 마법을 배워 두는 게 좋을 테니까. 일본어를 아는 내가 아니면 시험 채점을 해줄 수 없다는 게 문제지만 말이다.

리시아에게 가르치면 익힐 수 있으려나? 그 녀석은 이세계 언어를 빨리 배우는 재주를 갖고 있으니까.

"내일도 일찍 일어나야 하니까 이제 그만 자. 채점 결과는 내일 알려줘도 되겠지?"

"괜찮아. 나오후미도 피곤할 거 아냐? 푹 쉬어."

"하아……."

이 정도면 카르밀라 섬에 있는 저주에 잘 듣는 온천에라도 보내서 치료를 시켜야 하려나?

나나 라프타리아, 필로는 그런 것 가지고는 완치가 안 되는 저주라는 모양이지만, 렌의 경우는 강화된 저주의 무기가 아니니까 괜찮을 것 같다.

스케줄을 조정해서라도, 에클레르라도 딸려서 카르밀라 섬에 강제적으로 보내야겠다.

활성화도 끝났을 테니 포털도 쓸 수 있을 거고, 만약에 쓸 수 없다고 해도, 라프타리아에게 수중 신전의 위치를 기억시켜서 귀로의 용맥(龍脈)을 통해 근처까지 갈 수 있게 만들면 된다.

"뭐, 근시일 내에 요양도 겸해서 에클레르랑 할망구를 데리고 다녀오도록 해."

어차피 배 타고 하루 거리다. 에클레르나 할망구와 같이 가면 시간낭비가 되지도 않을 것이다. 수행도 할 수 있을 테고.

언어 습득이나 마법 이해도, 하루쯤 안 한다고 뒤처지는
건 아니다.

내가 가르치고 있으니까. 순조롭게 가면 내가 익힌 것보
다 더 단기간에 익힐 수 있으리라.

"알았어. 나오후미가 그렇게 얘기한다면, 가지."

"강화 방법을 제대로 실천하면 충분히 잘 싸울 수 있을
거야."

지금의 렌은 수행도 하고 있지만, 그와 병행해서 내가 가
르쳐 준 강화법도 실시하고 있다.

저주의 반동도 전투에 직접 영향을 주지는 않는 종류이고
하니, 만약에 용사의 목숨을 노리는 녀석들이 나타난다고
해도 패하지는 않……을 것이다. 만전을 기해서 할망구와
에클레르를 호위로 붙여 두면 충분하겠지.

"나중에 보낼 테니까 각오해 둬."

"그럼 난 이만 갈게, 나오후미."

이렇게 렌이 돌아간 후, 나는 침대에 누워 취침했다.

이것이…… 마을에서 보내는 나의 하루다.

날에 따라 하는 일이 달라지긴 하지만, 대개는 이런 식으
로 바쁜 나날을 보내고 있다.

아…… 이제 슬슬 레벨업도 하러 가야 할 텐데. 등에 있
는 알 때문에 자기가 여간 불편한 게 아니다.

그런 식으로 이틀쯤 경과한 오후의 일이다.

"나오후미 님."

라프타리아가 약간 원망 섞인 눈으로 나를 쳐다본다.

나도 내가 좀 지나쳤구나 싶은 생각이 들긴 한다.

"실력이 꽤 많이 늘었군."

"그러게 말이야. 고작 이틀 만에 이 정도까지 해내다니, 역시 난 천재라니까."

라트와 함께 바이오플랜트 개조 작업을 했다.

그 성과를 본 나는 눈이 휘둥그레지지 않을 수 없었다. 역시 전문가를 끌어들인 게 주효했다.

더불어, 라트는 이미 내 노예가 되어 있다. 나에게 거짓말을 하지 않았다는 걸 확실하게 확인할 수 있다.

사용한 노예문 자체도 고급이다. 결코 놓치지 않는다. 배신은 곧 죽음이다.

라트에 대한 경계를 소홀히 할 생각은 없지만, 현재까지는 연구에 몰두하고 있고, 지금의 처우에도 만족하고 있는 것처럼 보인다.

본론은 지금부터다.

이번 연구에서 만들고자 했던 건, 간이 거주지 역할을 할 수 있는 바이오플랜트였다.

더 많은 노예들이 올 걸 고려해서 증축을 하고 싶었던 것이다.

그래서 그런 재미있는 식물을 만들 수 없을까 하고 고민하던 참이었다.

그리고 그 실험은 성공. 지시만 하면 집 형태로 변하는 편리한 바이오플랜트가 완성되었다.

이름은 바로 캠핑 플랜트.

이것저것 태클을 걸고 싶은 충동에 휩싸이게 만드는 이름이지만, 이름 그대로의 성능이니 부정할 수가 없다.

햇빛을 이용한 광합성을 통해서 낮 동안에 마력을 비축하고, 밤이 되면 그 마력을 이용해서 꽃 부분에 불이 들어오는 옵션까지 붙어 있다.

노예들은 적응력이 뛰어나서, 얼핏 보기에 위험해 보이는 캠핑 플랜트로 만든 집에도 금방 눌러앉았다.

장점은, 집이 방해가 될 경우에는 제초제만 뿌리면 시든다는 것.

요컨대 더없이 편리한 간이 주거 환경이 갖춰진 것이다.

그 결과…… 마을에 녹색 집만 가득해졌기에, 내가 라프타리아의 비난을 받고 있는 것이다.

"미안하게 됐어."

"뭐가요?"

"네 마을을 인외마경으로 만들어 버린 것 때문에 화내는 거 아냐?"

"뭐…… 그것도 어쩔 수 없는 일이잖아요. 저도 그 정도는 알아요.”

그런 라프타리아와는 딴판으로, 라트 쪽은 내 바이오플랜트 개조가 엄청 마음에 든 모양이다.

획기적인 방법이라나 뭐라나.

획기적이고 뭐고, 어차피 방패의 능력을 이용해서 개조한 것뿐인데 말이지.

라트가 지시를 하면, 내가 방패의 강력한 영향력을 빌려서 그 비율대로 개조하고, 세세한 설정은 라트가 맡는 식이다.

현재 라트에게 의뢰한 것은, 약초를 만들어낼 수 있는 바이오플랜트에 대한 연구다.

원래는 약을 만들어내는 바이오플랜트를 만들어 달라고 했지만, 그건 어렵다고 한다.

물론, 여기까지 다다르기까지 수많은 실패를 거듭했었다.

참고로 시제품 제1호는 식인 하우스였다.

위험하니까 들어가지 말라고 라트가 집요하게 주의를 주었음에도 불구하고, 눈이 초롱초롱해진 윈디아와 필로가 “와아아아아아.”하고 눈을 초롱초롱 빛내며 들어갔다가 잡아먹혔지만, 라프타리아 등과 함께 플랜트를 파괴해서 윈디아와 필로를 구출, 사태는 별 탈 없이 마무리될 수 있었다.

그때 마을 녀석들의 표정은 뭐라 형언할 수가 없더군.

그리고 라트에게 마물의 알 감정을 맡겼다.

라트는 내가 관리하는 마물의 성장 속도가 빠르다는 걸

일찌감치 알아채고 사정을 물었다. 내가 마물사 방패에 있는 성장보정이라는 기능에 대해서 설명했더니, 흥분해서 어쩔 줄을 몰라 하며 방패를 뚫어지게 관찰했다.

"호오, 용사가 육성하는 마물은 능력이 뛰어나다는 얘기를 들었는데, 이게 원인이었단 말이지."

"아마 그럴 거야. 그나저나 다른 용사도 비슷한 능력을 갖고 있는 거야?"

렌이 있으니 한번 시험해 봤더니, 같은 종류의 무기가 출현했다.

"내가 알던 용사와는 그런 얘기를 해 본 적이 없었는데."

"그렇군."

그야, 서로 사이가 나빴다는 모양이니까.

지금까지 들은 이야기로 미루어 보아, 포브레이의 칠성용사들은 고지식한 자들인 것 같다.

마물 개조 같은, 기존의 상식에서 동떨어진 연구, 즉 라트가 전공으로 삼고 있는 연금술 같은 것들을 싫어했다는 모양이다.

자세한 얘기는 라트가 꺼려했기에, 그자들이 어떤 인물이었는지는 미처 묻지 못했다.

애초에 내 쪽에서 계속 대화를 요청하고 있으니, 빨리 와 줬으면 좋겠는데 말이지.

더불어, 바이오플랜트의 변종에 의한 식량 생산 연구도

궤도에 오른 상태다.

맛은 보장이 돼 있으니, 이제 라트에게 맡겨 두면 다양한 변종 제작도 가능해질 것이다.

마물 육성도 대부분 노예들에게 맡겨 둔 상태이니, 머지않아 본격적인 행상 일을 시작할 수 있을 것이다.

"덕분에 나도 손쉽게 연구소를 세울 수 있게 됐고, 이 종은 완전 축복이라니까."

라트의 연구소란, 캠핑 플랜트로 지어진 커다란 건물이다.

라트가 어디선가 거대한 시험관을 가져와서, 연구실에 설치하고 있다.

뭉클뭉클 거품이 피어오르는 시험관 속 액체 안에 뭔가 마물이 떠 있는 광경은, SF 속 괴물을 연상케 한다.

그걸 봤을 때, 이 녀석을 받아들인 건 실수가 아니었을까 하고 살짝 고민했다.

고작 이틀 만에 일어난 일이다. 변화 속도가 빨라도 너무 빠르단 말이지.

이틀 만에 연구소가 세워지다니…….

참고로 윈디아와 라트는 마물을 사이에 둔 라이벌 같은 관계다.

마물을 강화시키려면 전투를 시키는 게 제일이라고 생각하는 윈디아와, 마물은 개조해야만 강해질 수 있다고 주장하는 라트의 의견이 정면충돌했다. 하지만 양쪽 모두 마물

강화 방법을 모색하고 있다는 점에서는 일치하기 때문인지, 서로를 완전히 미워하지는 않는 듯, 뭔가 같이 얘기를 나누고 있다.

뭐, 아무래도 윈디아는 학력이 부족하다 보니, 라트에게 농락당하는 경우가 많은 것 같지만.

"그럼, 난 질릴 때까지 바이오플랜트 연구를 하고 있을게. 지원 계획이 세워지거든 나한테도 가르쳐 줘."

"그래, 나도 마물 자체에 대한 개조를 하고 싶으니까."

나에게 있어서는 부하의 전력이 무엇보다 중요하니까, 그건 꼭 필요한 일이다.

영귀와의 전투에서도 봤다시피, 아군의 숫자는 많으면 많을수록 좋다. 덧붙이자면 마물이 강하면 강할수록 좋다.

뽀각…… 뽀각.

등 쪽에서 그런 소리가 난다. 아마 알이 이제 슬슬 부화하려는 모양이다.

"생명의 태동이 느껴지네요."

"그래, 아트라는 알아보나 보군."

나는 등에 짊어지고 있던 알을 내려놓고 확인한다.

"알이 부화하는 건가요?"

"그런 것 같아."

필로 때와는 달리 상당히 큰 알이다.

그 알에 금이 가고, 서서히 그 안에서 드래곤 새끼가 나타난다.

"드래곤은 뭘 먹고살지?"

"역시 고기 아닐까요?"

"고기가 있었던가?"

마을 창고에 보존해 두었던 훈제 고기나 말린 고기가 남아 있으면 좋을 텐데…….

"종류에 따라 다르지만, 이번 녀석은 잡식성이야."

그거 다행이군.

요즘 들어 과도하게 많이 수확돼서 어느덧 행상의 주력상품이 되어 가고 있는 바이오플랜트 열매를 사료로 써야겠다.

"뀨아아아아!"

드래곤 새끼가 알껍데기 밖으로 얼굴을 내밀고 울음을 터뜨렸다.

마물의 부화 광경이라……. 옛날 생각이 나는군. 필로도 이런 식으로…… 아니, 녀석은 더 활기가 넘쳤었지.

드래곤 새끼의 크기는 내 머리 정도. 필로에 비하면 확실히 더 크다.

"어째 체형이 특이한데."

호리병 같은 통통한 체형에, 등에는 그냥 달려 있다는 데 의미가 있을 정도의, 작은 날개가 돋아 있다.

꼬리는 굵직하다. 뿔은 두 개고, 아직 비늘은 돋아 있지 않은 것 같다.

안아 들어 보니, 체온이 높은 걸 알 수 있었다.

"뀨아!"

눈을 깜박거리며 나와 시선을 마주친다.

"뀨아아!"

한 손을 들어 보이며 인사하는 듯 울음소리를 낸다.

아, 맞아, 알껍데기를 방패에 먹여 둬야겠다. 나는 드래곤의 알껍데기를 방패에 흡수시킨다.

……파직!

뭐지? 방패에서 불꽃이 튀었는데.

키즈나 쪽 세계에 있을 때도 비슷한 반응이 일어난 적이 있었다.

마룡 방패를 만들 때였었지. 그때도 같은 현상이 발생했었다.

"후후…… 뭔가 깜찍하네요. 필로가 새끼였던 시절이 떠올라요."

라프타리아가 드래곤 새끼를 손가락으로 쿡쿡 찔러 보고 있다.

드래곤 역시 쿡쿡 찌르는 라프타리아의 손가락을 붙들고 빨고 있었다.

이 생물이 정말 성욕의 화신이 되는 건가?

"이게 드래곤이군요. 아주 따뜻한 생명의 태동이 느껴져요."

아트라도 드래곤의 새끼는 자상하게 대하는 모양이군.

백호와 드래곤……. 용의 이미지를 생각하면 사이가 나쁠 것 같은 느낌이 든다.

하지만, 딱히 그런 문제는 없을 것 같다.

"자, 그럼 일단 진찰부터 해 볼게."

라트는 드래곤 새끼를 찬찬히 관찰하고, 손으로도 가볍게 진단했다.

"응. 건강에 딱히 문제는 없는 것 같아. 그리고, 성별은 수컷인 것 같아. 정상적으로 잘됐어."

"그거 다행이군."

이상하게 성장해서 필로처럼 인간화될 경우에도, 수컷이라면 별문제 없다.

뭐, 일단 인간화가 됐다는 것 자체가 문제지만.

라트가 놓아 주자, 드래곤 새끼는 내게 매달려서 기어오르기 시작한다. 뭐야, 이 녀석은.

"육성 방법은 딱히 까다롭지는 않을 거야."

"그래?"

"가능하면 빨리 사냥을 가는 걸 추천할게. 성장이 시작된 드래곤의 식욕은 무서울 정도니까."

"……지금 나한테 그런 소리를 하는 거냐?"

"하긴, 백작 밑에는 드래곤보다 식욕이 더 강하면 강했지 덜하지는 않은 애들이 잔뜩 있으니까."

라트는 한 방 먹었다는 듯이 고개를 끄덕였다. 혼자서 매듭짓지 마. 허무해지잖아.

"이 드래곤은 어떤 종류지?"

"월 종이야. 드래곤들 중에서도 충의를 중시하는, 충성심 높은 종족. 순혈종과 티레라 사이에서 나온 혼합종이지."

"티레라?"

"티레라는 도마뱀목의 거대한 마물이야. 날지는 못하지만 탈것으로는 뛰어나지. 뭐, 진귀한 마물이긴 하지만."

"호오……."

처음 듣는 이름이다. 맞닥뜨린 적도 없다. 애초에 드래곤 자체도, 그렇게 여러 종류를 만나 본 건 아니니까.

"메르로마르크에는 서식하지 않는 마물이니까, 아마 백작은 모르겠지. 이 부근에서는 키우는 사람도 없고."

"그래?"

"보통은 포브레이나 실드프리덴, 실트벨트에서 많이 보이는 마물이거든."

"호오……."

"얘가 그 알에서 나온 드래곤이야?!"

윈디아가 찾아와서, 갓 태어난 드래곤에게 흥분한 얼굴로 다가간다.

"뀨아!"

드래곤 새끼는 낯가림 부리는 것 없이 애교를 부려댄다.

"일단 나중에 마을 밖으로 데려가서 레벨업을 시키는 게 좋겠군."

"응! 그치만 필로는 아마 싫어할 텐데."

윈디아가 드래곤 새끼를 어르면서, 내 지시에 고개를 끄덕인다.

어찌 됐건 시킨 일은 착실하게 해내는 녀석이다.

마물을 죽여야 할 때도, 불쌍하니까 안 된다느니 하는 소리는 안 한다. 도리어 약육강식을 좋아하는지, 의욕이 넘친다. 이 녀석은 도대체 뭘 하고 싶은 건지.

그나저나, 필로는 싫어할 거란 말이지. 뭐, 종족적으로 숙적 관계라는 모양이니 어쩔 수 없는 일이긴 하다.

"네 이름은 가엘리온이야!"

"누구 맘대로 이름을 붙이는 거냐!"

"나오후미 님, 마을 아이들이 정한 이름이라나 봐요."

"맞아요. 다 같이 얘기하는 걸 들었어요."

"그런 거야? 그렇다면야…… 뭐, 괜찮겠지."

이름을 생각하는 것도 귀찮으니까. 아마, 내가 지었다면, 대충 '드랭' 같은 이름을 붙였을 테고.

그렇게 생각하면, 가엘리온이라는 이름은…… 그나마 나은 편이군.

"그럼 애들한테 보여주고 올게~."

그렇게 윈디아는 가엘리온을 돌보면서, 마을 녀석들과 함께 레벨업을 하러 떠났다.

빨리 커서 전력에 보탬이 돼 주면 좋으련만.

"라프짱이 보고 싶군."

요 이틀 동안, 라프짱은 줄곧 필로의 머리 위에 올라앉아 있었다.

필로의 머리 위가 상당히 마음이 들었는지, 불러도 와 주질 않아서 약간 쓸쓸하다.

"아아, 그러고 보니까 궁금한 게 있었는데, 그 마물은 어디서 발견한 거야?"

라트의 질문에, 나는 라프타리아 쪽으로 눈길을 돌린다.

무지하게 떨떠름한 표정을 짓는다.

이걸 어쩐다? 라프짱에 대해서 자세하게 설명하면 그것도 그것대로 성가실 것 같은데…….

하지만 라프짱은 즐겨 함께 다니는 멤버다. 도움이 될 수 있도록, 더 강하게 개조해 나가고 싶다. 그렇기에 설명하기로 한다.

"라프짱은 이세계에서 내가 만들어낸 식신…… 이 세계의 표현으로 치자면 사역마야. 라프타리아의 머리카락을 재료로 만들어냈지."

"나오후미 님, 실컷 고민해 놓고 그냥 알려주시는 거예요?!"

물론, 그렇고말고.

"방패의 기능으로 이런저런 강화가 가능하다는 점은 바이오플랜트와 마찬가지야. 하지만 강화를 하려면 이런저런 소재며 힘을 소비하는 것 같아."

어찌 됐건 라프짱의 능력은 내가 시시때때로 조정하고 있다.

강화에는 소재가 필요하기에, 조금씩, 착실하게 육성해 나가고 있는 것이다.

원리로 따지자면, 이 방패와 비슷한 성질이 있다.

"그런 사역마가 다 있었구나. 신종 마물인 줄 알았어."

"신종 마물로 정착시키는 게 목표야."

"그런 얘기는 처음 들었어요! 나오후미 님, 어떻게 된 거예요?!"

아, 이런. 라프타리아에게 내 야망을 들켰잖아.

"그런 궁궁이를 꾸미고 계셨단 말이죠……."

"흥, 라프타리아, 이것만은 절대 양보 못해. 나는 라프짱을 끝까지 저 상태로 둘 생각은 없어."

"왜 그렇게 열의를 보이시는 건지, 전 도통 이해가 안 돼요."

아무리 신뢰하고 있는 사이라고 해도, 서로 이해할 수 없는 일도 일어나는 법이다.

하지만, 그것도 나쁠 건 없지 않겠는가.

라프타리아와 닮았다는 점뿐만 아니라, 라프짱이 가진 특유의 흥도 마음에 든다.

"라프타리아 씨, 왜 그렇게 싫어하시는 거예요? 나오후미 님이 바라신다면 그 뜻을 받아들이는 게 신하의 역할이잖아요."

"받아들이면 안 되는 문제니까 이러는 거예요! 아트라 씨도 잘 생각해 보세요. 자기 머리카락으로 만든 마물이라구요!"

"나오후미 님이 예뻐해 주신다면야 기꺼이 내놓고 말구요."

아트라의 머리카락으로 식신, 사역마를 만든다? 작은 백호 같은 게 연상된다.

실재 존재한다면 귀엽기는 하겠지만, 라프짱만큼 귀엽겠느냐 하면 그건 좀 애매하다.

"나오후미 님, 얼굴에 다 나타나요. 왜 그렇게 라프짱에게 집착하는 건지 이해가 안 가네요."

끄응……. 라프타리아에게 생각을 읽히고 말았다.

"나오후미 님의 생각을 읽어내지 못했어요. 하지만 다음에는 안 질 거예요."

왜 그렇게 경쟁심을 불태우는 건지, 원.

아트라는 내 낯빛을 읽고 싶어 하는 건가? 하지만 넌 눈이 안 보이잖아.

"그럼 백작, 능력 항목의 변이성 같은 걸 올려 보면 되는 거 아냐?"

"바이오플랜트의 전례를 생각해서, 그 방법만은 피해 온 건데……."

"변이라고 해서 나쁜 일만 일어나는 건 아니잖아? 백작이 정말 신뢰를 갖고 있다면, 조금 정도는 해 보는 것도 한 방법이라고 생각하는데?"

흐음……. 일리 있는 얘기군.

"필로리알은 용사가 만들어냈다는 전승도 있으니까, 어쩌면 백작이 귀여워하는 그 애도 언젠가 제2의 필로리알이 될 수 있을지도 몰라."

근사한 발상이다. 필로리알 같은 편리한 마물을 창조해낸다는 라트의 목적과도 관련이 있다.

그야말로 일석이조.

나는 라프짱을 강하게 만들 수 있다. 라트는 제2의 필로리알 창조를 시도할 수 있다.

좋아, 앞으로는 라프짱의 변이성을 조금 높여 봐야겠다.

사역마에서 마물로 성장시키는 거다.

"나오후미 님, 하지 마세요."

"아무리 라프타리아라고 해도, 라프짱의 장래를 가로막는 선택은 용납 못해."

"아아, 나 참……."

내 결연한 의지가 전해졌는지, 라프타리아도 더 이상 강경하게 나오지는 않는다.

"자, 그럼…… 이 얘기는 이쯤 해 두고, 오늘은 무기상 아저씨 가게에 가 봐야지."

화제를 전환해서 빠져나가야겠다. 오늘 정도면 전에 부탁했던 도 제작도 끝났을 테고 말이지.

"……알았어요. 그럼 가요."

여기서 물러서 주는 것이 라프타리아의 장점이리라.

그렇게 해서 우리는 라트와 작별하고, 포털을 이용해서 무기상 아저씨의 가게로 출발했다.

4화 스타더스트 블레이드

"왔어, 형씨?"

무기상에 가니 아저씨가 기다렸다는 듯 우리를 맞이해 주었다.

가게는 여전히 성업 중인 듯, 상품 진열대가 허전해 보이는 건 단순히 내 착각만은 아니리라.

그러고 보니 이틀 전에 물자가 들어온 덕분에, 이제 장비류는 어느 정도 충실하게 갖춰졌단 말이지…….

뭐, 그렇다고 거절한 필요는 없으리라. 최악의 경우, 녹여서 다른 걸 만들면 된다.

"부족한 재료가 있으면 얘기해 줘. 마을 녀석들에게 지시하면 도움이 될 테니까."

"형씨네 마을에 있는 건 톨리의 친척들이잖수? 미안하게 그런 것까지 시킬 순 없지."

"지금까지는 세밀한 작업만 시키고 있으니까. 땅 파기 같은 게 스트레스 해소에 도움이 될지도 몰라."

이미아를 비롯한 르모 종 녀석들은 얌전한 자들이 많은데, 내가 보기에는 아마 스트레스를 꾹꾹 참는 타입인 것 같다. 어딘가 스트레스의 배출구가 필요하다. 땅을 팔 때면 즐거워 보이던 걸 보면, 땅파기를 보람 있는 작업으로 여길 가능성이 높다.

"광산을 알아봐 달라고 여왕에게 부탁하면 괜찮은 곳을 찾아봐 줄 거야."

"용사님의 배려, 감사드립니다."

이미아의 숙부가 고개를 숙인다. 아아, 역시 광산은 스트레스 해소에 도움이 되나 보군.

아마 즐거운 행사 정도로 인식하고 있는 거겠지.

"그래? 뭐, 형씨와 톨리가 괜찮다면 나중에 부탁할 수도 있고."

"물자 공급을 맞추려면 이제 슬슬 발주하는 게 좋을 거야."

역시 그런가. 그럼 나중에 절차를 밟고 보내도록 해야겠군.

"그럼 지시를 내려 두지. 나중에 보내도록 할게."

필로나 그 부하 1호에게 명령해서 아저씨한테 배달하도록 하면 될 것이다.

"고맙수다, 형씨. 그럼 나중에 필요한 광석 일람을 적어다 주지."

"나도 이것저것 부탁한 게 많으니까. 인사는 필요 없어."

"하긴 그랬지. 물건은 다 완성됐어."

아저씨는 그렇게 말하고, 가게 안쪽에서 도 한 자루를 가져왔다.

상당히 투박한 디자인의 도다.

도의 밑동 부분…… 날밑 언저리는 아예 운석 상태 그대로처럼 보이는 구조다.

일부러 이런 형태로 만든 걸까?

내가 어디를 보고 있는 건지를 눈치챈 듯, 아저씨는 입을 연다.

"여기는 운철의 힘을 칼날로 유도하기 위한 부분이라우. 다루기가 좀 까다로운 건 어쩔 수 없고."

"아아, 역시 그렇군."

보기에는 그냥 만들다 만 도처럼만 보인다.

"오랜만에 만들어 본 건데, 역시 스승님한테는 못 미치는군."

"제가 보기엔 굉장한 명품 같은데요……."

라프타리아가 도의 칼날을 응시하면서 중얼거린다.

글쎄, 그냥 봐서는 잘 모르겠군. 나도 안력 스킬로 도를 확인한다.

운철도 품질 고품질

방패 때보다 질이 더 향상돼 있다.

"스승님이었다면 훨씬 더 굉장한 걸 만들어냈을 텐데."

흐음……. 아저씨는 그렇게 말했지만, 나는 딱히 불편함은 못 느꼈으니 동의하기가 힘들군.

"없는 걸 탐내 봤자 헛수고고, 만약에 그 녀석이 있었더라도 난 아저씨한테 맡겼을 거야."

"형씨……. 그래, 앞으로도 이것저것 만들어 나가야겠지."

"저도 지지 말고 만들어 나가야겠습니다. 여기부터가 시작이 될 것 같군요"

"오? 누가 질 줄 알고?"

이미아의 숙부와 아저씨가 서로를 노려본다. 뭔가 배경에 불꽃이 보이는 것 같은 기분이다.

친한 사이지만, 한편으로는 라이벌이기도 하다는 거군.

"아트라는 이 칼을 알아보겠어?"

눈이 보이지 않는 아트라는, 기라는 요소를 감지해서 사람의 기운 같은 걸 알 수 있는 모양인데, 인간 이외의 것들도 인식할 수 있는지 궁금하던 참이기에 물어보았다.

"이 날붙이 말이군요. 날붙이에서 힘이 뿜어져 나오는 게 느껴져요. 보통 무기와는 약간 다른 것 같네요."

보아하니 어느 정도는 알아보는 모양이다.

뭐, 마을 안에서도 거침없이 활보하고 다니는 녀석이니, 당연히 그럴 거라고 생각은 했었지만.

"굉장히 좋은 물건인 것 같아요. 라프타리아 씨에게는 아까운 물건이에요."

"당신 대체……."

라프타리아는 더 이상 문답을 주고받으면 괜히 일만 더 성가셔질 거라는 걸 깨닫고, 아트라를 상대해 주지 않기로 한 모양이다.

"그럼 라프타리아에게 들려주도록 하지."

"얼마든지! 단, 가게 안에서 기술을 쓰면 곤란하우."

"나도 알아."

가게 안에서 유성방패를 전개했던 적이 있었다. 아저씨한테 보여주고 싶어서 그랬던 건데, 결국은 민폐만 끼치고 말았다. 그때 일이 기억에 남아 있는 것이리라.

그리고 라프타리아는 도를 손에 들고 복제를 작동시킨다.

"아, 네. 복제 완료했어요."

"무사히 잘돼서 다행이군. 스킬은 있나?"

"네, 저기, 스킬은——."

아마 유성도 같은 거겠지. 검의 용사인 렌이 운철검을 복제했을 때 나온 스킬이 유성검이었던 모양이고, 나를 비롯한 다른 용사들 역시, 보유하고 있는 무기 이름에 '유성'이 붙은 스킬이 나왔으니까.

"스타더스트 블레이드라고 나와 있어요."

"뭐라고?"

유성이 아니라 스타더스트라고? 직역하자면 소성단 같은 걸 가리키는 거니까 의미가 좀 다른데…….

뭐, 소성단도 지면에 떨어지면 우주 먼지이긴 한가? 원래 재료가 운석이니 비슷한 구석이 없는 건 아니다.

그보다 이름이 왜 영어로 돼 있는 거지?

하긴, 생각해 보면 라프타리아가 갖고 있는 권속기는 키즈나 쪽 세계의 권속기였으니까.

규격이 다르니 습득할 수 있는 스킬도 다른 거겠지만, 약간 아쉽다.

"스킬명의 성질이 다르네요."

그러고 보면, 스킬 이름은 어떤 기준으로 붙는 건지 잘 모르겠다.

키즈나며 글래스, 라르크 등의 스킬명은 한자 같은 느낌이었다.

그런데 라프타리아의 도에서는 서양풍 스킬명이 나왔다.

"유성도 정도의 이름이 붙을 줄 알았는데, 아쉬운걸."

"그게 왜 아쉬운 건데요……."

이제 라프타리아도 유성 바보가 될 거라고 생각했었는데 말이지.

아니면 유성 동지라고 할 수도 있고.

"라프타리아 씨는 정말 나오후미 님의 희망에 보답하질 못하시네요."

"그게 왜 제 탓인데요?! 도가 멋대로 정한 거라구요!"

"아트라, 넌 쓸데없는 말이 너무 많아. 앞으로 조심해."

"알았어요!"

아니, 뭘 알았다는 거냐.

그리고 복제를 마친 라프타리아가 아저씨에게 운철도를 반납한다.

"뭐, 덕분에 좋은 연습 기회를 얻었어. 또 무슨 일 있으면 말만 하라고."

"알았어. 혹시 아이디어가 생각 안 나거든 나를 불러 줘. 어쩌면 영귀의 소재 가공에 조건이 있을지도 모르니까."

"아…… 그럴 가능성도 있겠군. 알았수다. 형씨들도 새로 얻은 도를 시험해 보고 싶을 거 아니우? 얼른 가서 시험해 보구려."

"그래, 그럼 다음에 또 올게. 다음에는 부탁한 광석을 갖고 오지."

"기대하겠수다."

이렇게 해서 우리는 서둘러 마을로 돌아왔다.

참고로 스타더스트 블레이드가 어떤 것이었느냐 하면, 이름은 다를지언정, 렌의 유성검과 거의 같은 규격의 스킬이었다.

SP 소모와 쿨타임도 밸런스가 좋아서, 사용하기가 용이하다고 한다.

이런 식으로, 이상하리만치 평화로운 나날이 1주일 정도 흘렀다.

그러는 동안에도 변환무쌍류 수련을 위해서 아트라와 매일 대련을 하고 있었다.

그리고 여유가 있을 때면 르모 종 녀석들과 광산으로 가서, 채굴한 광석을 아저씨의 가게에 가져다주었다.

내 예측은 정확해서, 르모 종 녀석들은 광산에서 생기 넘치게 채굴 작업에 임해 주었다.

발톱으로 신나게 땅을 파는 모습은 그야말로 두더지 그 자체였지만.

광석을 받은 아저씨가 기뻐하던 모습도 인상적이었다.

더불어, 부화한 드래곤, 즉 가엘리온은 윈디아와 라트가 정기적으로 성장 상황을 기록해 주고 있다. 노예들과 함께 레벨업을 한 덕분에 상당히 빠른 속도로 성장하는 중이다.

사디나도 같이 도와준 덕분에, 고작 1주일 만에 38까지 상승했다.

외견도 어느덧 제법 큼직해진 상태다.

그런 나날을 보내던 어느 아침, 나는 한숨을 지었다.

"하아……."

또 너냐. 아트라가 최근 들어 내 침대 속으로 기어드는 일이 잦아졌다.

원래부터 성희롱을 해 대던 녀석이었지만, 요즘은 한층 더 공격적으로 접근해 온다.

나한테 들키지 않고 침입하다니, 상당한 실력이잖아.

발소리를 안 내고 다니는 방법을 익힌 건가? 기척에 민감한 나에 대한 대책으로?

그럴 때마다 포울을 부르곤 했지만, 포울은 매번 아트라를 당해내지 못했다.

포울은 처음에는 아예 아트라가 계속 자고 있는 거라고 착각했었을 정도니까.

어제는 졸음을 이기지 못하고 숙면. 아트라가 가져다준 간식 속에 수면제가 들어있었을 것으로 추측된다.

입수 경로는 가엘리온이라나 보다. 수면의 브레스를 사용할 수 있게 되었다고 한다.

그리고 그 전에는…… 물리적으로 잠재워 버렸다.

오늘은 무슨 수를 쓴 건지 원.

"죄송해요 나오후미 님! 어제는 다른 아이들이랑 같이 잠들어 버려서 미처 못 돌아왔어요."

콰당 하고 문이 열리고, 하필이면 이 최악의 타이밍에 라프타리아가 들어왔다.

그 얼굴이 어리둥절한 표정으로 바뀐다.

"저기…… 아무 일도 안 일어났나요?"

"무슨 일이 일어난다는 거지?"

침대에 멋대로 숨어드는 짓 때문에 난감하기 짝이 없다.

결벽증인 라프타리아는 아마 화를 내고 있겠지.

나 참, 내가 그런 짓을 할 거라고 생각하고 있는 건가?

나는 아트라보다는 사디나가 더 무섭다고. 그 녀석도 가끔씩 찾아오곤 하니까. 술에 떡이 돼서 놀러오곤 한단 말이지.

나는 매일 아침 일찍 일어나니까 졸려 죽겠단 말이다!

"하아……. 하긴 그렇겠죠. 나오후미 님은 그런 분이니까요."

"무슨 소리를 하는 거야. 그보다 포울을 불러다 줘. 난 오히려 포울 쪽이 걱정이야."

오늘은 거적에 돌돌 말려 나뒹굴고 있었다.

움직이지도 못하고, 집에서 배를 깐 자세로 버둥거리고 있었다는 모양이다.

"나오후미 님? 왜 거부하지 않으시는 거예요?"

"나가라고 주의를 주고 내쫓았어. 그랬더니 아예 밖에서 자더군. 요전에는 또 기어들면 노예문을 발동시켜서 벌을 줄 거라고 했는데도 또 들어온 거야."

"완전 독종이잖아요!"

쫓아냈더니 아예 집 앞에서 잤다. 그리고 노예문을 썼을 때는, 원래부터 병 때문에 온몸이 아팠었기에 적응이 돼서 별 효과가 없었던 모양이다. 태연하게 잠들어 있었다.

그야말로 한다면 하는 녀석이다.

포울이 엄청나게 화를 냈다. 나보고 어쩌라는 거야.

"그랬었죠. 나오후미 님은 그런 분이시니까요."

"그 말 오늘만 벌써 두 번째야. 그러니까 나도 똑같이 대답해 주지. 무슨 소리를 하는 거야?"

"으응……. 무슨 일이에요, 나오후미 님?"

눈을 뜬 아트라가 뻔뻔하게 묻는다.

너 때문에 고민하고 있는 거라고.

"몰라서 묻는 거냐?"

"침소를 함께하는 게 그렇게 싫으세요?"

"솔직히 말해서 곤란해. 너도 아플 거 아냐?"

"고통보다 마음이 따스해지는 게 더 큰걸요. 왜 같이 자면 안 되는 거죠?"

"네 오빠가 시끄럽게 군다고."

"아트라! 왜 자꾸 그 녀석에게 가려고 드는 거야?!"

"거 봐."

"오라버니는 신경 끄세요. 제가 나오후미 님을 사모하고 있는 것뿐이니까."

아아, 아트라는 왜 이렇게 소동을 만드는 건지…….

병약했던 시절과는 성격이 완전 딴판이다……. 아니, 유력한 가능성이 하나 있긴 하다.

"라프타리아, 그리고 포울."

"왜 그러세요?"

"뭔데 그래?!"

"어쩌면 이그드라실 약제의 부작용일지도 몰라."

""엉?!""

그렇다. 이제 그것 말고 다른 가설은 떠오르지도 않는다.

"할망구를 생각해 보라고. 나를 성인님이라면서 따르고 있잖아. 분명 이그드라실 약제는 약을 먹여 준 사람에게 반하게 만드는 효과가 있는 게 분명해. 그 덕분에 노예문까지 극복할 수 있게 된 건지도 모르고."

만능 약에도 유일한 결점이 있었던 게 분명하다. 응.

아트라는 할망구보다 약효를 더 강하게 본 만큼, 부작용도 심하게 겪게 된 것이리라.

그렇다고 노예문을 더 이상 강화하는 건 위험하다. 자칫 잘못하면 죽는다.

"일단 약의 부작용이 사라질 때까지 경계를 풀 수 없는 상황이군."

"하, 하긴 그러네요!"

"뭐야?!"

라프타리아는 내 가설에 동의했지만, 포울은 뜻밖이라는 표정이다.

"뭐 불만이라도 있어?"

"아, 아니! 그래! 부작용이 분명해! 아트라를 완치시킬 정도로 강한 약이었으니, 그 정도 부작용은 있는 게 당연하지!"

"아니에요 나오후미 님! 저는 진심으로 나오후미 님을 사모해서——."

"자, 아트라, 오늘도 레벨업을 하러 가는 거야!"

"아아, 나오후미 니이이이이임……!"

아트라가 포울에게 끌려가다시피 방을 떠났다.

뭐, 어차피 아침 식사 후에 다시 같이 수행을 해야 하지만.

그리고 집 문을 닫는다. 그러자 곧바로 다시 노크소리가 울려 퍼졌다.

"네."

라프타리아가 반응해서 문을 연다.

하지만, 거기에는 아무도 없다.

"어라?"

주위를 둘러보는 라프타리아. 그리고 고개를 갸웃거리며 문을 닫는다.

"아무도 없었어요."

"아아, 아무래도 요 며칠 사이에, 마을 녀석들 중에 장난을 치는 녀석이 나타난 모양이야."

밤중이든 아침이든, 내가 집에 있을 때면, 흔히 말하는 '벨튀'를 하곤 하는 노예가 있는 것 같다.

특히 내가 혼자 있을 때 자주 발생한다. 그런 점에서 보면, 라프타리아가 있을 때 나타난 건 희귀한 일이다.

"처음에는 그냥 문이 삐걱거리는 건 줄 알았는데, 아마 그건 아닌 것 같더라고."

집을 보수한 병사를 불러서 조사해 봤지만, 그런 소리가 날 정도로 뒤틀린 부분은 없다고 했다.

참고로 지난번에는 문 앞에서 도사리고 있다가, 노크하는 즉시 문을 열어젖혀 보았다.

키르였다.

아침에도 비슷한 일이 있었는데, 그때는 아트라가 제 시간에 와서 문을 두드린 것이었다.

키르는 "오늘 메뉴는 뭐야?"라면서 다른 노예들과 함께 왔으니 범인은 아닐 것이다.

"아침 식사 때 마을 녀석들을 다그쳐 봐야겠군."

"나오후미 님한테 그런 장난을 치는 아이가 있을까요?"

"실제로 있는 걸 어쩌겠어."

"으음……."

마을 녀석들을 믿고 싶어 하는 라프타리아의 기분은 이해가 간다.

하지만, 실제로 존재하는 건 존재하는 것이니, 교육이 필요하다.

"뭐, 됐어. 나는 슬슬 오늘도 마물 우리에 들를까 하는데, 라프타리아도 같이 갈래?"

"아, 네."

그렇게 해서 우리는 아침 일과를 수행하고 아침 식사를

준비했다.

5화 벨튀

아침 식사를 마친 나는, 노예들을 모두 모아 두고, 노예 항목에 체크를 한 상태에서 말했다.

"요즘 내가 집에 있을 때 장난을 치는 녀석, 알아서 자수해."

……아무도 손을 들지 않는다. 게다가 노예문도 작동하지 않지 뭔가.

노예가 한 짓이 아닌가? 그렇다면……. 나는 마을에 머물고 있는 병사들과 렌을 노려본다.

전원 고개를 가로젓는다……. 도대체 누가 한 짓이지?

"끄응…….."

"주인님 왜 그래~?"

"라프~?"

오늘은 필로가 이쪽에서 밥을 먹고 있다.

라프짱은 여전히 필로의 머리 위에 올라앉아 있다. 필로의 머리가 그렇게나 마음에 드나?

"내가 집에 혼자 있을 때 문을 두드리고 도망치는 녀석이 있어."

문을 열면 이미 도망치고 없는 상태인 걸 보면, 범인은 상당히 재빠른 녀석이 분명하다. 어딘가 숨어 있던 거라고 해도 말이지…….

라프타리아와 아트라를 시켜서 망을 보게 하는 방법도 있지만, 이 범인은 감 하나는 날카로운 모양이라, 보초가 있는 시간에는 오지 않는다. 최악인 건 심야에도 출몰한다는 점이다.

"흐~응. 필로가 망볼까?"

"라프~?"

"보초가 있으면 안 와. 일단 날뛰게 내버려뒀다가, 무슨 일이 있어도 붙잡아 주지."

내가 이렇게 매섭게 말했는데도 반응이 없는 걸 보면 필로는 범인이 아닌 게 분명하다.

"알았어~."

"그럼 라프타리아, 아트라. 오늘 낮에는 범인을 체포할 테니까, 점심식사 후에 한동안 내 집 근처에서 떠나 있어."

"알았어요. 마침 스승님에게 기의 운용법을 여쭤보려던 참이니까, 그쪽에 다녀올게요."

"아아, 나오후미 님. 저는 같이 있고 싶어요."

"날뛰게 놔두겠다고 했잖아. 일단 너희, 오늘은 절대로 내 문을 두드리지 마."

""네~에!""

이랬는데 범인이 안 나타난다면, 이 녀석들이 용의선상에 오르게 되는 셈이지만.

어쨌든, 그렇게 해서 나는 오전 훈련을 마치고, 범인을 유인해 내기 위해서 집에 들어앉아 노크를 기다린다.

똑똑.

아무도 내 집에 오지 말라고 아침에 분명히 경고해 뒀다. 범인이 분명하다.

하지만, 오늘은 놓치지 않는다. 만약에 범인이 아니라 해도 붙잡아주고 말 테다!

"실드 프리즌!"

문을 두드린 녀석을 방패 감옥에 가둔 나는, 이런 장난을 친 녀석이 누구인지 확인하기 위해 문을 열었다.

프리즌이 덜컹덜컹 흔들리고 있다. 함정은 성공이군.

"왜 그러지, 백작?"

"라트잖아. 넌 왜 이런 시간에 여기서 얼쩡대고 있는 거야?"

"기분 전환 삼아 산책. 그보다 무슨 일인데 그래?"

"요즘에 문을 두드리고 도망치는 장난꾸러기가 있다고 아침에 얘기했었잖아?"

"하긴 그랬지. 그럼 그 범인이 여기 있다는 거야? 어떤 장난꾸러기인지 몰라."

프리즌의 효과시간이 지나기를 기다렸다가, 프리즌 안을 확인한다.

"뀨아아아아아아?!"

……나와 리트는, 아마 똑같이 황당한 표정을 짓고 있었으리라.

응. 노예들이 아니라면 마물을 의심했어야 했었다.

하지만 마물이 벨튀 같은 짓을 할 거라고는 미처 생각도 못 했었다.

벨튀범 가엘리온은 방패 감옥에서 풀려나자 하늘로 도망친다.

나는 주저 없이 마물문의 항목을 호출해서 벌칙을 발동시켰다.

"뀨아아아아아아아?!"

가엘리온이 버둥거리며 낙하한다.

참고로 가엘리온은 꼬리까지 포함해서 2미터 남짓의 길이에, 생김새는 완전히 드래곤의 꼴을 갖췄다. 꼬리가 약간 굵직하다.

눈이 커다래서, 아직 귀여운 분위기가 남아 있다. 약간 통통한 체형이다.

성장 속도도 어느 정도 완만해졌다. 생각보다 크게 자라지는 않는 모양이다.

가엘리온의 비명 소리를 듣고 윈디아가 달려왔다.

"가엘리온한테 무슨 일 있어?!"

"아침에 얘기한 장난질의 범인이야. 현행범으로 체포했지."

"어? 가엘리온이 범인이었어?"

윈디아도 가엘리온을 옹호해야 할지 어떨지 망설이듯 나를 쳐다본다.

"싸고 돌지 마. 나쁜 짓을 했을 땐 교육도 필요하니까."

"알았어. 그럼 안 돼, 가엘리온. 장난치면 못써!"

"뀨아아……."

"왜 그래 주인님?"

필로와 라프짱이 소란을 듣고 달려왔다.

메르티한테 놀러 갔던 것 아니었나? 아니, 아침에 있었던 일이 마음에 걸려서 마을에 남아 있었던 건가?

"아~, 혼나고 있네~!"

가엘리온이 혼나고 있는 것을 본 필로가 보란 듯이 신나게 춤을 춰대고 있다.

"가~엘리~온이 혼났다~ 깨소금 맛이다~. 주~인니~임을~, 등에 태~울 수 있는 건~ 필로!"

"뀨아아아우우우우우우우우우!"

조롱당한 가엘리온이 분노를 터뜨리고 있다.

"라프, 라프라프라프."

라프짱은 그런 필로를 꾸중하듯 손과 꼬리로 필로를 찰싹찰싹 가볍게 때리지만, 필로는 전혀 아랑곳하지 않고 춤추고 있다.

필로한테도 벌을 줘야겠군.

"으꺄아아아아아아아아악! 어, 어째서?"

"웃지 마."

"주, 주인님도 웃으면서~."

끄응……. 그러고 보니 그랬었군. 곧바로 마물문 발동을 정지한다.

"그렇게 쉽게 논파당하면 어떡해?!"

"나는 남의 실패를 비웃는 녀석이야. 그러니까 나는 꾸짖을 자격이 없어."

"라프~."

타이밍 좋게 라프짱이 울어 주었다.

그렇다. 내겐 필로를 꾸짖을 자격이 없다. 당당하게 가슴을 펴고 인정해 주지.

"이봐……."

라트가 기가 막힌다는 듯 이마에 손을 짚고 있다.

나는 웃치며 쓰레기의 실패를 비웃고, 키즈나에게 꾸중을 듣는 글래스를 비웃었었다.

그런 내가 정론을 주장해 봤자 설득력이 없다.

"으음…… 아무리 라이벌이라고 해도 그런 짓을 하면 못 써."

"뿌우~"

"나를 화나게 만들면 어떻게 되는지 알아?"

"몰라~!"

뭐야, 이 코미디는.

"나 참, 왜 이런 장난을 친 거니?"

윈디아가 가엘리온의 얼굴을 어루만지며 묻는다. 그러자 가엘리온은 뀨아아아하고 연약한 목소리로 울었다.

"방패 용사를 기쁘게 해 주려고 그런 거래."

"뭐라고?"

"그동안 별로 안 놀아줬잖아. 거기 그 새랑은 어울렸으면서."

"우우~!"

필로와 윈디아가 서로 눈싸움을 벌이기 시작한다.

"어이, 잠깐……. 그럼 내가 기뻐해 주지 않으면, 또 이런 장난을 할 거라는 거야?"

"뀨아!"

고개를 끄덕인다. 그렇게 관심이 고픈 건가. 나 참……. 라트 쪽을 쳐다본다.

"스킨십은 중요한 거야. 둘 다 말이야."

아, 그러셔. 귀찮아 죽겠네.

라프짱은 이런 응석 안 부린다고.

"그럼 필로, 가엘리온. 하루씩 번갈아 가면서 조금씩 노는 시간을 가져 주지. 단, 서로가 노는 시간에 훼방을 놓으면 다 없던 걸로 칠 줄 알아."

"우우~!"

"뀨아!"

서로를 노려보면서 항의한다.

"그럼 둘 다 취소."

"아, 알았어~."

"뀨아뀨아."

이제야 서로 타협하고, 그 방안에 수긍했다.

물론, 라프짱은 너희보다 더 오래 놀아 줄 거야. 원한다면 매일이라도 놀아 주지.

"그럼, 오늘은 가엘리온부터."

"뀨아!"

"에~!"

"네가 연상이잖아."

"우우……. 알았어. 그럼 나갔다 올게~. 윈디아, 가자~."

"응."

필로는 윈디아를 데리고 레벨업을 하러 떠난다.

"좋아, 그럼 가엘리온, 뭘 하고 놀 거지? 점심시간이 끝날 때까지만이다."

"뀨아!"

개처럼 꼬리를 흔들면서 기뻐하는 가엘리온.

반응도 좋으니, 일단 프리스비라도 던져 주면서 놀아 볼까.

방패를 프리스비로 바꿔서 던진다. 그러자 가엘리온이 경쾌하게 방패를 쫓아서 날갯짓한다.

판타지 속에서 보면 도대체 무슨 원리로 나는 건가 싶었는데, 어쨌든 참 잘 날아다니는군.

던진 프리스비를 가엘리온이 척 잡아 물자, 프리스비는 일단 사라져서 내 손으로 돌아온다.

신이 난 가엘리온은 나를 향해 날아와서 얼굴을 질펀하게 핥아댄다.

내가 아는 어떤 말하는 새와는 달리 순수해서 참 좋군.

그런 식으로 한동안 가엘리온과 놀아 준다.

어느 정도 시간이 지나자 라프타리아와 아트라가 나타났다.

"나오후미 님, 범인은 찾아내셨나요?"

"그래, 이 녀석이었어."

"규아!"

"네? 가엘리온이었다구요?"

라프타리아의 질문에 내가 고개를 끄덕인다.

"내가 안 놀아주니까 외로워서 그랬다나 봐."

"뭐, 하긴 나오후미 님은 가엘리온을 윈디아와 라트 씨한테만 맡겨 뒀으니까요."

"그 기분은 이해가 가요!"

"규아!"

척 하고 아트라와 가엘리온이 악수를 나누고 있다.

뭘 의기투합하고 있는 거냐.

"너희 둘이 왔다는 건, 휴식 시간은 끝났다는 거군."

"뀨아……."

가엘리온은 섭섭하기 짝이 없는 표정으로 운다. 울어 봤자 난 안 놀아준다고.

라프타리아가 그런 가엘리온의 머리를 쓰다듬으며 내게 묻는다.

"훈련에는 참가시킬 수 없지만, 견학 정도는 허가해도 되지 않을까요?"

"너무 오냐오냐 하는 것도 안 좋을 것 같은데."

"어쩔 수 없네요. 그럼 이제 그만 작별할 시간이네요."

"뀨아?!"

가엘리온이 배신이라도 당한 것 같은 표정으로 아트라를 쳐다본다.

조금 전에 했던 악수는 도대체 뭐였던 거냐.

"당신이란 사람은 도대체 왜 그렇게 극단적인 건지……."

라프타리아도 기가 막힌 모양이군. 나도 동감이다.

그 후로 라프타리아는 한동안 생각에 잠겼다가, 가엘리온을 향해 말했다.

"견학을 허락해 주기로 하고, 대신 그만큼 레벨업에 힘쓰도록 하는 건 어때요?"

"뀨아!"

가엘리온이 연신 꾸벅꾸벅 고개를 끄덕인다. 으음…….

말은 못하지만 머리는 좋은 것 같군.

라프짱만큼 귀엽지는 않지만, 겸허한 점은 인정해 주지.

"뭐, 레벨업과 성장이 이 녀석의 일이기도 하고, 연습 모습을 지켜보는 게 의욕 향상에 도움이 된다면 나쁠 건 없겠지."

"잘 알았죠?"

"아트라 씨, 아까는 기다렸다는 듯이 버리려고 그러셨으면서, 이제 와서 무슨 소릴 하시는 거예요?"

"그러게 말이야."

"뀨아뀨아!"

그렇게 해서 가엘리온은 오후부터 우리 가까이에서 훈련을 지켜보기로 결정되었다.

이건 노는 게 아니니까 필로와 결정한 규칙을 어긴 게 아니라고.

그리고 밤이 되었는데, 가엘리온 녀석은 여전히 나로부터 떨어지려 하지 않는다.

"이제 밤이라고……."

집 안까지 막무가내로 들어온다. 은근히 덩치가 큰 녀석이라 난감하다.

태어난 후로 지금까지 방치하다시피 했다는 걸 자각했기에 관대하게 봐 주고는 있지만, 이쯤 되니 슬슬 넌덜머리가 난다.

"너무 그러지 마세요. 어쩌면 가엘리온은 딱 적당한 대책이 될지도 모르잖아요."

"무슨 대책?"

"아트라 씨 문제 말이에요. 나오후미 님의 침대에 숨어들려고 하기 전에 가엘리온이 쫓아내 줄 거 아니에요?"

한마디로 집 지키는 개 같은 건가? 그건 필로라도 할 수 있을 것 같은데…….

그나저나 라프타리아도 제법 인정사정이 없군.

"나오후미~! 라프타리아를 데리러왔어~."

그리고 그때 사디나가 내 집에 찾아왔다.

"아아, 사디나군."

"어머나? 웬일이니? 가엘리온을 집 안에 들이다니."

"이 녀석이 끈질기게 계속 쫓아오잖아. 그런데 라프타리아가, 아트라가 못 들어오도록 하는 경비견으로 활용하자고 그러더라고."

"글쎄……. 노예 경험의 충격이 크게 남아 있었던 애들도 요즘은 꽤 회복됐으니까, 얼마 있으면 라프타리아도 여기서 잘 수 있게 될 수 있겠지. 그때까지 아트라의 행동을 막을 수 있다면 그것도 나쁘지 않을 것 같은데?"

사디나도 같은 의견인가.

"그럴 것 없이, 애초에 아트라를 어떻게든 설득해 내면 되는 거 아냐?"

"물론 해 봤죠. 사디나 언니랑 같이요."

"해 봤지~. 그랬더니 아트라가 나오후미의 색시가 되고 싶다고 고백해서 깜짝 놀랐지 뭐야."

하아……. 아트라도 고집이 세다고 해야 하는 건지.

어차피 병이 나은 직후에 생긴 일시적인 충동일 테고, 나도 그런 어린애를 색시로 들일 만큼 사악한 놈은 아니다.

"그래서 찬찬히 타일러 줬어. 나오후미는 허당이라서 여자애를 잡아먹는 짓은 싫어한다고."

"허당―― 이 자식이!"

감히 날 보고 허당이라고 하다니!

"'괜찮아요. 나오후미 님은 할 땐 하시는 분이니까요.' 라고 받아치는 아트라 씨도 보통내기는 아니셨지만요."

아트라도 엉뚱한 면에서 날 믿고 있잖아!

아아 진짜 귀찮아 죽겠네! 도망치고 싶은 충동이 몰려온다.

"나오후미가 확실하게 차는 게 제일 좋은 방법인데 말이야."

"물론 나도 거부했다고."

그럼에도 포기하지 않는 강철 멘탈의 보유자가 바로 아트라인 것이다.

전력 면에서도 유능한 인재가 됐고, 명령을 내리면 고분고분 따른다.

단지 나에 대한 호의가 지나치게 극단적이라는 게 문제일 뿐……이라고 해 두자.

"빨리 포울이 아트라를 이겨서, 아트라가 여기로 못 오게 해 주기를 기도하는 수밖에 없지."

다른 사람에게 팔아넘겨서 쫓아낸다는 방법도 생각해 보

지 않은 건 아니지만, 노예문의 처벌에도 견뎌낼 수 있을 정
도의 정신력을 가진 아트라이니만큼, 도주해서라도 나한테
올 가능성이 크다.

애초에 그렇게까지 할 생각은 없으니…… 적당히 타협을
하는 수밖에 없다.

그렇게 라프타리아, 사디나와 함께 아트라에 대한 차후
대처 방안을 의논하고 있으려니, 가엘리온이 방 안의 물건
들을 뒤적거리기 시작했다. 뭔가 냄새 나는 물건이라도 찾
아낸 건가? 킁킁거리며 냄새를 맡고 있다.

새로운 무기와 방어구에 쓸 소재를 넣어 둔 보따리에 고
개를 집어넣고 있다.

"어이, 그런 곳을 뒤지면 어떡해."

호기심 넘치는 가엘리온. 필로도 이따금 이런 짓을 하곤
하니까, 대처도 간단하다.

그렇게…… 나는 생각하고 있었다.

앞으로 일어날 사건의 방아쇠가 눈앞에 뒹굴고 있으리라
고는, 꿈에도 생각지 못했다.

6화 레벨 드레인

"뀨아!"

보따리가 넘어지고 내용물이 쏟아진다. 전에는 벨튀었는데, 이번에는 보따리 뒤지기다.

뭐, 필로도 이러기는 하지만 말이지. 지금까지도.

참고로 필로는 보물이라면서 쓰레기를 뒤져서 물건을 주워 오곤 한다. 가엘리온과 다를 게 없다.

아아, 아마 쓰레기를 뒤질 때도 서로 구역 다툼 같은 걸 벌이고 있을 게 분명하다.

"아, 나 원 참……. 치우는 사람 입장도 좀 생각해 달라고……."

보따리에서 마물 뼈며 광석, 바르바로이 아머에 사용했던 용제의 핵석이 쏟아져 나온다.

가엘리온은 그 용제의 핵석에 눈독을 들였는지, 나뒹구는 그 핵석을 눈으로 쫓으며 갖고 놀기 시작한다.

고양이 같은 반응이다. 가엘리온도 필로와 마찬가지로 반짝이는 물건을 좋아하나 보군.

필로는 용제의 핵석의 전신인 부룡(腐龍)의 핵석을 보면서 눈이 초롱초롱해졌었지 아마.

키즈나 쪽 세계에서 로미나가 가공해 줬던 기억이 뇌리에 선명하다.

"뀨아아?!"

신나 보이는 그 모습을 보며 은근히 훈훈한 기분에 잠겨 있었지만, 지금은 그럴 때가 아니지.

냉큼 따끔하게 혼을 내 주고 치워야겠다.

"저거 혹시 용제의 핵석?! 나오후미! 빨리 저걸 가엘리온한테서 빼앗아야 해!"

"엉?"

사디나가 전에 없이 절박한 표정으로 지시해 왔다.

가엘리온이 날름 용제의 핵석을 입에 문다.

"어이, 그건 네 물건이 아니잖아. 당장 이리 내!"

하지만 내 말은 그저 마이동풍에 불과하다는 듯, 가엘리온은 용제의 핵석을 입속 깊은 곳으로…… 꿀꺽 소리를 내며 삼키고 말았다.

"어이! 당장 토해내!"

가엘리온의 멱살을 붙잡고 흔들어댄다.

으음, 마물문에 그런 벌칙이 없었던가?

그렇게 항복을 호출해서 조정하려 한 바로 그때!

"뀨아?!"

가엘리온이 부르르 경련하듯이 움직이고, 눈이 휘둥그렇게 벌어진다.

"뀨우…… 규아…… 규우우우……."

그리고 식은땀을 흘리면서 눈을 질끈 감으며 뭔가를 참아내는 듯 신음한다.

기분 탓인지, 가엘리온의 온몸에서 뭔가가 삐걱대는 소리가 들려오는 것 같다.

"어, 어이."

"저기…… 가엘리온한테서 엄청나게 흉악한 기가 흘러나오고 있어요! 굉장한 양이에요!"

라프타리아가 가엘리온을 보며 소리친다.

"흉악한 기?"

"네! 조심하셔야 해요!"

가엘리온을 돌아보니, 녀석에게서는 검은색 같기도 하고 보라색 같기도 한 무언가…… 육안으로 확인할 수 있는 마력 같은 것이 뿜어져 나오고 있었다.

그 색깔, 분명 낯이 익은데. 라스 실드를 썼을 때, 필로에게서 뿜어져 나오는 아우라와 비슷하다.

"나오후미, 좀 물러나!"

사디나가 가엘리온을 향해 작살을 겨누고, 꼬리에 걸치듯이 내지른다.

하지만, 가엘리온은 재빨리 꼬리를 굽혀서 옆으로 몸을 날렸다.

"캬오오오오오오오!"

눈이 빨갛게 충혈된 채, 천장을 향해 포효한다.

그와 동시에 가엘리온의 입에서 마력 브레스가 뿜어져 나와서, 순식간에 천장을 날려 버렸다.

"캬아!"

퍼덕……하고 날개를 펼친 채, 가엘리온은 날아올랐다.

좋아! 마침 마물문 항목이 열려 있는 상태다. 벌칙을 이용해서 떨어뜨리자.

마물문 발동!

하지만, 파직 하고 내 시야만 일그러질 뿐, 마물문은 작동하지 않는다.

"지붕을 날려 버리다니! 얌전히 있어!"

작동하지 않는다면 어쩔 수 없지! 나는 날뛰어 대는 가엘리온에게 달려들어서 찍어 누른다.

"캬오오오오오오!"

"우왓!"

쾅 하고 가엘리온이 온몸을 이용해 내게 몸통 박치기를 날렸다. 나는 살짝 나가떨어져서 엉덩방아를 찧는다.

"아야야……."

아니 잠깐. 아무리 허를 찔렸다고 해도 나를 이렇게 날려 버릴 수가 있는 건가?

내 입으로 말하긴 좀 그렇지만, 내 방어력을 밀어낼 수 있을 정도의 공격력이라면…… 라프타리아나 렌 수준의 힘이 필요할 텐데?

"캬우우우우우우……."

가엘리온은 충혈된 눈으로 나를 쏘아본다.

그 눈에서는, 조금 전까지의 살짝 얼빠진 분위기는 찾아볼 수 없었다.

완전히 야생 용의 본능 그 자체…… 위압감 넘치는 무언가가 내 등골을 휘젓는다.

방패를 앞으로 내밀고, 본격적으로 제압하기 위해서 노려보았다.

지붕을 날려 버린 그 브레스를 또 쏜다면 가까이 있는 사디나와 라프타리아가 위험해진다.

"꺄오오오오오오오오오오오오오!"

하지만, 가엘리온은 우렁찬 목소리로 포효하는가 싶더니, 어딘가를 향해 날아가 버렸다.

"가엘리온 씨가 뭔가에 씌었어요. 저건 대체……."

라프타리아의 설명을 들으면서 건물 밖으로 뛰쳐나가, 가엘리온이 날아간 방향을 쳐다본다.

"무, 무슨 일이야?"

마을에 남아 있던 노예들이 요란한 소리를 듣고 뛰쳐나왔다.

"어떻게 된 거야?"

"대체 무슨 일이 있었던 거예요?"

"뭐야? 무슨 일이 일어난 거야?"

라트와 윈디아가 함께, 우리가 쳐다보고 있는 방향을 바라본다. 포울과 아트라도 함께다.

"실은——."

나는 가엘리온이 용제의 핵석을 삼키는 바람에 저렇게 되었노라고 설명했다.

"용제의 핵석이라니……. 백작은 별 이상한 물건을 다 갖고 있네."

"뭔가 짐작 가는 거 없어?"

"드래곤은 서식 형태가 수수께끼에 싸여 있는 종류가 상당히 많아서……. 다른 드래곤에게서 찾아낸 핵석을 탐낸다는 얘기를 들은 적이 있긴 하지만, 설마 폭주할 줄이야……."

"나오후미, 저 용제의 핵은 어디서 손에 넣은 물건이지?"

사디나가 내 어깨를 붙들고 묻는다.

"원래는 동쪽 마을 근처 산맥에 붙어 살던 드래곤이었다고 들었는데……."

"그럼…… 가엘리온은 핵 속에 들어있는 용제에게 자아를 침식당했을 가능성이 높을 거야."

"그게 무슨 소리지?"

사디나 녀석, 이런 문제에 대해서는 해박해 보인단 말이지.

"영귀의 핵에는 그 핵에 내포돼 있는 드래곤의 자아 같은 기관이 들어있어. 드래곤들은 그 핵을 이용해서 능력을 끌어내기도 하고, 기억을 계승하기도 한다고 들었어."

"그럼…… 가엘리온은 부룡이었던 드래곤의 기억을 계승해서 폭주하고 있다는 거야?"

"그럴 수가……."

그때 렌이 넋 나간 얼굴로 휘청거린다.

"렌이 처치한 드래곤이 드래곤 좀비가 됐었지 아마?"

"무슨 수를 써서든 막아야 해!"

"렌의 손에 죽었던 원한을 잊지 못하고 돌아올 가능성도 있지 않겠어?"

"그렇다면…… 못 막을 것도 없겠지만, 나오후미, 네가 키운 드래곤이잖아!"

"나를 잘 따르기는 했지만, 기른 건 마을 녀석들이고, 책임자는 저 녀석이라고."

나는 윈디아를 가리킨다. 하지만 어쨌든 귀여운 구석은 있는 녀석이었으니, 가능한 한 버리고 싶지는 않다.

도망친 위치에 따라 얘기가 달라지겠지만, 일단은 찾아내서 붙잡는 게 급선무겠군.

"검의 용사는 용을 죽인 것에 대해서 어떻게 생각하고 있어?"

윈디아는 렌을 질책하듯이 노려보고 있다.

"아마 게임 지식 속 퀘스트 때 만나는 만만한 사냥감 정도로 여기지 않았을까?"

"그, 그랬긴 하지……. 나 때문에 수많은 사람들이 피해를 봤어. 현재 그 지역은 심각하게 오염된 상태라더군……. 반성하고 있어."

렌은 렌대로 툭 하면 침울해지는 녀석이란 말이지.

"아무리 사과해도 부족할 정도야……. 이걸 어쩌면 좋을 지."

렌이 미안해하며 고개를 푹 숙이니, 윈디아도 더 이상 추궁할 마음은 들지 않는 모양이다.

하지만, 렌의 태도가 영 마음에 걸린다.

"저기, 렌."

"응?"

"이건 말이야, 네가 원래 순진한 녀석이라는 걸 알고 있어서 하는 말인데, 네가 처치한 마물에게도 가족이 있고, 그동안 행복한 삶을 살아왔을지도 모른다고."

내 질문에 렌의 얼굴이 서서히 창백해져 간다. 아아, 그런 발상은 없었던 모양이군.

"그런 녀석에게 '네 가족을 죽인 건 나다. 그러니 내가 책임을 지겠다' 라는 식으로 지껄이고 돌아다닐 거냐? 혹시 마물은 마물이라는 식으로 선을 그을 거라면, 마물 우리에 있는 녀석들은 어떻게 대할 거지?"

"어, 아…… 음……."

하아……. 무슨 사춘기 소년도 아니고.

"고기를 먹는 거나 채소를 먹는 것도 마찬가지야. 우리는 누구나 결국은 뭔가를 희생시켜 가면서 살고 있는 거지. 오히려, 누군가를 짓밟으며 살아갈 각오를 갖고 살아가는 편이 좋아."

"모순된 거 아냐?"

"모순? 세계를 구하기 위해서는 마물을 학살해서라도 강해져야 하는 용사가 무슨 소리를 하는 거지? 약육강식의 세계 아냐?"

내가 알기로, 여기는 인간을 죽여도 경험치가 들어오는 세계라고.

사람과 마물은 다르다는 잠꼬대는 잠든 뒤에나 하란 말이다.

"그러니까 렌, 마물을 죽일 때는 확실하게 각오를 갖고 죽여. 세계를 구할 마음이 있다면."

"아, 알았어."

납득하지 못하는 표정이다. 에클레르와 함께 다니다 보니, 렌도 이상이 높아진 건지도 모르겠다.

"그래도 나는…… 사과하고, 모두를 지키고 싶어."

"아 그러셔."

이 정도면 아예 병이군. 어느 정도 선에서 타협을 보지 못하면, 렌은 또 폭주할 수도 있다.

"……쫓아가야 해."

싸늘한 시선으로 렌을 쳐다보던 윈디아가 초조한 얼굴로 말한다. 뭐, 소중한 드래곤이니까.

용제의 핵은 내 갑옷에 사용되는 소중한 재료이니, 최악의 경우, 가엘리온을 처치해서라도 되찾아야만 한다.

"나도 알아. 필로를 불러서 출발하는 수밖에 없어."

곧바로 쫓아간다는 수단도 없는 건 아니지만, 필로를 불러서 타고 가는 편이 훨씬 더 빠를 것이다. 나 참, 아직 타보지도 못했는데 벌써 처분해야 하다니, 뭐 그딴 드래곤이다 있담.

"말을 타고 이웃 도시에……."

나는 병사가 마련해 준 말을 타고 필로를 부르기 위해 떠난다.

그 도중에, 도시 쪽에서 말을 타고 달려오는 에클레르와 마주쳤다.

"이와타니 님!"

"웬일이야? 내 쪽에서도 용건이 있는데."

"메르티 왕녀께서 급히 찾고 계신다. 필로 님에게 이상이 발생했어!"

"뭐야?!"

"어, 어째서 필로가……."

"할 수 없지. 라프타리아와 렌은 출발 준비를 하고 있어."

"네!"

"알았어. 치료에 관해서는 난 아무 힘도 못 돼. 나오후미 말대로 준비는 해 두지."

나는 렌과 라프타리아에게 뒷일을 맡기고 이웃 도시를 향해 달렸다.

에클레르의 안내를 받아 간 곳은 도시에 건설된 치료원이었다.

치료원으로 들어가니, 메르티가 당장에라도 울음을 터뜨릴 것 같은 얼굴로 달려온다.

"있잖아…… 필로가 갑자기 막 괴로워하기 시작했어. 나오후미, 필로를 구해줘!"

"밑도 끝도 없이 그래 봤자, 나도 의사…… 치료사가 아니라서 잘 모른다고. 하지만 어떻게든 해결 방법이 있다면 시도해 보지."

"약속이야!"

그래 봤자, 진짜 위험한 병에 걸린 상태라면 이그드라실 약제에 의지하는 수밖에 없다.

"일단 상태를 좀 보여줘."

"응."

메르티와 치료사의 안내를 받아 진료실로 들어간다.

거기에는 마물 형태로 맥없이 드러누운 필로가 있었다.

"우우…… 우우웅……."

복부를 중심으로, 라스 실드를 사용했을 때와 같은 변화가 온몸을 침식하고 있다.

아니, 그때보다 훨씬 더 안 좋은 상태다. 흉악한 기운이 고여 있다고 표현하는 게 옳으리라.

머리의 장식깃이 빛나며 맞서고 있는 것 같지만, 침식을 막지 못하고 있는 것 같아 보인다.

"라프……."

라프짱이 그 침식을 어떻게든 막으려고 손으로 찰싹찰싹 때리고 있지만 효과는 희박한 것 같다.

"무슨 일이 일어난 거지? 이그드라실 약제로 고칠 수 있을까?"

"알 수 없습니다. 하지만 주술적인 의미가 강한 침식이라, 제아무리 이그드라실 약제라고 해도 효과는 기대하기 힘들 겁니다."

치료사가 곤혹스러운 얼굴로 내 질문에 대답한다.

"아, 주인님……."

필로는 고통 어린 신음을 흘리면서 나를 보며 날개를 파닥거렸다.

나는 가만히 필로의 뺨을 어루만진다.

인간화한 상태는 아니지만, 그래도 뺨을 어루만져 주니, 필로는 고통에 찬 신음을 흘리면서도 기분 좋은 듯 눈웃음을 지었다.

스테이터스 마법으로 필로의 상태를 확인한다.

독에 침식당해 있다거나 마비되어 있다거나 하는 간단한 거라면 판별할 수 있다.

필로의 스테이터스 화면이 화면조정 화면처럼 연신 지직거린다. 아무리 봐도 정상이 아니다.

그리고, 이때 커다란 문제점을 발견했다.

필로의 레벨이 내가 알던 숫자보다 낮아져 있었다.

레벨 다운? 무슨 일이 벌어진 거지?

다양한 가능성이 떠오른다.

하지만 이 상황만 봐서는, 그중에 어느 것이 정답인지 결론을 내릴 수 없다.

"……마을에 가서 라트와 사디나를 데려와 줘."

"알았어."

잠시 후 라트와 사디나뿐만 아니라, 포울, 아트라, 윈디아까지 함께 찾아왔다.

"필로?! 무슨 일이 있었던 거야?"

윈디아가 필로에게로 달려와서 걱정스러운 목소리로 말한다.

너희들 그렇게 친한 사이였나? 마물을 좋아하는 녀석이니 당연한 건가?

"라트, 사디나, 어떻게 생각해?"

"나라고 어떻게 그렇게 금방 알겠어? 뭔가 저주에 침식당해 있는 것 같다는 것밖에는 몰라. 잠깐 좀 볼 수 있을까?"

라트는 치료사의 진단서를 읽고, 필로를 촉진한다.

"스테이터스를 보니, 조금씩 레벨이 떨어져 가고 있어."

"이 감각은…… 가엘리온의 폭주와 관련이 있는 것 같은걸."

사디나는 나와 같은 의견인 모양이군.

"하지만 왜 필로까지 이런 증상을 일으킨 거지?"

"레벨 다운? 그건 상당한 고위 저주잖아? 그나저나 이렇게 심한 건 난생 처음 봤어."

"라트, 넌 어떻게 생각하지?"

"아마 사디나의 의견이 맞을 거야. 그치만…… 가엘리온과 필로 사이에 접점이 있었던가? 사이가 나빴다는 건 알고 있지만, 그거랑은 상관없잖아?"

"만약에 용제의 핵이 되기 이전, 부룡의 핵이 원인이라고 가정한다면, 접점이 있어."

실제로 부룡을 물리친 것은 필로였고, 그때 필로가 부룡의 핵을 삼켰던 게 결정타가 되었다. 그게 막대한 영향을 미친 거라고 생각하면 납득이 간다.

"그랬구나. 가엘리온이 폭주하는 바람에, 핵을 삼킨 필로한테까지 영향이 나타났다는 거지?"

"그렇겠지."

"그럼, 가엘리온 쪽을 확인해 봐. 어쩐지, 그게 전부는 아닌 것 같은 느낌이 드니까."

나는 가엘리온 쪽 스테이터스를 확인했다.

역시 필로와 마찬가지로 지직거리는 노이즈가 심해서 읽을 수 있는 항목이 많다.

하지만…….

"레벨이 급상승했잖아."

38밖에 안 됐던 가엘리온의 레벨이 45까지 올라 있다.

……클래스업 한계를 돌파했잖아.

"저…… 필로한테서 흉악한 힘이 흘러나오는 게 느껴져요."

"그건 나도 알아."

"아뇨, 그게 아니라……."

아트라가 뭔가를 가리키고 있다. 거기에는 아무것도 없는데.

"아트라는 눈에 보이지 않는 다른 걸 감지할 수 있는 애니까, 그 흉악한 힘이 흘러간 방향을 알 수 있는 건지도 모르겠는걸."

"흐음……."

그 가능성은 충분히 존재한다. 의외로 도움이 되는 능력을 갖고 있군.

문제는 필로에게서 흘러나간 힘의 행방이겠군.

방향으로 보아 가엘리온이 날아간 방향과 일치한다.

"필로 안에 있는 핵을 토해내게 할 수는 없을까?"

"안 돼. 핵으로 보이는 게 온몸을 순환하고 있으니까."

필로의 스테이터스를 확인한다.

……이 속도 그대로 감소한다면 앞으로 이틀도 못 버틴다. 그 전에 필로의 레벨이 1이 돼 버리고 말 것이다.

아니, 1이 된 후에 멈춘다면 그나마 낫다. 최악의 경우, 죽을지도 모른다.

"그리고, 나오후미 님에게서도 힘이 새어 나오고 있어요."

"뭐야?"

나는 나 자신의 스테이터스를 확인한다. 보아하니, 아직 눈에 띄는 영향은 보이지 않는다.

"저기, 지금은 오른팔 쪽에서 빠져나가고 있어요."

정확히 방패를 장착하고 있는 쪽이군.

그렇다면 방패에서도…… 그러고 보니까 방패에도 핵석을 넣었었잖아.

그럼 방패의 능력이 저하되는 건가? 일단 일람을 확인해 봤지만, 딱히 이상은 없다.

"다만…… 뭔가를 증폭시키면서 흘러나오고 있는 것 같은 느낌이에요."

"증폭……?"

아트라가 뭘 두고 하는 얘긴지는 잘 모르겠지만, 경계를 강화해야 할 상황이라는 것만은 알 수 있었다.

"할망구는 어디 있지? 이런 상황에 있으면 도움이 될 텐데."

"스승님은 오늘 리시아 씨를 비롯한 마을 아이들과 병사들을 가시고 원정을 떠나셨어요!"

"마을에서 도장이라도 열면 될 거 아냐!"

왜 하필 이럴 때 원정을 떠나는 거냐.

"세인은?!"

"돈벌이를 하러 제르토블에 다녀오겠다고 했어요!"

"아아 돌겠네! 왜 상황이 이 모양이야?!"

하지만 세인은 사태를 알아채면 돌아올 가능성이 높다. 필요해지면 부르도록 해야겠다.

"일단 할망구가 어디로 수행을 갔는지 알아내서, 돌아오라고 지시해. 우리는 서둘러 가엘리온을 추격한다!"

그렇게라도 하지 않으면 시간이 모자라다.

아트라가 뭔가를 결의한 듯 앞으로 나선다.

"나오후미 님, 필로에게 좀 시험해 보고 싶은 게 있는데요."

"뭐지?"

"아트라, 뭘 하려는 거야?"

"제 나름의 방법으로, 조금이라도 유출을 억제해 보려구요."

아트라는 앓아누운 필로의 가슴에 오른손을 대고, 그 위에 다시 왼손을 얹었다.

"끄응…… 아……."

고통스러운 신음을 흘리던 필로가 눈을 뜨고, 천천히 몸을 일으켰다.

"몸이 좀 가벼워졌어."

"필로!"

"라프~!"

메르티가 필로 곁으로 달려간다. 라프짱도 기쁨에 겨워 환호성을 지르고 있군.

"시간은 벌 수 있을 거예요."

"그럼…… 마차를……."

젠장, 이동수단으로 쓸 탈것이 없잖아.

필로의 부하 1호인 필로리알은 행상을 보낸 상태다.

도시에 있는 필로리알을 징발해서 가는 수밖에 없겠군.

"가엘리온 추적은 나, 라프타리아, 포울과 아트라, 그리고 사디나와 렌, 에클레르도 따라와. 으음…… 계곡, 아니지, 어쨌든 너랑 라트——."

"주인님 마차는…… 필로가 끌 거야~."

필로가 아트라를 업고, 결연한 의지를 눈에 깃들인 채 선언한다.

"안 돼 필로! 너는 여기서 얌전히 있어야 해."

"그래. 너는 안정을 취하고 있어."

하지만, 필로는 고개를 가로저으며 거부한다.

"싫어……. 필로는, 무슨 일이 있어도, 따라갈 거야."

평소 같은 활기가 없다. 하지만 물고 늘어져서라도 쫓아오겠다는 듯, 한 발짝 앞으로 나서며 뻗댄다.

……분위기로 봐서, 두고 간다고 해도 분명 쫓아올 것 같다. 제법 고집스러운 구석이 있다니까.

"무슨 일 생기면 곧바로 치료원에 맡길 테니까 그런 줄 알아. 그러면 마차는 다른 녀석이 끌게 할 거고."

"나오후미 님?!"

"아트라, 계속 억제할 수 있겠어?"

"아, 네!"

"좋아!"

"나도 갈 거야!"

메르티가 당장에라도 터져 나오려는 울음을 참고 외쳤다.

뭐, 친구가 위기에 빠졌으니, 필로와 마찬가지로 억지로라도 따라오려고 하겠지.

여왕의 입장을 무시하고 말이다.

"무모한 짓은 절대 하지 마. 너는 왕녀니까."

"왕녀이기 이전에, 나는 필로의 친구라구!"

"알았어."

……예전에는 필로가 메르티를 지키겠다면서 고집을 부렸었지.

필로는 좋은 친구를 뒀군.

"그럼 우리는 먼저 가서 가엘리온을 추적한다. 성의 병사들은 할망구 일행에게 최대한 빨리 연락해 줘."

"넵!""

이렇게 해서 우리는 고집스러운 필로가 끄는 마차를 타고 마을로 이동해서, 렌과 라프타리아 등을 태우고 출발했다.

출발한 지 4시간 후. 필로의 스테이터스 저하는 아트라 덕분에 가까스로 억제하고 있는 상태다.

그래도 필로의 경험치가 조금씩 새어 나가는 건 막을 수 없었다.

레벨 다운의 스피드는 떨어졌지만, 심각한 상황이다.

가엘리온이 향하고 있는 곳은, 아마 예상대로 부룡과의 싸움이 있었던 동쪽 마을 쪽인 것 같았다.

"하아…… 하아……."

"필로……."

아트라는 필로의 등에 타고 있고, 마차 조종은 메르티가 맡고 있으며, 라트와 윈디아가 상황을 정리하고, 사디나가 후방을 감시하고 있다. 렌은 에클레르와 함께 언제든지 싸울 수 있는 태세를 갖추고 있다.

필로가 상당히 지쳐 있다. 이거 빨리 처치하지 않으면 힘들겠군.

모토야스, 네가 사랑해 마지않는 필로가 대위기라고.

이런 상황에 그 녀석은 어디서 뭘 하고 있는 건지. 호감도를 올리기에 더없이 좋은 기회인데.

"최악의 경우, 가엘리온은 처분해야 할 수도 있어. 그건 다들 알고 있겠지?"

나는 윈디아에게 전한다. 녀석을 가장 예뻐하던 건 윈디아였으니까.

가엘리온은 원칙적으로는 내 소유물이긴 하지만, 윈디아에게도 권리가 있다고 생각한다.

항상 돌봐주곤 했으니까, 그 정도는 물어봐 줘야겠지.

"……응."

"어째 생각보다 고분고분하게 받아들이는군. 더 반항할 줄 알았는데."

"아직 포기한 건 아니잖아?"

"뭐, 그야 그렇지만."

"나도 알아. 용사가 잘못한 게 아니라는 것쯤은. 그치만…… 아니, 아마 때가 되면 또 항의하게 될 거야."

"알았어. 하지만 난 아무리 제지해 봤자 다 뿌리칠 거야."

"안다니까 그러네! 그래도 그건 최후의 수단이잖아?"

본인도 단념하고 싶지만 단념할 수 없다는 건가.

필로를 괴롭히고 있는 원인이 가엘리온이라는 걸 알고 있으면서도, 아직 애정을 버리지 못하고 있는 것이리라.

물론 가엘리온을 처분하는 건 최후의 수단이다. 가능하면 그 방법은 피하고 싶다.

"……용사 미워."

윈디아는 눈물을 뚝뚝 흘리고 있다.

"미움 받는 게 하루 이틀 일은 아니니까."

……윈디아는 나 이외의 다른 용사에게 뭔가 당한 적이 있는 모양이다.

기분 탓인지, 렌도 어째 안절부절못하는 것 같다. 뭔가 찔리는 게 있는지도 모른다.

"그래서? 이 누나는 뭘 하면 되겠니?"

사디나가 후방을 확인하면서 묻는다.

추격자가 쫓아오거나 하는 건 아니지만, 야간 이동을 하다 보면 마물과 조우할 확률도 올라가는 법이니까.

실제로 마차 후방에서 쫓아오는 마물이 몇 마리 있었다.

사디나는 마법과 작살로 그 마물들을 격퇴하고 있다.

전방은 아트라와 메르티가 담당하고 있다. 필로는 실질적으로 전력이 되지 못한다. 마차를 끄는 것만으로도 버거운 상태인 것이다. 무리한 일을 시킬 수는 없다.

"바로 그거예요. 잘했어요."

"라프~!"

아트라가, 필로에게서 흘러나오는 힘을 억누르는 방법을 라프짱에게 가르쳐 주고 있는 모양이다.

필로의 레벨 저하 속도가 약간 더뎌진 것 같은 느낌이다.

"가엘리온의 이성을 되찾게 할 수 있는 방법을 생각 중이야. 사디나, 너는 주위 경계를 맡아 줘."

"그래, 그래."

지금까지 잠잠하던 라트가 얘기에 끼어든다.

"가엘리온을 구하고 싶다면, 핵을 토해내게 만드는 게 제일 좋을 거야. 그것도 최대한 빨리."

"그렇겠지……."

"힘으로 몸을 찍어 누르고, 입속에 손을 쑤셔 넣는 방법밖에 없겠지. 실은 손을 물어뜯기지 않도록 도구를 써야 하겠지만."

"그건 걱정할 것 없어. 내 방어력을 얕보지 말라고."

"하긴, 백작이라면 걱정 없겠지."

"라트, 약으로 가엘리온을 제압할 수는 없어?"

라트는 약이 든 주사기를 내게 보여준다.

"꽤 강한 마비약이야. 제아무리 드래곤이라도 한동안은 잠재울 수 있을 만큼 강력한 녀석."

"좋아, 믿어 보지."

가엘리온의 레벨은 조금씩 상승하고 있고, 방패의 보정 때문에 능력치도 높다.

게다가, 필로에게서 스테이터스까지 갈취하고 있는 상태다.

드래곤의 모습을 한 필로와 싸우는 거나 매한가지다.

불행 중 다행인 건 라프타리아와 렌이 여기에 있다는 점이다. 화력만 따지자면 충분하다.

"일단은 작전 회의부터 하지. 라트, 역시 어느 정도 약화시켜 두는 편이 좋겠지?"

"그야 물론. 가능하면."

"그럼 사디나, 가엘리온과 접촉하면 약화시켜. 그런 다음에 라프타리아와 렌이 각자의 스킬을 사용해서 움직임을 봉쇄하도록."

"……나는?"

윈디아가 떨리는 목소리로 묻는다.

"넌 못 싸우잖아?"

"아니. 가엘리온에게 괜히 부상을 입히느니, 차라리 내가 할래! 안 그러면 위험할 거야."

책임감 하나는 강한 녀석이군.

"말은 좋지만, 네가 뭘 할 수 있는데?"

"어머나, 윈디아는 마법을 잘 썼었지?"

"응!"

호오…… 마법 담당이라.

"게다가 용맥법을 쓸 줄 아는걸."

"뭐라고?!"

방금, 용맥법이라고 했나?!

"그건 대체 무슨 마법이지? 말해 봐!"

"글쎄. 주위 물건들에 깃들어 있는 힘을 빌려서 발동시키는, 즉 용맥에서 힘을 빌리는 마법이라고나 할까? 이걸 익히면 합창마법이나 방해마법을 쓸 수 있게 돼."

그러고 보니 오스트도 그와 비슷한 마법을 사용했었다.

오스트 스스로의 힘만으로 구사하는 기술이라 생각했는데, 아무래도 그게 아니었던 모양이다.

"어떤 마법인지는 어차피 나중에 알게 될 테니까, 지금은 회의부터 하자구."

"알았어. 전력을 기대해 보지."

좋아! 이제 어느 정도 작전에 가닥이 잡혔군.

이 정도면 전력이 충분한 정도를 넘어서, 라프타리아와 렌이 가엘리온을 죽이지 않을지 걱정될 정도다.

다시 몇 시간이 경과하고, 우리는 동쪽 마을에 도착했다. 아침 해가 떠오르고 있다.

필로의 발도 빠르지만, 가엘리온의 비행속도도 상당한 수준이다.

그런데…… 어째 동쪽 마을 부근의 산에 먹구름이 끼어 있다.

"아, 성인님이다!"

"아니, 방패 용사님이라고 해야지!"

동쪽 마을 사람들이 나를 발견하고 다가왔다.

윈디아는…… 어째선지 시트를 뒤집어써서 몸을 숨기고 있다.

렌도 얼굴을 마주치기 껄끄러울 것 같아서, 마차에 숨어 있도록 지시해 두었다.

렌이 나오는 것 자체는 별문제 없을 것 같지만, 성가신 실랑이가 벌어질 게 쉽게 예상되니까.

까놓고 말해서 이 마을 녀석들의 자업자득인 면도 있고, 렌을 원망하기 전에 드래곤 시체 처리부터 확실히 했어야 하는 것 아니냐는 생각도 든다.

"오늘 아침, 갑자기 드래곤의 포효 소리가 들려서 마을 사람들이 모두 집에서 뛰쳐나왔더니, 산맥이 저런 상태가 돼 있지 뭡니까.”

“그랬군. 나도 드래곤이 이쪽으로 도망친 걸 확인하고 추격해 온 거야.”

“““오오!”””

내가 기르던 드래곤이라는 말은 굳이 하지 않는다. 평판에도 영향이 갈 테니까. 다른 녀석들도 눈치껏 입을 다물고 있다.

“자, 필로, 너는 이제 할 만큼 했어. 아트라랑 라프짱과 함께 여기서 쉬고 있어.”

“주, 주인님.”

“이제 장거리 이동을 할 일은 없어. 가엘리온이 도망친 곳은 엎어지면 코 닿을 곳이니까. 필로, 무리하지 마.”

“그치만…… 필로도 가고 싶어.”

“안 돼. 무리하면 그것만으로도 부담이 걸려. 안 그래도 한계가 코앞인 마당에, 더 이상 데리고 다닐 순 없어.”

“싫어, 싫어~!”

필로가 떼를 써대기 시작한다.

이걸 무슨 수로 다독여야 하나. 이대로 갔다가는, 멋대로 쫓아올 가능성이 너무 높다.

포털을 이용해서 제르토블쯤으로 보내 버리면 못 쫓아오긴 할 테지만……. 으음.

“필로, 나오후미는 필로의 몸을 걱정에서 그러는 거야.

그건 필로도 알지?"

사디나가 필로를 설득하기 시작한다.

"그치만 필로는――."

"모두 필로를 걱정하고 있잖아. 그것도 알고 있지?"

"우…… 우우……."

양손으로 얼굴을 덮고, 필로는 무력감에 휩싸여 울음을
터뜨리고 말았다.

필로가 이러는 건 처음 본다. 구경거리 신세가 됐을 때도
이런 식으로 울지는 않았던 것 같은데 말이다.

그만큼 격정을 억눌러 왔던 것이리라.

"필로, 여기서 기다려 줘. 우리가 꼭 필로의 고통을 없애
줄 테니까."

메르티가 그렇게 설득했다.

그것이 결정타가 됐는지, 필로는 얌전히 그 자리에 주저
앉았다.

"여기서 얌전히 기다려. 우리가 냉큼 해치우고 올 테니까."

"라프~!"

"저도 있어요."

"그래. 아트라, 그리고 라프짱. 필로를 부탁한다."

"맡겨만 주세요!"

아트라와 라프짱은 자기들만 믿으라는 듯 힘차게 대답한다.

"좋아, 그럼 냉큼 가서 저 벨튀 범인을 잡아오자!"

그렇게 우리는 암운이 드리운 산을 향해 걸음을 내디뎠다.

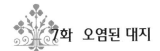

7화 오염된 대지

"분명 이 부근이었을 텐데……. 렌도 기억나지 않아?"

"그, 그래……."

산을 올라가다 보니, 여전히 생태계가 정상이 아님을 알 수 있었다.

토지가 오염돼 있다고 할까, 마력 면에서 뭔가 이상이 있다는 걸 알 수 있었다.

여기에 다시 오게 될 줄은 꿈에도 생각지 못했었다.

윈디아가 마을 쪽을 돌아보며 날카롭게 노려보고 있다. 도대체 무슨 사정이 있는 거야?

전에 왔을 때는, 이동 도중에 마주치는 마물들은 필로가 모조리 걷어차 준 덕분에 우리는 거의 싸울 필요가 없었다.

하지만 이번에는 다르다. 전투 때문에 괜히 시간을 빼앗긴다. 게다가 출현 빈도가 높다.

『나 지금 대지의 힘을 끌어내서, 구현하고자 하노라. 지맥이여 나에게 힘을!』

"다크 파이어 팰릿!"

윈디아가 마법으로 출현시킨 검은 불꽃이 마물들을 불사른다.

오스트가 영창했던 것과는 좀 다른 것 같지만, 분위기는 비슷하다.

이게 용맥법인가.

"진짜 특이한 마법이군."

"응…… 너무 어려운 것까지는 못 배웠지만, 이 마법은 주위에서 힘을 빌려서 쓰는 거야."

"호오."

"아버지는 더 어려운 마법도 쓸 줄 알았지만."

그 아버지는 어떤 마법사였지?

"그럼 조금 더 어려운 걸 가르쳐 줄까?"

사디나가 작살을 빙글빙글 돌리며, 아까 마을에서 구입한 물통을 꺼내서, 새로 출현한 마물을 향해 겨누었다.

『나, 사디나가 성수의 힘을 끌어내서, 구현하고자 하노라. 용맥이여 내 적을 해치우라!』

"세인트 아쿠아 블러스트."

사디나가 윈디아와 비슷한 영창을 이용해서 빛나는 물 덩어리를 만들어내고, 그것을 마물에게 발사해서 처치한다.

"알겠니? 주위로부터 힘을 빌리는 건, 장소에 따라 상성에 문제가 생길 수도 있단다. 그럴 때는 자기의 소지품을 사용하는 것도 고려해야 해."

사디나가 윈디아에게 물통을 건넨다.

"거기에는 성수가 들어있으니까, 이 일대의 마물에게 잘 통할 거야. 그치만 지나치게 사용하면 효과가 떨어지니까 조심해야 해."

"으, 응."

"뭐, 뭔가 굉장한걸."

메르티가 처음 보는 마법에 넋이 나가 있다.

"아아, 메르티는 어쩌면 합창마법을 사용할 수 있을지도 모르겠는걸."

"에?"

하긴 필로한테 합창마법을 가르쳐 준 게 메르티라는 모양이니, 불가능하지는 않겠지만.

"걱정 마, 메르티. 너는 머리색에까지 구현됐을 정도의 자질을 갖고 있잖니? 기대할게."

"무리무리무리!"

필사적으로 부정하는 메르티. 역시 어려운 마법인가.

당연하다는 듯이 사용하는 사디나와 필로가 특별한 거겠지.

그나저나, 머리색이 마법의 자질과 관계가 있었던 건가.

"상성은 최고니까, 한번 열심히 해 봐, 메르티."

"우우⋯⋯."

하지만 메르티의 레벨은 그다지 높지 않다. 기대를 하더라도 적당히 하는 게 좋을 것 같은데.

"그때에 대비해서, 조금씩 의논을 하면서 가는 게 좋겠어."

얘기를 나누며 산을 올라, 부룡의 시체가 나뒹굴고 있던 곳에 다다랐다. 동쪽 마을에서 출발한 지 약 세 시간 만이었다.

나무 한 그루 풀 한 포기 보이지 않는다. 이곳의 오염은 아직도 계속되고 있었던 건가…….

"……."

자신이 드래곤을 해치우고 그 시체를 방치했던 장소를, 렌이 가만히 바라보고 있다.

스스로가 저지른 죄업을 묵도하고 있는 건지도 모르겠지만…….

"렌, 마음 단단히 다잡고 가야 해."

"그래……. 나는 내가 저지른 죄를 짊어지고 살아가기로 각오를 다졌어. 그러기 위해서라도 싸울 거야."

그런 렌을 윈디아가 노려보고 있는…… 건가? 복잡한 감정이 뒤섞여 있는 얼굴이다.

분노하는 것일까 슬퍼하는 것일까, 아니면 체념한 것일까. 뭔가 관련이 있다고 봐도 좋으리라.

"가엘리온은 어디에 있는 거지?"

"……아마, 저쪽."

윈디아가 산 안쪽을 가리킨다.

거기에 호응하듯이 검은 안개가 자욱이 피어오른다.

"어머나……. 어째 분위기가 심상치 않은걸."

"그래도 가는 수밖에 없잖아."

나는 윈디아에게로 시선을 옮긴다.

"어딘지 알아?"

"응……. 이쪽."

혹시 윈디아는 이 부근에 살던 주민이었나?

예를 들어 비밀리에 드래곤을 숭배하는 아인 마을이 있었다거나……. 그리고 이 땅에 살던 드래곤이 죽는 바람에 마을은 역병에 의해 괴멸되고, 주인들은 붙잡혀서 노예가 됐다거나 하는 것이리라.

아까 그 마법은 마을에서 전해지던 독자적인 마법이었을 테고…….

라프타리아 같은 예가 있으니까. 가능성은 충분히 존재한다.

"찾았다!"

두 시간쯤 더 갔을 때, 윈디아가 한쪽 방향을 돌아보며 손짓했다. 물론 그 두 시간 동안 우리는 쉴 새 없이 마물들과 전투를 벌여야 했다.

필로에게 남은 시간이 얼마 없는 마당이건만, 이런 일에 시간을 잡아먹다니…….

가엘리온이 동글 앞에 드러누워 있었다.

잠들어 있는 건가? 꿈쩍도 하지 않는다.

엄폐물 뒤에 몸을 숨기며 접근한다.

사전에 의논한 내용은, 가엘리온에게 가까워지면 실드프

리즌으로 움직임을 봉쇄한 후에 접근하고, 감옥이 사라지는 동시에 마법을 내쏘아서 약화시킨 후, 라트가 마비시키기로 되어 있었다.

그게 실패하면 라프타리아와 렌이 제압하고, 내가 마비된 가엘리온으로부터 핵을 빼앗아서 끝내는 것이다.

일이 순조롭게 풀릴 경우의 얘기지만.

실드 프리즌의 사정거리는 5미터. 현재 가엘리온까지의 거리는 20미터 정도다.

조금 더 접근해야만 한다.

스테이터스 마법으로 확인한 결과, 레벨은 55. 필로에게서 20 가까운 레벨을 흡수한 건가.

게다가 아직 더 흡수할 작정이라니. 끝이 없군.

"갸오오!"

번쩍 눈을 뜬 가엘리온이 동굴 안으로 들어가 버렸다.

"칫!"

실패인가. 하지만 덕분에 동굴 옆까지 손쉽게 접근할 수 있게 되었다.

동굴 벽을 등지고 상황을 살핀다. 가엘리온은 동굴 안에서 두리번거리며 뭔가를 찾고 있는 모양이다.

"뭘 하고 있는 거지?"

"아마, 보물을 찾고 있을 거야……. 마을 녀석들에게 빼앗겼던 보물을."

"가엘리온의 몸을 강탈한 핵은 이 마을에 대해 미련을 갖고 있나 보지?"

"내가…… 죽이는 바람에———."

윈디아가 렌을 다그친다.

"시끄럽게 뭘 그렇게 우물대는 거야! 방패 용사 말대로, 극복해 내란 말이야!"

"……그래, 나도 알아. 하지만…….."

"아, 답답해! 빨리 가자! 어서!"

윈디아가 렌을 끌고 간다. 하긴 우물쭈물 고민만 하는 것보다는 그게 훨씬 낫다.

"좋아, 가자."

그렇게 우리가 접근하려 한, 바로 그때.

"캬오오오오오오오오!"

가엘리온이 포효한다. 그러자 온몸에서 검은 진흙 같은 것이 분출되었다.

쿠쿵!

방패가 그 포효에 맞추어 진동한다.

뭐…… 뭐지?!

가엘리온이 처음 포효했을 때는 아무 일도 없었는데.

"나오후미 님…….."

"라프……!"

그 목소리에 뒤를 돌아보니, 아트라와 라프짱이 눈에서

초점이 사라진 필로에게 끌려오고 있었다.

"아트라?! 왜 여기까지 온 거야?!"

포울이 아트라를 보고 경악에 차서 소리친다.

"너희, 여긴 왜 온 거야?!"

"나오후미 님 일행이 출발하신 지 얼마 후에, 갑자기 필로가 괴로워하기 시작하더니, 저희가 아무리 제지해도 안 듣고 내달렸어요."

"라프, 라프라프!"

라프짱이 필사적으로 필로의 이성을 되찾아주려고 얼굴을 짝짝 때리고 있지만, 필로는 몽롱한 눈으로 아무런 반응도 보이지 않는다.

"가끔씩 필로 씨가 정신을 차리고 돌아가려고 할 때도 있지만, 그럴 때마다 무언가에 끌려들어오는 것처럼 힘이 흘러 들어오고는, 곧바로 이런 상태로 되돌아가 버려요."

"도중에 마주친 마물들은 어떻게 했지?"

"어째 다들 도망치듯이 거리를 벌려서, 전투는 벌어지지 않았어요."

큭…… 필로의 온몸이 부룡의 핵으로 충만해 있는 상태인 것 같으니까.

혹시 그것 때문인가?

이렇게 오염된 땅에서는 포털도 쓸 수 없는데……. 젠장, 사전에 필로를 마을 쪽으로 돌려보내 둘 걸 그랬다.

방패는 요상하게 고동치고 있고, 가엘리온은 눈앞에 있고, 약화된 필로까지 있다.

이걸 도대체 어떡해야 하냐고!

"우우……."

"필로, 나 알아보겠어?"

"주, 주인……님, 메르."

"그래. 나는 여기 있을 테니까 떨어져 있어. 네가 지금 여기 있으면, 무슨 일이 일어날지 알 수가 없으니까."

"필로!"

"우…… 필로…… 무서워. 필로 안에서 뭔가가…… 우우…… 싫어, 우우우우우우."

필로가 가슴을 움켜쥐고 괴로워하기 시작했다.

그리고 가엘리온처럼 검은 진흙 같은 것을 내뿜었다.

"우왓!"

"꺄악!"

"라프~?!"

필로를 억누르고 있던 아트라와 라프짱이 나가떨어진다. 그리고 검은 진흙이 필로를 휘감은 채로, 가엘리온이 있던 자리의 진흙을 향해 엄청난 속도로 꿈틀거리며 움직이기 시작했다.

"빨리 막아야 해!"

분위기로 보아, 이건 필로에게까지 뭔가 불길한 일이 일어날 전조가 분명하다.

"하, 하지만 섣불리 건드렸다가는 필로까지 위험하다구요!"

"맞아!"

라프타리아와 렌의 망설임에, 나도 내심 동의한다.

저 진흙을 공격한다면 필로까지도 대미지를 입을 가능성이 있다.

그렇다면 제지할 방법은…… 없는 건가?

"사디나! 번개 마법으로 감전시킬 수 있겠어?"

"해 볼게!"

사디나가 고속으로 마법을 영창하기 시작하고, 필로를 휘감은 진흙을 향해 작살을 겨눈다.

"쯔바이트 선더볼트!"

필로를 휘감은 진흙에 사디나의 마법이 명중한다.

하지만, 진흙은 약간 흔들렸을 뿐, 움직임을 멈추지 않는다.

성수가 든 물통을 이용해서, 사디나가 다시 마법을 전개시킨다.

이번에는 용맥법이다.

『나, 사디나가 성수의 힘을 끌어내서, 구현하고자 하노라. 용맥이여 내 적을 해치우라!』

"세인트 아쿠아 블러스트."

사디나의 손에서 마법이 발현되고, 진흙에 얼음 덩어리가 명중한다.

"———!"

오오! 효과가 있는 것 같잖아.

"역시 그랬어. 저건 저주를 바탕으로 만들어진 거야. 보통 공격으로는 제거할 수 없어."

"그럼 어떻게 해야 하지?"

"매개체가 되고 있는 필로를……"

"그럴 수가…….

"무슨 말도 안 되는 소리야!"

"그게 안 된다면, 신성마법 종류로 공격하는 수밖에 없지."

에클레르가 한 발짝 앞으로 나서서, 소검에 손을 얹어 마법검으로 바꾼다.

"그럼 내가 가도록 하지! 하앗!"

그리고 보니 에클레르는 빛 속성 마법 자질을 갖고 있었지.

"저도 해 볼게요!"

라프타리아도 빛과 어둠의 혼합을 이용한 환상의 마법 자질을 갖고 있다.

에클레르만큼은 아니지만, 어느 정도는 쓸 수 있다는 건가.

"라이트 스타더스트 블레이드!"

에클레르가 날카롭게 내지른 검과 라프타리아의 도에서 뿜어져 나온 빛의 별이 진흙에 명중한다.

에클레르의 검은…… 진흙을 약간 흩어 놓는 정도에 그쳤고, 라프타리아 쪽은 큰 폭으로 흩어 놓는 데 성공했다.

"———?!"

하지만 라프타리아는 도를 끝까지 휘두르지 못하고 되돌리고 말았다.

"이 이상 공격했다가는 필로까지 다치게 될 수도 있어요. 진흙이 흩어져서 그 안에 있는 필로가 보였는데, 별이 닿을 때마다 아파하는 것 같았어요."

나는 노이즈가 가득한 필로의 스테이터스를 확인한다.

그 결과, 필로의 생명력이 대폭 깎여나가 있음을 알 수 있었다.

젠장, 어떻게든 막을 수 있을 거라고 생각했는데.

"그래도 진흙의 움직임은 막아야 해."

"나오후미! 가엘리온 쪽의 진흙이!"

가엘리온 쪽으로 시선을 돌리니, 가엘리온을 휘감고 있던 진흙이 엄청난 속도로 필로 쪽 진흙에 부딪혔다.

큭…… 제지에 실패한 건가!

두 갈래의 진흙이 꿈틀거리며 한 덩어리로 뒤섞여서 부풀어 오른다.

"이건 좀 위험해 보이는걸~. 뒤로 좀 물러나는 게 좋겠어."

"가엘리온! 내 말 좀 들어! 가엘리온!"

"물러나! 죽고 싶어 환장했어?!"

그 와중에도, 내 방패의 고동은 점점 더 거세어져 가고 있다.

방패에서 뭔가 검은 기운이 쏟아져 나와서 가엘리온을 휘감는다.

그리고 주위의 대기, 혹은 오염된 무언가까지 가엘리온에게로 빨려들기 시작했다.

몽클몽클 소리를 내며 가엘리온의 전신이 조금씩 거대해져 간다.

"이거 느낌이 영 심상치 않은데, 라트, 뭐가 어떻게 된 건지 알겠어?"

"난들 무슨 수로 알겠어! 백작의 방패가 쓸데없는 일을 하고 있는 거 아냐?!"

"그렇긴 한 것 같아……. 어쩐지 방패에서 계속 고동이 느껴지니까."

후퇴하는 우리를 쫓아서, 진흙이 동굴 밖으로까지 쏟아져 나왔다.

그리고 그것은 명확한 형태를 이루었다. 20미터 가까운 크기까지 비대해져서, 본격적인 드래곤의 형태로 그 자리에 군림한다.

눈은 검게 물들어 있고, 표정은 알아볼 수가 없다.

가엘리온이었던 시절과의 공통점을 찾아낼 수조차 없었다. 필로는…… 어디 있지?

큭…… 필로. 제발 살아있어 줘!

"GURUUUUUUUUUUUU……."

가엘리온이 크게 숨을 들이쉰다.

이 모션. 브레스를 내쏘려는 게 분명하다.

"다들 물러나 있어! 유성방패!"

나는 유성방패를 전개시켜서 브레스에 대비한다. 다른 녀석들은 내 뒤에서 공격에 대비했다.

사디나가 또 다른 물통을 꺼내 들고 마법을 영창하기 시작했다.

『나, 사디나가 성수의 힘을 끌어내서, 구현하고자 하노라. 용맥이여 우리를 보호하라!』

"세인트 아쿠아 실!"

사디나가 영창한 마법이 나를 휘감는다.

"나오후미, 만일의 사태에 대비해서 화염이랑 저주에 대한 대비를 해 뒀어."

"고마워."

첫 번째 공격을 견뎌내면 승산은 있다. 뭐, 설마 영귀만큼 강하지는 않겠지.

유성방패가 순식간에 녹아 버렸다.

뭐, 뭐야?! 영귀가 짓밟았을 때도 다소는 버텼는데, 순식간에 녹아 버렸잖아?!

그 화염이 나를 향해 날아온다. 에어스트 실드, 세컨드 실드, 드리트 실드, E플로트 실드까지 전개해서, 버텨낸다.

온몸을 불사르는 고통에 의식이 날아가 버릴 것 같다.

출력만 따지자면 영귀의 전격에 필적할 정도잖아!

"나오후미 님!"

"젠장…… 뭐야, 이 위력은…….."

"세인트 아쿠아 실이 벗겨졌어……. 굉장한 위력의 브레스와 저주야."

가까스로 버텨낸 우리는 회복마법을 사용하며 가엘리온을 노려본다.

이건…… 틀림없다. 다크 커스 버닝S의 불꽃이다.

아마 지금 내 눈앞에 있는 것은, 가엘리온의 모습을 한…… 라스 실드와 동등한 능력을 가진 괴물일 것이다.

게다가 필로까지 끌려 들어간 상황이니, 영귀보다 더 까다로운 상대일지도 모른다.

철수도 고려해 봐야 할 상황인 것 같은데.

"라트, 저 녀석을 약화시키고 배 속에서 핵과 필로를 꺼낼 수 있겠어?"

"……잡아먹힐 텐데?"

"그렇겠지. 누군가가 가엘리온의 배를 가르는 게 빠를 것 같군."

윈디아도 필사적으로 가엘리온에게 호소하고 있지만, 별 효과는 없는 것 같다. 애니메이션이었다면…… 조금이나마 효과가 있었을 텐데.

"더 이상 사정 봐 주면서 싸울 상황이 아냐! 라프타리아, 렌, 다 같이 일제히 녀석을 공격해서 약화시켜!"

"네!"

"알았어. 필로와 가엘리온을 구하기 위해, 난 최선을 다하겠어!"

"당연하지!"

"무, 무시무시한 괴물이야! 이런 녀석을 이길 수 있는 거야?"

포울이 뒤늦게 겁에 질려 있다.

"무슨 소리를 하는 거예요, 오라버니. 나오후미 님의 명령이라면, 부하인 저희는 몸을 바쳐서라도 사명을 달성해야 할 의무가 있다구요."

"아트라가 그런 짓을 하게 놔둘 순 없어!"

어이…… 너희는 이런 마당에까지 콩트나 하고 있는 거냐!

"여기서 약물을 투여해서 멈출 수 있을까?"

"사디나의 번개 쪽이 그나마 발이라도 묶을 수 있을 것 같은데."

"어머나? 이 누나가 힘 좀 써 볼게~."

노닥거리는 건 그만 됐으니까 빨리 공격에 참여하기나 하라고.

어쨌건, 제아무리 강력한 녀석이라도 라프타리아와 렌 두 사람의 막강한 화력을 당해낼 녀석은 없을 것이다.

그런 의미에서 렌이 전력에 가담한 건 참 다행스러운 일이다.

"공격!"

내 호령에 라프타리아와 렌이 자세를 한껏 낮추었다가, 급속도로 접근해서 각자의 무기로 스킬을 내쏜다.

예상대로, 저주에 걸렸다고는 해도 전투에 지장이 없는 저주인 만큼, 착실하게 강화를 실행한 렌 쪽이 더 빠르다.

"스타더스트 블레이드!"

"유성검!"

실질적으로 같은 공격인 두 스킬이 상호 교차하듯이 발사되어, 유성을 흩뿌리며 가엘리온을 향해 날아간다.

물론 본인들도 돌격해서 가엘리온의 어깨를 향해 각자의 무기를 휘둘렀다. 렌이 가엘리온의 비늘을, 라프타리아는 살점까지 베어냈을 때, 챙 하고 불꽃이 튀며 두 사람 모두 튕겨나가 버렸다……?!

그리고 라프타리아의 공격이 더 깊숙이 박혔고, 그 상처로부터 검은 진흙 같은 것이 쏟아져 나오고 있다.

"뭐야?!"

"다, 단단해!"

"소, 손이……."

라프타리아와 렌 얼얼해진 손을 부르르 떨고는, 손을 크게 휘둘러서 반격하는 가엘리온의 공격을 회피하며 돌아온다.

"이게 뭐야……."

렌과 라프타리아도 일단은 용사에 해당하고, 게다가 온 힘을 다한 일격이었다고.

그런데도 무기가 전혀 안 통하다니 도대체 이게 어떻게 된 거냔 말이다.

"뇌격섬(雷擊銛)!"

드높이 도약한 사디나가 가엘리온의 복부를 향해 작살을 던진다. 그 순간, 번개가 가엘리온에게 명중하고, 강렬한 빛에 눈이 얼얼해진다.

작살은 번개와 같은 속도로 가엘리온의 복부에 명중……한 줄 알았다.

하지만, 사디나가 던진 작살은 가엘리온의 배에 박히지 못하고, 내가 방패로 방어했을 때처럼 소리를 내며 다시 튕겨 나왔다.

"어머나…… 이 누나의 필살기가 박히지도 않을 줄이야~."

착지한 사디나가 작살을 붙잡고 날렵하게 뒷걸음질을 쳐서 돌아온다.

"렌과 라프타리아의 공격이 전혀 안 통했잖아! 네 공격이 통할 리가 없지! 포울, 아트라, 너희도 물러나!"

이건 아무래도 이상하잖아.

렌도 그렇고 라프타리아도 그렇고, 아무리 저주의 영향이 있는 상태라고 해도, 이렇게 그들의 공격을 다 방어해 낸다는 게 게 말이 되는 건가?

사디나의 공격에 눈이 얼얼해진 가엘리온이 양손으로 눈을 부여잡고 신음한다.

마법으로 어떻게 해볼 수 없을지 시험해 보는 방법도 있지만…… 좋은 결과는 기대하기 힘들 것 같다.

하지만 여기서 손가락만 빨고 있어 봤자 상황은 호전되지 않는다.

"큭…… 빠르잖아…….”

그리고 가장 성가신 점은, 가엘리온의 움직임이 빠르다는 것.

나나 라프타리아, 그리고 렌조차도 따라잡기가 버거울 정도의 속도로 덮쳐드는 것이다.

내가 앞장서서, 가엘리온의 발톱을 막아낸다.

큭…… 가엘리온의 발톱이 내 어깨에 파고든다.

화력도 은근히 강한 것 같다. 뭐, 그래도 나에게 치명상을 입힐 정도는 아니라는 게 불행 중 다행이군.

가엘리온이 한껏 숨을 들이쉬고, 다시 브레스를 내쏘려 하고 있다.

"어딜 감히! 모두 내 뒤로 숨어!”

"네!”

내 지시에 따라 전원이 내 뒤로 모인다. 안 그러면 표적이 되기 딱 좋다.

영귀의 전격에 필적하는 위력의 브레스에 얻어맞으면, 방패용사 이외의 다른 녀석이라면 곧장 증발해 버릴 것이다.

업화라는 표현이 어울리는 불꽃이 나를 불살라 버릴 기세로 발사된다.

"백작! 쯔바이트 힐!"

라트가 내 부상을 치료한다.

나 이외의 회복 담당이 더 있으니 참 편리한데.

"이거 합창마법으로 가 보는 수밖에 없겠군. 사디나!"

"그치만 나오후미. 나오후미가 마법 지원에 들어가면 방어는 누가 맡지?"

하긴, 지금의 나는 합창마법에 참가하면서 동료들을 보호할 여유까지는 없다.

가엘리온의 힘이 은근히 강해서, 마법 쪽에 의식을 집중했다가는 방어가 뚫리고 만다.

동료들이 알아서 피하도록 맡기기에는, 메르티나 라트에 대한 불안감이 남는다.

렌이 나 대신 보호해 주면 좋겠지만, 영 불안하다.

"그럼 메르티, 윈디아! 가엘리온의 발을 묶기 위해서 합창마법을 영창하겠어요!"

"아, 알았어! 기필코 필로를 구해내고 말 거야!"

"나오후미! 온다!"

손을 제압당한 가엘리온이 불쾌감을 노골적으로 드러내며 나를 물어뜯으려 든다.

나는 한쪽 손을 발톱에서 떼고, 팔다리로 가엘리온의 이빨을 막아낸다.

"굉장해……."

렌이 그런 나를 보고 탄식을 흘린다.

"그럴 여유가 있으면 싸우기나 해!"

"알았어!"

렌이 내 뒤에서 뛰쳐나와 가엘리온에게 검을 휘두른다.

"드래곤 버스터!"

검에서 화염이 발생해서, 용의 형태를 이루어 날아간다.

처음 보는 스킬이군. 아마 용에게 잘 통하는 스킬 같은 거겠지.

"GRUUUUUUUUUUUUUU!"

가엘리온의 표적이 렌 쪽으로 옮겨간다.

잠깐, 렌을 노리고 있다고?

렌의 손에 죽었던 용제의 조각에 들어있던 의지가 렌에게 복수라도 하려 하고 있는 건가?

"렌, 피하기 힘들 것 같다고 판단되면 나를 방패로 써."

"그래!"

어그로…… 가엘리온의 주의는 기본적으로 렌 쪽에 고정되어 있는 모양이다.

하지만, 내 보호가 없으면 렌의 방어력으로는 위험하다.

뭐랄까, 렌의 방어력은 내가 기대했던 것보다도 더 낮았다.

속도에 있어서도, 빠르다면 빠른 편이긴 하지만, 내 3분의 2 수준밖에 안 되는 것 같은 느낌이다.

뭔가 한 박자가 어긋나는 것이다.

이것이 저주 때문인지, 아니면 뭔가 다른 원인이 있는 건지 잘 모르겠다.

"라프~!"

라프짱이 지원이라도 하겠다는 듯 환각마법을 사용해서, 렌이 여럿으로 늘어난 것처럼 보이게 만들어 가엘리온의 주의를 분산시킨다. 그 덕분에 렌도 안전하게 공격할 수 있게 된 것 같다.

『저주의 대지, 그 저주받은 용맥의 흐름을, 울혈(鬱血)된 피를 토해내기 위해, 우리……』

주문을 영창하는 소리에 돌아보니, 메르티, 사디나, 윈디아가 목소리를 맞추어 마법을 영창하고 있었다.

주위에 반딧불이처럼 반짝이는 빛들이 모여들고 있는 모습이 보인다.

"GURUUUUUUUUU……."

용납하지 않겠다는 듯, 가엘리온은 브레스를 내쏘기 위해서 크게 숨을 들이쉰다.

나는 메르티 등을 보호하기 위해 앞으로 나서서 방패를 내민다.

그러자 가엘리온은 드높이 도약해서, 이쪽을 향해 입을

열었다.

그렇게 나올 줄이야!

"유성방패! 에어스트 실드!"

에어스트 실드로 출현시킨 방패를 발판 삼아, 브레스로부터 메르티 등을 보호한다.

으윽…… 온몸이 그을려서 화상을 입는다.

저주의 불꽃은, 원래부터 저주 때문에 약해져 있던 내 몸에 추가적인 고통을 안겨주었다.

가엘리온은 이대로 끝내지 않겠다는 듯 덮쳐들어서 발톱을 곤두세운다. 그대로 물어뜯을 작정이군.

『용맥이여. 우리의 바람을 들으라. 힘의 근원인 우리가 원한다. 다시금 이치를 깨우쳐, 내 앞의 장애물을 뛰어넘을 힘을!』

빛이 집약되고, 세 사람의 의식이 이쪽을 향하고 있는 것을 알 수 있었다.

"처음에는 좀 놀랄지도 모르지만 당황하지 마. 분명 괜찮을 거야. 이 언니를 믿어! 자, 가자, 메르티!"

"합창마법!"

"대해원(大海原)!"

""제 빌레!""

각자가 영창하는 마법이 서로 다르게 느껴지는 건 내 착각인가?

세 사람을 중심으로, 느닷없이 주위에 물이 출현했다. 마치 거대한 수조 같다.

……가엘리온이 괴로워하며 수조에서 헤엄쳐 나오려 첨벙첨벙 버둥거리고 있다.

예전에 콜로세움에서도 나도 비슷한 상황에 빠졌던 적이 있었다.

그때 쓴 마법과는 다른 건가?

어째선지…… 렌도 첨벙첨벙 버둥거리고 있다.

"꼬르르륵……."

……그러고 보니 렌은 맥주병이었잖아! 렌은 헤엄칠 줄 모른다고!

"렌, 괜찮아?"

사디나가 물에 빠져 허우적거리는 렌을 안아서 내 쪽으로 데려온다.

"적으로 인식하지 않는 상대에게는 효과가 없으니까 걱정 마."

"응? 아……."

아아, 상대를 질식시키거나 하는 식으로도 활용할 수 있는 건가.

"하아…… 하아…… 더는 못 하겠어."

"응……."

메르티와 윈디아가 거칠게 숨을 몰아쉬며 주저앉는다.

"뭐, 하긴 그렇겠지……. 그럼 이 언니가 힘 좀 써 보실까?"

사디나는 마법으로 만들어낸 수조의 물속으로 풍덩 들어가서, 도망치려고 버둥거리는 가엘리온을 향해 헤엄쳐 간다.

엄청나게 빠르다. 가엘리온이 버둥거리며 수조 밖을 향해 도망치면서 불꽃을 내쏘려 했을 때, 물을 휘감은 사디나가 힘차게 수면 밖으로 뛰쳐나온다.

그 모습은 마치 물로 만들어진 동양의 용.

"격룡쌍인(激龍雙刃)!"

첨벙 하는 소리와 함께, 가엘리온이 다시 수조로 곤두박질쳐서 가라앉는다.

대미지는 제대로 들어간 듯, 복부에서 피가 흐른다.

"가엘리온……."

윈디아가 조그맣게 중얼거리고, 곧 일어서서 소리쳤다.

"가엘리오—온!"

"한 방 더! 역차격(逆叉擊)!"

사디나가 휘감은 물이 꼬리의 형태를 이루어 가엘리온의 복부에 명중한다.

"……튼튼한걸!"

"저희도 공격해요! 이 틈에 사디나 언니는 나오후미 님과 함께 그 마법을 준비해 주세요!"

라프타리아가 렌과 함께 가엘리온에게 접근해 간다.

"알았어~."

"가엘리온!"

윈디아가 또다시 소리친다.

"제발 부탁이야! 돌아와 줘!"

"어이! 잠깐!"

윈디아가 나의 제지를 뿌리치고 가엘리온 쪽으로 달려간다.

그 기분도 이해가 안 가는 건 아니지만, 상황을 좀 생각하라고.

"GURUUUUUUUUUUUUU……"

"가엘리온…… 제발! 제발 부탁이니까 원래 모습으로 돌아와 줘!"

윈디아의 목소리가 일대에 울려 퍼진다. 하지만, 가엘리온의 귀에는 들어가지 않는다.

나는 황급히 달려가서 윈디아를 구하기 위해 앞으로 나서려 한다.

하지만 그에 앞서, 가엘리온이 크게 입을 벌리고, 윈디아를 향해 덮쳐들려 했다.

"에어스트——."

재빨리 에어스트 실드를 영창한다.

하지만, 그에 앞서——

"……아빠! 제발, 그만해!"

윈디아가 목소리를 쥐어짜서 소리쳤다.

"GURU?!"

그 말에, 가엘리온의 움직임이 멈춘다.

 **8화 마룡**

"아빠?"

"응?"

"어렴풋이 짐작은 했었지만, 정말 그랬었구나."

사디나와 라트가 납득한 듯 고개를 끄덕이면서 뇌까린다.

"응. 내 아빠는…… 여기를 구역으로 삼고 있던 드래곤이었어."

윈디아는 그렇게 고개를 끄덕이고, 가엘리온을 보며 말한다.

어? 윈디아는 드래곤의 손에 자랐다는 건가?

하지만 윈디아는 아무리 봐도 키르와 같은 개 계통 아인으로만 보이고, 용의 요소는 전혀 찾아볼 수 없지 않은가.

뭐, 헤어스타일이 좀 특이하다는 생각은 했었다. 개 같기도 하고 도마뱀 같기도 한 이상한 헤어스타일이니까.

애초에 부룡…… 아니지, 이 경우는, 생전의 용이 부모가 되는 건가?

"그럴 수가……. 그럼…… 나는……."

말문이 막힌 렌을 윈디아가 째려본다.

175

"또 시끄럽게 중얼중얼! ……지금은 좀 잠자코 있어!"

아, 그래서 이따금 렌을 노려보곤 했던 거였군.

동시에 렌의 피학 욕구에 대해 짜증을 느꼈던 거였고.

"아주 드물게, 그런 경우가 있어. 야생 마물이 인간이나 아인의 아이를 키웠다는 얘기. 보통은 늑대 계통이나 드래곤에 얽힌 얘기가 많지만."

"뭐야, 그 늑대소년 얘기의 한 구절 같은 소리는……."

"이제 그만하자……. 아빠. 이미, 여기에는 아무것도 없어. 아빠는 아빠의 모든 걸 빼앗은 용사가 미울지도 모르지. 그치만, 그래도 다른 사람들한테 폐를 끼치는 건, 안 된다구……. 돌이킬 수 없는 짓을 하는 건, 제발 이제 그만!"

"GU……."

가엘리온이 원디아의 말에 고통스러운 신음을 흘리며 물러선다.

더 이상은 듣고 싶지 않다는 듯 양손으로 귀를 틀어막는다.

"나는 계속 미련을 떨치지 못하고 있었어. 나의 행복, 아빠의 행복을 망가뜨린 용사를 용서하지 못했어. 그치만, 방패 용사는…… 달라. 마을 사람들은 다정했어. 나한테 채찍질을 했던 이 나라 사람들과는 달랐어. 아빠의 보물을 빼앗고 웃어대던 마을 녀석들과는 다르다구!"

원디아는 눈물을 흘리며, 추억을 늘어놓듯 설득을 시도하고 있다.

그 목소리가 귀에 들어왔기에, 귀를 틀어막고 있는……
걸까.

설마 드래곤이 아인 아이를 키울 줄이야……. 성숙되면
덮칠 생각으로 그런 게 아닐까 하는 생각이 드는 건, 내가
지나치게 게임에 오염된 걸까?

"부탁이야. 그 애의 몸을 돌려줘……. 그 애는……. 아빠
랑 같은 이름을 가진, 가엘리온은 아직 살아있는 애라구! 그
리고 필로한테서 빼앗아간 힘도, 돌려줘……. 아빠는 더 이
상…… 여기 있어서는 안 된단 말이야!"

"GYAOOOOOOOOOOOOOOOOO!"

가엘리온이 자기 이마를 거세게 할퀴어대기 시작한다.

설득이 제대로 먹혀든 건가!

그렇게 생각한 순간.

"위험해!"

렌이 뛰쳐나가서 가엘리온의 발톱으로부터 윈디아를 보
호한다.

"가엘리온!"

설득 실패인가. 역시 일이 그렇게 순조롭게 끝날 리가 없지.

녀석의 몸속에는 필로까지 붙잡혀 있는 상태다.

"실패군……. 윈디아! 나는——."

"이거 놔! 가엘리온! 얘기를 들어 줘! 제발 부탁이야——."

그때, 도무지 믿기 힘든 광경이라도 본 것처럼, 윈디아의

움직임이 뚝 멈추었다.

"너는…… 누구야? 가엘리온이 아니잖아!"

"엉?"

윈디아가 적개심을 한층 더 강화하며 가엘리온을 쏘아본다.

"조금 전까지 있었던 가엘리온이랑 아빠의 잔해를 어디에 숨긴 거야!"

필사적으로 설득하려 애쓰던 조금 전의 모습과는 정반대로, 격노하고 있는 것처럼 보인다.

나는 거룡이 된 가엘리온 쪽으로 시선을 향한다.

그러자 전체적으로 검었던 몸이 보라색으로 변이하면서, 몸 곳곳에서 쏟아져 나오던 진흙이 사라져 가는 모습이 보였다.

"호오……. 계집이 용케 눈치챘군."

그 목소리에, 나도 상대방을 노려본다.

나는 윈디아가 생전의 아버지와 얘기하고 있는 건 줄 알았는데, 윈디아의 분위기를 보아하니 그게 아닌 것 같다.

눈앞에 있는 적의 정체를 확인할 필요가 있을 것 같군.

아니……. 이 목소리, 어째 귀에 익은데?

알 새크리파이스 아우라를 사용했을 때 귓가에 속삭이던 목소리와 똑같다.

"넌 누구냐!"

내가 살기를 내뿜으면서 묻는다.

그러자 눈앞의 거룡은 유유히 가슴을 펴는 포즈로, 냉담하게 우리 모습을 흘겨보고 대답한다.

　"흐음……. 우선 자기소개부터 해야겠군."

　눈앞에 있는 드래곤은 그렇게 뇌까린 후, 가슴에 손을 대고 느끼하게 인사한다.

　"나는 이곳이 아닌 다른 세계에서 살던 용제였다…… '마룡'이라는 이름으로 불렸지. 마물들을 다스리는 자라는 뜻으로 말이야. 방패 용사. 그대도 들어 본 기억이 있을 텐데?"

　내 뇌리에, 키즈나 쪽 세계에서 있었던 일이 떠오른다.

　더불어, 마룡이라는 단어는…… 나와 라프타리아가 애용하는 무기에 사용되는 이름이기도 하다.

　마물이 질문을 던진 상대는 나였다. 대화가 성립한다면, 하나의 실마리가 될 수도 있을지도 모른다.

　"그래……. 넌 분명, 키즈나 쪽 세계에서 세계를 정복하려 했다던 녀석이 맞지? 키즈나 패거리가 처치했다고 들었는데."

　마룡은 내 말을 긍정하듯이 고개를 끄덕인다.

　"잘 이해하고 있는 것 같아서 다행이군. 그래. 나는 수렵구 용사 일행에 의해, 한 번 야망을 분쇄 당했지."

　"그 마룡이 왜 여기에 있는 거지?"

　"홋……. 방패 용사여. 그대는 짐작 가는 게 없다고 우길 작정인가?"

……엄청나게 불길한 예감이 든다.

로미나가 만들어 준 바르바로이 아머에 사용된 용제의 핵석은 부룡의 핵석에 마룡의 핵을 혼합한 거라고 들었다. 그리고 라트와 윈디아의 얘기나 가엘리온의 상황으로 미루어 보아, 용제라는 건 의식의 감염을 일으키는 걸로 보인다.

그 결과, 우리가 소지하고 있던 조각에 깃들어 있던 마룡이, 폭주한 가엘리온의 몸을 강탈한다 해도 이상할 건 없다.

"내 방패나 갑옷에 사용된 핵석을 경유해서 가엘리온의 몸을 강탈했다는 거군."

"이해 속도가 빨라서 참 좋군, 방패 용사."

"그래서? 폭주한 내 바보 용을 네가 억눌러 주었다……는 식은 아닌 것 같군."

"정답이야. 이제야 자유롭게 움직일 수 있는 몸을 손에 넣은 건데, 그걸 순순히 내놓을 수는 없는 노릇 아닌가?"

보아하니 우리에 대해서 썩 호의적이지는 않은 모양이다.

그렇다면, 단순히 폭주해 있던 녀석과 싸우는 것보다 더 성가셔질 가능성이 높다.

"필로는 어디로 숨긴 거야! 어서 돌려줘!"

그때 메르티가 한 발짝 앞으로 나서서 고함친다.

"아아, 이 세계에서는 필로리알이라고 불리는 그 마물 말이군."

……질척거리는 소리를 내며 마룡의 가슴 부근이 녹아

쩍 하고 벌어졌다.

필로가 촉수에 뒤엉켜 붙잡혀 있는 모습이 보인다.

양팔과 양 다리가 결박당한 채, 마치 마룡의 몸 일부인 것처럼, 고동치는 심장에 꿰매어져 있는 것처럼 보인다.

쿵쿵거리는 고동에 맞춰, 필로가 신음하고 있는 것 같다.

촉수가 필로로부터 힘을 빼앗아가는 것처럼 빛을 내며 맥동하고 있다.

"꾸…… 우우……."

"필로!"

메르티가 한 발짝 앞으로 나서기도 전에, 마룡이 영창도 하지 않고 마법을 사용해서 메르티의 발밑으로 검은 빛 덩어리를 내쏜다.

"위험해!"

재빨리 메르티를 끌어당겼다.

상대방도 딱히 맞힐 생각은 없어 보였지만, 메르티가 너무도 급하게 뛰쳐나가려 하던 상황이라 위험했다.

"나오후미! 이거 놔! 필로가!"

"진정해! 다짜고짜 돌격해 봤자 녀석이 필로를 돌려주지는 않는다고."

내 말에 동의하듯이, 마룡은 손을 가슴으로 가져갔다.

"우우…… 메르, 주인님……. 아파……."

필로가 약간 눈을 뜨고 우리 이름을 부른다.

하지만 마룡은 그런 필로를 돌려줄 생각 따위는 티끌만큼도 없는 듯, 엷은 웃음만 띠고 있다.

"정답. 나에게 힘을 공급해 주는 제물을 호락호락하게 내줄 순 없지."

"싫어…… 우우――."

마룡은 가슴 부분을 꿈틀거리며, 밖으로 드러나 있던 필로를 다시 가슴속 깊은 곳으로 되돌려 버린다.

"필로!"

메르티가 필로에게 손을 내뻗어 보았지만 헛손질일 뿐.

나는 메르티를 붙든 채로 마룡을 노려본다.

"우리가 '아 그러십니까' 하고 순순히 돌아갈 것 같아?"

"물론, 나도 이대로 그대들을 보내줄 생각은 없다. 다만…… 거래를 하나 하지 않겠나?"

"……원하는 게 뭐지?"

이럴 때에 내놓는 제안이라는 건, 대개 얼토당토않은 것이기 마련이다.

용과 관련된 유명한 거래 용어라면 '나와 손을 잡으면 세계의 절반을 주마' 라는 게 떠오를 정도니까.

만약에 그 제안을 받아들여 봤자 어차피 결론은 배드 엔딩이다.

하지만, 말이 통하는 상대이니 조금 정도는 들어 줘도 나쁠 건 없겠지.

"내 야망은 세계를 지배하는 것. 허약하고 이치를 모르는 방약무인한 인간들이, 왜 세상을 좌지우지하고 있는 건지 도무지 이해할 수가 없다."

"상투적인 문구로군. 세계의 지배자는 인간이 아니라고 이의라도 제기하겠다는 거냐?"

이건 너무 뻔한 패턴 아닌가. 너무 뻔해서 황당할 지경이다.

"그대도 내 말뜻을 이해할 텐데? 자기들 마음대로 소환해 놓고, 마음에 들지 않는다는 이유로 함정을 파고 박해한, 이 세계 녀석들의 오만함을."

"……."

그야 뭐, 내가 지금까지 느껴 왔던 억울함을 정확히 표현한 말이긴 하다.

"그런 녀석들이 당연하다는 듯이 세계를 통치하고 있다. 그대의 마음속 깊은 곳에서는, 그것이 있을 수 없는 만행이라고 느끼고 있다는 걸, 나는 방패 속에서 실감했다."

"뭐, 부정은 안 해."

이기적인…… 곤란한 일이 생기면 용사에게만 기대는 썩 어빠진 세계라고 생각한다.

할 수만 있다면야, 사명 따위 때려치우고 냉큼 원래 세계로 돌아가서, 모든 걸 없었던 일, 꿈속에서 생긴 일이라고 치부해 버리고 싶은 심정이다.

"물론 파도에도 내가 대처하마. 세계가 멸망하면 나도 곤란하니까. 하지만 그건 내가 세계를 지배했을 경우의 얘기다."

서론은 나쁘지 않다. 하지만, 그럴싸한 제안에는 독이 숨어있는 법이다.

필로를 제물이라 부르며 힘을 흡수하고 있다는 점, 가엘리온의 몸을 강탈하고 있다는 점이 가장 큰 증거다.

"나오후미 님……."

발버둥 치는 메르티를 다독이면서, 라프타리아가 내 어깨에 손을 얹는다.

나도 안다.

썩어빠진 세계이긴 하지만, 그런 세계에서도 있는 힘껏 노력하고 있는 자들이 있는 것이다.

쓰레기 같은 놈들은 죽어도 상관없지만, 내가 지켜줘야 할 녀석들도 있다는 걸, 내가 이해하지 못할 리가 없지 않나.

"건방진 녀석! 아트라, 저 녀석을 해치우면 되는 거야?!"

"오라버니, 안 돼요."

포울이 울컥해서 앞으로 나서려 하자, 아트라가 그 배를 찔러서 방해한다.

"으윽…… 아트라, 뭐 하는 거야?"

"역시 우리의 지금 실력으로 당해낼 수 있는 상대가 아니에요. 지금은 기회를 찾아야 해요. 그래요. 나오후미 님의 지시가 있을 때까지 기다리는 거예요. 그때까지 최대한 힘을 비축해 둬요."

아트라는 그렇게 말하고, 의식을 집중하기 시작했다.

"아, 아트라?"

아트라의 집중력은 상당한 수준이라, 포울의 목소리 따위는 들리지도 않는다는 듯 꼼짝도 하지 않고 가만히 서 있다.

그 위치는…… 내 후방 2미터쯤 되는 곳 같다.

"서론은 작작 좀 늘어놓고 조건이나 얘기하시지."

교섭이 결렬돼서 전투가 속행된다 해도, 얘기는 들어 두는 편이 낫다.

다짜고짜 해치우고 싶어도, 상대가 너무 강하니까.

렌과 라프타리아의 공격이 통하지 않을 정도 아닌가.

이렇게까지 강해진 건…… 모종의 수단을 이용하고 있다고 봐도 무방할 것이다.

대화를 통해 그 수단을 읽어낼 수 있다면, 대처할 수 있는 방안도 찾아낼 수 있다.

"얘기가 빨라서 좋군. 거래 내용은 그대들, 방패 용사를 제외한 모든 자들이 나에게 충성을 맹세하고, 복종하는 것이다. 그리고 내 야망을 분쇄한 수렵구 용사와 그 동료들의 숨통을 끊는 것!"

일고의 가치도 없다.

이렇게 긴 서론을 늘어놓고 하는 소리가 고작 우리 보고 복종하라는 거라니, 웃기는 소리다.

용으로서는 강했던 모양이지만, 위정자로서의 재능은 형

편없군.

그나저나, 나를 제외한 나머지에게만 충성 맹세를 요구하는 건 왜지?

"그런다고 여기 있는 녀석들이 수긍할 것 같아? 그나저나 왜 나는 빼는 거지?"

내 질문에, 주위에 있는 녀석들도 마룡을 노려보며 고개를 끄덕인다.

이런 경우에는, 보통은 대표인 나한테 충성 맹세를 요구하는 게 상식 아닌가.

그렇다고 마룡이 나를 무시하는 것도 아닌 것 같고…….
뭐지, 등골이 오싹한…… 마치 배고픈 마물이 먹잇감을 쳐다보는 것 같은 눈초리로 나를 노려보는 마룡.

"내 제물이 된 필로리알과 마찬가지로, 내 힘의 원천이 될 자에게 승낙이 필요한가? 그대는 필로리알과 마찬가지로 내 일부가 되어, 앞으로 영원토록 내게 힘을 공급하게 될 것이다. 썩어빠진 인간들이라는 공통의 적에 대한 복수를 내가 달성해 주마."

"켁?!"

한마디로 이 녀석은 필로와 마찬가지로 나를 흡수해서 힘을 빼앗을 작정이라는 거잖아!

"애초에, 내 힘의 원천이 필로리알뿐이라고 생각하는 거냐? 그대가 가진 분노의 감정이, 지금까지 내게 힘을 공급해 주고 있었다는 현실을 이해하는 게 좋을 텐데."

"설마 아트라 씨가 말씀하셨던, 나오후미 님으로부터 증폭돼서 새어 나오고 있는 힘이라는 게……."

"드래곤들은 다 이 모양이라니까……."

라트가 황당하다는 듯 뇌까리고, 윈디아가 마룡을 노려본다.

나는 방패로 시선을 돌렸다가, 분노…… 라스 실드의 항목으로 눈길을 옮긴다.

지직거리는 노이즈가 생겨나 있었다.

마룡이 되기 전에 썼던 브레스도 그렇고, 녀석은 라스 실드의 특징을 상당히 많이 갖고 있다.

요컨대, 그 강대한 힘을 유지하기 위해 나까지 매개체로 쓰고 있는 게 분명하다.

그리고 그 원천인 나를 필로와 같이 잡아먹어서 힘을 흡수하려 하고 있는 것이다.

"헛소리 마! 누가 그딴 조건을 받아들일 것 같아?!"

"그 정도 저항은 처음부터 예측하고 있었다……. 이건 교섭이 아니라, 약자에 대한 강자의 착취니까."

마룡은 포효를 내지르는 동시에 마법을 다중 전개해서 나를 향해 퍼붓는다.

"큭! 나오후미를 빼앗길 수는 없지! 유성검!"

"그래! 이와타니 님을 그런 유치한 야망의 희생양으로 내줄 수는 없어!"

렌이 유성검으로 마법을 요격하고, 에클레르가 빛의 방패를 만들어내는 마법을 이용해 조금이나마 나를 보호하는 벽을 만들어낸다.

"그런 짓은 절대로 용납 못해요!"

라프타리아도 마법검으로 라이트 스타더스트 블레이드를 구사해 마법을 격추시켰다.

"필로를 돌려줘!"

절체절명의 순간에 자신의 능력을 초월하는 힘을 발휘하듯, 메르티도 재빨리 마법을 발동시켜서 반격한다.

"큭……. 공격이 명중했는데도 불꽃이 튀는 정도밖에 안 되다니."

렌은 화력 면에서는 마룡의 공격을 앞서는 듯, 마법 자체에 대한 요격에는 성공했다.

하지만, 마룡의 장갑을 뚫기에는 턱없이 모자라다.

"나오후미 님, 다른 분들을 부탁드려요. 렌 씨, 접근전을 시도해 봐요."

"그래!"

라프타리아가 렌에게 지시를 내리고, 자세를 한껏 낮추어 돌격했다.

"하아아아아아아아앗!"

아주 날카로운 찌르기다. 렌도 거기에 맞춰서 내달려, 크게 검을 휘두른다.

"뇌명검!"

렌의 검에서 번개가 발생, 마룡을 향해 쏟아지지만……
마룡의 비늘에 흠집조차 내지 못했다.

그러나, 서걱 하고 라프타리아가 뭔가를 베어낸 듯한 소
리가 들렸다.

살펴보니, 마룡이 휘감고 있는 검은…… 독기라고나 할
까? 그 기운을 베어낸 모양이다.

"크윽……. 그럼 나도 반격이라는 걸 해 보도록 하지! 죽
지는 마라. 나 자신의 힘을 측정해 보고 싶으니까."

마룡 녀석, 상처 하나 안 났는데 신음을 흘렸잖아? 라프
타리아가 뭘 벤 거지?

잘은 모르겠지만, 공격이 전혀 안 먹히는 건 아닌 것 같군.

펄럭 하고 마룡이 날아올라서, 검은 불꽃을 흩뿌리며 태
양과도 같이 빛을 내뿜는다!

"라프타리아, 렌! 물러나!"

에어스트 실드와 세컨드 실드를 전개해서 라프타리아와
렌을 보호하며 공격에 대비한다.

내 지시에 맞춰서, 라프타리아와 렌이 물러선다.

그래, 잘하고 있어.

"그 몸에 똑똑히 새겨라! 연옥의 불꽃! 프로미넌스 다크
노바!"

마룡이 입을 쩍 벌리자, 가슴을 중심으로…… 검은 태양

이 형성되며 우리를 향해 불꽃을 퍼붓는다.

나는 상공을 향해 방패를 들고, E플로트 실드와 유성방패, 드리트 실드를 전개.

"메르티! 사디나! 누구든 좋으니까 최대한으로 방어마법을 전개해!"

"아, 응!"

메르티가 고개를 끄덕이고, 다른 녀석들도 지시에 따른다.

작렬하는 검은 태양에서 불꽃이 쏟아져 내려, 파열한다.

크윽…… 예전에 맞았던 의식마법 '징벌' 보다도 더 묵직한 위력을 가진 공격과, 저주의 효과가 더해진 불꽃이 나를 불사른다.

따끔따끔하게 피부가 그을리고, 한 박자 늦게 고통이 밀려온다.

"나오후미! 힘을 내! 세인트 아쿠아 실!"

사디나가 성수를 이용해서, 내가 받는 대미지를 경감시켜 준다.

그렇다. 이 불꽃은 회복 지연 효과가 있을 것으로 짐작되는 것이다.

나의 라스 실드가 근원이 되는 불꽃이니 그 점은 틀림없다. 저주에 대해서 성수가 큰 효과를 발휘하는 건 명백하다. 지연효과가 발생하는 저주가 없다면 제때 회복할 수 있다.

라트가 다소나마 회복마법을 걸어 준 덕분에 말이지.

이윽고 불꽃이 걷히자, 내가 있던 자리 앞쪽은 황야로 변해 있었다.

"흐음, 그대가 죽으면 나도 힘의 공급원을 잃게 되는 셈이니까. 결정타가 부족한 게 방금 그 공격의 난점이군."

"윽……."

나 스스로에게 회복마법을 걸어서, 전투 속행을 도모한다.

녀석은 나를 약화시켜서 잡아먹을 꿍꿍이인 게 분명하다.

"나오후미, 녀석의 목표는 너야! 절대로 앞으로 나서면 안 돼!"

"나오후미 님! 검의 용사님 말씀이 맞아요! 조심하셔야 해요. 저분의 목적은 나오후미 님을 약화시키는 게 분명해요!"

큰 기술을 쓴 후의 빈틈을 타고, 라프타리아와 렌이 앞으로 뛰쳐나가서 공격을 시도한다.

아까 펼쳐진 공방에서 렌의 공격과 라프타리아의 공격이 겹쳐졌을 때, 마룡의 비늘에 약간이나마 흠집이 난 걸 확인할 수 있었다.

이 상황에서 내가 할 수 있는 일은 없을까?

사디나와의 합창마법인 뇌신강림(雷神降臨)을 라프타리아와 렌에게 사용하면 공격력을 한층 더 강화시킬 수 있을 것이다.

내 의도를 파악했는지, 사디나가 고개를 끄덕이고 내 손을 잡는다.

그런데, 내가 할 수 있는 건 이것뿐인가? 그런 의문이 뇌리를 스친다.

방패 직업이 할 수 있는 일은 상대의 공격을 막아내고, 아군의 공격을 위한 빈틈을 만들어내는 것.

여유가 있을 때는 멤버를 보조하고, 동료가 죽지 않도록 보호한다.

이건 지금까지도 당연하다는 듯이 해 왔던 일이다. 그 외에 할 일은 없다.

"흐음……. 아직 힘이 부족한 건가. 그럼 그걸 하는 수밖에."

마롱이 그렇게 말하면서, 뭔가 의식을 집중하기 시작했다.

그러다 보니 저절로 움직임이 완만해졌지만, 라프타리아와 렌도 결정타는 날리지 못했다.

나한테서도 능력을 흡수하고 있다면…… 음? 능력을 흡수하고 있다고?

그렇다면 라스 실드가 가진 능력을 갖추고 있다고 봐도 좋을 것이다.

렌은 이제 강화 방법을 충실히 실천한 상태다. 그럼에도 불구하고 공격이 통하지 않는다.

그 정도 방어력을 갖고 있는 녀석이 나 말고 더 있으리라고는 생각하기 힘들다.

녀석은 라스 실드를 매개체로 삼고 있다고 했었다.

그럼 라스 실드의 강화를 실패시켜 보는 건 어떨까?

"녀석이 가진 힘의 원천 구실을 하고 있는 방패의 강화를 한번 실패시켜 봐야겠어."

그러자 렌이 이쪽을 돌아보며 고개를 끄덕인다.

"그래! 그런 방법이 있었군! 나오후미, 꼭 한 번 도전해 봐!"

"무, 무슨 소리야?!"

"강화에는 실패가 따르는 법이야. 일부러 실패시키면 라스 실드는 약해질 거야. 다시 말해 녀석의 힘의 원천인 내 방패가 약해진다는 거지. 그러면 어떻게 될 것 같아?"

"저 드래곤도 약화된다는 거구나!"

"그래, 만약에 녀석이 내 방패를 통해서 방어력을 얻고 있는 거라면, 그 방법을 쓰면 공격이 먹혀들게 될 거야…… 아마도!"

그렇게 결론을 내리고 방패를 강화하려 한, 바로 그때!

"내가 그 정도도 예측 못 했을 것 같더냐?"

 **9화 강제 강화**

"뭐야?!"

내 방패에, 마룡이 영창한 마법의 문양이 출현한다.

나의 의사와 무관하게, 내 시야에 라스 실드의 강화 화면
이 나타났다.

라스 실드+7 → +8 강화를 실시하시겠습니까?

어? 잠깐! 나는 아무것도 안 했잖아!

제멋대로 '네'가 선택되어 강화가 실시되었다.

"무슨 짓을 한 거냐!"

"후후……. 무슨 일이 일어난 건지 이해도 못할 만큼 어
리석지는 않을 텐데? 나도 도박에 도전해 본 거다."

경고, 실패시, 강화치가 0으로——

확인을 무시하고 다시 '네'가 표시된다. 머릿속에 요란하
게 강화 마크가 나타난다.

+8 강화가 성공했습니다!

젠장! 하필이면 이럴 때 성공하면 어쩌자는 거냐!

빠드득……. 머뭇머뭇 마룡 쪽으로 시선을 돌린다.

"푸하하하! 나도 때로는 도박을 즐기기도 한단 말이다.

용사들이여! 내 힘을 뼈저리게 느껴 보거라!"

마왕이 아까보다 더 빠르게 꼬리를 휘두르며, 날갯짓해서 바람을 일으킨다!

"큭⋯⋯."

빌어먹을! 상황을 더더욱 복잡하게 만들 셈이냐!

지금 할 수 있는 일이라고는, 라프타리아와 렌에게 지원 마법을 걸어 주는 것밖에 없다.

"쯔바이트 아우라!"

강화된 마룡에게 지지 않도록 라프타리아와 렌에게 지원 마법을 건다.

"에어스트 실드! 세컨드 실드! 라프타리아, 렌, 그걸 발판 이나 방패로 이용해!"

"네!"

"고맙다!"

마룡의 비늘이 광택을 내뿜고 있다. MMORPG에서 고위 제련에 성공하면 무기가 빛나는 이펙트가 들어가곤 하는 것 처럼⋯⋯.

"자, 잠깐, 백작? 뭔가⋯⋯ 아까보다 더 강해진 것 같지 않아?"

"그래. 녀석이 내 방패에 간섭하고 있어. 하지만, 내가 잠 자코 당하고만 있을 줄 알고?"

강화는 나도 할 수 있다.

"이런! 멋대로 날뛰면 곤란하지, 나의 매개체여."

잠겨 있습니다.

라스 실드를 강화하려 한 순간, 시야에 문자가 출현한다.
　젠장! 내 방패를 내가 강화 못 하다니 그런 게 어디 있단 말이냐!
　MMORPG에는 계정 해킹이라는 행위가 있어서, 그에 의해 자기 캐릭터를 강탈당하는 경우가 존재하는데, 그것과 비슷한 상태잖아!
　마룡은 주저 없이 재강화를 지시. 아까와 마찬가지로 '네'를 연타한다.

+9 강화에 성공했습니다!

　…….
　"우왓!"
　렌이 미처 공격을 피하지 못하고 나가떨어져서, 벽에 내동댕이쳐진다.
　"렌!"
　"나, 나는 괜찮아!"
　하지만 라프타리아까지도, 마룡의 공격에 대한 반응이 한 박자씩 늦어지기 시작했다.

"백작?!"

이놈의 방패…… 우리를 죽일 작정이냐?! 이럴 때는 일부러 강화를 실패하는 식으로 저항이라도 해서 녀석을 약화시켜야 할 거 아냐!

다음에 또 성공하면 위험하겠는데. 하지만 마룡은 이번에도 강화를 선택했다.

+10 강화에——

재빨리 라프타리아와 렌을 보호하기 위해 앞으로 나선다.

그러나 마룡의 꼬리 공격을 얻어맞고 공중으로 나가떨어졌다.

"으윽……!"

시야가 고속으로 회전한다. 뒤이어 승부를 굳히겠다는 듯 날아든 두 번째 꼬리 공격에 얻어맞고 곤두박질친다.

"나오후미 님!"

"나오후미?!"

……완전 제대로 얻어맞고 나가떨어졌잖아.

나를 날려 버리는 건 영귀나 교조차도 하지 못했던 재주다.

마룡의 비늘이 엄청나게 번쩍거리고 있다. 이건 혹시, 내가 나가떨어지는 바람에 눈에서 별이 보이는 건가?

큰일이다. 마룡은 내가 감당하기 버거운 수준까지 착실히 강화되어 가고 있다.

하지만, 강화는 양날의 검이다. 어디 한 번 더 강화해 보시지. 그러면 강화가 리셋될 테니까.

그리고 이제 슬슬 강화 재료가 바닥날 테니까, 실패하면 끝장이다.

"흐음. 강화는 이 정도면 충분하겠지."

"도망치는 거냐? 강화에게서⋯⋯. 세계 지배를 꿈꾸는 마룡치고 그릇이 작은 거 아냐?."

이렇게 된 이상, 도발해서 강화 실패를 유도하는 수밖에 없겠군.

하지만 마룡은 깔보는 듯한 눈으로 나를 쳐다보며 가슴을 펴고 대답한다.

"그대의 싸구려 도발은 안 통해. 시험하는 건 그대를 얻은 후에 해도 충분하니까."

다 꿰뚫어본 거냐!

"백작, 괜찮아?"

"내가 괜찮아 보여?"

그나저나, 해킹한 계정의 캐릭터가 장착하고 있는 무기로 과잉 강화 같은 짓을 하면 어쩌자는 거냐!

그 짓 때문에 말도 안 되게 희귀한 장비가 완성된 것 같은 불길한 느낌이 든다.

진심으로 세계를 저주하고 싶은 심정이다.

"쯔바이트 힐."

"또 회복인가. 내가 회복하도록 가만히 내버려둘 줄 알고? 안티 쯔바이트 힐."

마룡이 한숨 섞인 말투로 말하고, 라트가 영창하는 회복 마법을 무효화시킨다.

"나오후미!"

『힘의 근원인 내가 명한다. 다시금 이치를 깨우쳐, 저자를 물의 칼날과도 같은 일격으로 절단하라!』

"드라이파 아쿠아슬래쉬!"

메르티가 의식을 집중하더니 마법을 영창……. 그나저나 메르티도 이제 드라이파 클래스의 마법을 구사할 줄 아는 건가.

"안티 드라이파 아쿠아슬래쉬."

이번에도 마룡은, 마치 한숨이라도 짓는 것처럼 더없이 간단하게 마법을 무효화시킨다.

큭……. 이름에 '마(魔)'자가 들어가는 만큼, 마법에는 자신이 있다는 건가.

그러고 보니 키즈나 패거리가 마법을 쓰는 모습은 별로 본 적이 없었던 것 같군.

실은 사용할 줄 알면서도, 마룡을 상대할 때는 사용하지 않았던 건지도 모른다.

사용했다가 그 자리에서 저지당하면 비장의 카드로 쓸 수 없으니까.

"자, 최선을 다해 그대를 상대해 주는 게 그대에 대한 최소한의 배려겠지."

마롱은 아까보다 한층 더 빠른 속도로 영창을 시작한다.

"굉장하군. 성무기의 힘을 손에 넣은 내게 불가능은 없다!"

SR → SR+에 도전하시겠습니까?

마롱 녀석은 경고문을 무시하고 연타해 댄다!

어쩐지 불길한 예감만이 가득하다.

"어, 어째 점점 더 흉악한 모습으로 성장하는 것 같은데."

"젠자아아아아아앙!"

"큭! 유성검!"

렌의 유성검이 마롱을 향해 날아가지만, 마롱은 꼼짝도 하지 않는다. 불꽃조차 튀지 않는다.

"뭐지? 나를 상대로 놀이라도 하는 건가?"

"과잉 강화…… 그렇다면 어쩔 수 없지!"

렌도 항목을 열어서 강화를 선택하고 있다…… 하지만.

너는 중요한 걸 잊고 있어. 네 운은 저주 때문에 떨어져 있는 상태라고.

"큭…… 실패만 하잖아!"

"됐으니까 무모한 도전은 그만해! 하려거든 라프타리아! 네가 해."

"아, 네."

조금이라도 더 적의 능력을 따라잡을 수 있도록, 라프타리아가 실패의 가능성을 무릅쓰고 강화에 도전……해도 괜찮은 걸까?

잘 모르겠다.

그나저나, 내 운은 나쁠 때는 끝도 없이 나쁘군. 왜 하필이면 이런 때 연속으로 성공하는 거냐!

몇 번을 성공했는지는 확인할 생각도 들지 않았다. 이게 소울 이터 실드였더라면 얼마나 편했겠는가!

뭔가 LR이라는 문자가 보였을 무렵에, 라프타리아와 동료들을 보호하려고 막아섰다가 다시 거세게 나가떨어졌다.

또 성공이냐! 이건 +11보다도 더 성공확률이 낮은 강화라고!

등 뒤에 아군이 있는 이상, 피할 수도 없었기에, 공격을 온전히 막아낼 수밖에 없었다.

"큭!"

레어도가 상승한 혼신의 일격이 나에게 적중한다.

우와, 이거 죽겠네……. 그만 돌아가고 싶은 기분에 휩싸인다.

안 그래도 필로에서 마력을 흡수해서 쓸데없이 공격력이

올라 있던 녀석이, +강화에 레어도까지 상승하다니 이건 완전 사기잖아. 내 불운 체질은 도대체 얼마나 강한 거냐.

진짜 장난이 아니다. 방패 녀석, 빨리 레어도 강화에 실패해서 녀석을 약화시키란 말이다!

AF로 강화 성공!

이 자식, 도대체 언제까지 성공할 작정이냐!

"하하하하핫! 이제 나를 당해낼 녀석은 그 누구도 없다!"

온몸에서 번쩍번쩍한 광택을 내뿜는 흉악한 마룡이, 우리 앞에 느긋하게 도사리고 있었다.

"이제 그대들 힘으로는 나를 막을 수 없다. 방패 용사여. 내 제물이 되어 나에게 힘을 공급하는 존재가 되어라."

큭…… 지금까지 사사건건 라스 실드에 의존해 왔던 대가가 이제 와서 폭발하기라도 했다는 건가.

이 녀석은 나 자신과 동등한 능력을 가진 괴물, 이 역경을 극복하지 못하면 지금까지 쌓아 올린 모든 것들이 잿더미가 된다.

하지만, 이토록 흉악하게 강해진 녀석을 상대로, 내가 할 수 있는 일이 있긴 한 걸까?

"그 몸에 아로새겨라!"

마룡이 발톱을 옆으로 휘둘러서 나를 후려치려 한다.

나는 유성방패를 전개하고, 에어스트 실드 계통의 방패들을 다중 전개해서 받아낸다.

"건방지게 잔재주를 부리다니…… 흥!"

그러나, 전개한 방패들은 뽀각뽀각 모조리 파괴됐고, 마룡의 발톱은 유성방패마저 깨부숴서 나를 날려 버렸다.

"크흑……."

"나오후미 님!"

"그럼 어디……."

마룡은 흡족한 듯 눈웃음을 짓고, 여유를 과시하듯 가슴을 편 채 마법 영창을 시작한다.

『나의 여러 핵석의 힘이여. 내 요청에 답하여──.』

마룡을 중심으로 귀에 익은 영창이 울려 퍼진다.

아니, 테리스의 영창식과 비슷한 마법이잖아.

"어림없어요!"

라프타리아가 영창을 방해하려고 뛰쳐나가서 도를 휘두르고, 렌이 그 뒤를 따른다.

하지만 마룡 녀석은, 라프타리아와 렌의 공격 따위는 간지럽지도 않다는 듯 영창에 집중하고 있다.

렌과 라프타리아의 공격이 들어가지 않는 건, 아마 내 방어력을 얻었기 때문이리라.

뭔가 방법이 있을 것이다……. 그래, 뭔가 방법이.

내가 나 자신과 싸우는 거라 상정하고…… 나 자신이 지금 가장 싫어할 법한 공격을 상상하는 거다.

"사디나, 뇌신강림을 영창하는 거야. 최대한 빨리!"

"알았어."

나는 사디나와 함께 영창을 시작한다.

"나오후미, 뭘 하려는 거야? 이대로 가다가는 일방적으로 당하기만 할 뿐이라구."

"걱정하지 마. 렌 라프타리아, 너희는 나와 싸우는 상황을 상정해서…… 방어력을 무시하거나 방어력에 비례해서 공격력이 상승하는 공격 스킬을 날려!"

"그, 그래! 분명 있었을 거야."

"알았어요!"

『──구현하라. ……나는 세계를 다스리는 용제. 저자들을 가로막는 장벽을 만들라!』

"마룡! 팔면경(八面鏡)!"

마룡은 내 지시에 움찔하며 영창을 일시 중단하고 마법을 발동시킨다.

"기도(氣刀) · 수산(守散)!"

"이글 블레이드!"

라프타리아와 렌이 각각 칼날에 의식을 집중하고, 스킬을 내쏜다.

그러나 라프타리아와 렌의 공격은 마룡 앞의 투명한 벽에 막히고 말았다.

"큭…… 방벽이잖아!"

"나오후미 님의 유성방패 같아요!"

쩍 하는 소리를 내며 장벽이 깨져 나간다.

"하하하, 내가 아무런 대비도 안 했을 거라고 생각한 거냐. 어리석은 녀석들."

마룡 녀석, 공격이 아니라 방어마법을 영창했을 줄이야.

라프타리아와 렌이 다시 다른 스킬을 내쏘았지만, 마법으로 만들어낸 장벽에 막혀서 공격이 전혀 통하지 않는다.

"라프타리아."

"네? 왜 그러세요?"

라프타리아에게 내가 의도한 것을 시선으로 전달한다.

그리고 나는 라프짱과 라프타리아의 꼬리를 연신 번갈아 쳐다보며 의식을 집중시켰다.

라프타리아는 내 의도를 파악하고 고개를 끄덕인다.

뒤이어, 나는 윈디아와 메르티에게도 시선을 보낸다.

윈디아 쪽은 고개를 갸웃거렸지만, 메르티는 체념한 표정으로 고개를 끄덕였다.

내가 뭘 지시한 건지 눈치챈 모양이군.

『두 개의 힘, 저자를 지탱하기 위해 힘을 불어넣어, 패배의 운명을 뒤집고 승리의 미래를 자아내는 힘을…….』

"그럼 마지막 마무리를 해 주도록 하마. 방패 용사 이외의 녀석들은 다 죽일 정도의 공격을."

마룡은 안전을 확보하고 나서 다시 영창을 시작한다.

하지만, 그 시간 손실이 우리에게는 승기가 되었다.

라프타리아와 렌만을 경계하다니…… 방심이 지나쳤군.

나와 사디나가 영창한 마법에 대해서는 아무런 경계도 하지 않고 있다.

기껏해야 라프타리아를 강화한 것뿐일 거라고, 그리고 그 정도는 충분히 대처할 수 있을 거라고 생각하는 것이리라.

하지만, 너는 중요한 점을 잊고 있다고.

미숙한 에클레르라면 네 속도를 따라잡는 것조차 버겁겠지.

리시아나 할망구가 없으니까 경계도 필요 없을 거라 생각했으리라.

『용맥이여. 우리의 바람을 들으라. 힘의 원천인 우리가 명한다. 다시금 이치를 깨우쳐, 내 앞의 장벽을 뛰어넘을 힘을!』

""뇌신강림!""

마룡은 느긋하게 마법을 영창하면서, 라프타리아에게 의식을 집중하고 있다.

라프타리아를 가장 큰 위협으로 여기고 있다는 건 의심의 여지가 없군.

그런데 말이지, 넌 내 방패 뒤에 있는 걸 알아채지 못하고 있었던 거냐?

나에게 있어 가장 큰 위협이 되는 공격을 연속으로 날려 댈 수 있는 녀석이…… 아까부터 줄곧 자신만의 공격을 위해 집중하고 있었다는 것을!

"아트라아아아아아아!"

나는 아트라에게 뇌신강림을 발동시킨다.

지금의 아트라는 노예의 성장보정을 받아서…… 레벨로 따지면 45다.

하지만 그녀는, 변환무쌍류의 진수를 본능적으로 이해하고 있다고 할망구에게 인정받은 강자란 말이다!

"드디어 제 차례군요!"

아트라에게 벼락이 떨어지고, 아트라는 뇌광을 내뿜으며 가속한다.

"그냥 흉내만 내는 정도지만 에클레르 씨와 리시아 씨, 그리고 노사님의 움직임을 따라 해 보겠어요!"

"후하하하! 그런 보잘것없는 레벨로 나에게 덤벼들다니…… 어리석은 것!"

"라프~!"

라프타리아와 라프짱이…… 펑 하고 환각마법을 구사해서 아트라를 여러 명으로 보이게 만든다.

"뭐야?!"

『──구현하라. 나는 세계를 다스리는 용제. 용제에게 거역하는 어리석은 자들…….』

난폭하게 꼬리와 날개를 휘두르면서 아트라와 그 환영들

을 떨쳐내려 하지만, 그런 공격은 공기를 할퀴는 짓이나 다름없다는 듯, 아트라는 가볍게 흘려보낸다.

아니, 맞았다는 감각조차 없는지도 모르겠다.

그중에 진짜가 섞여 있을지도 모른다는 경계심을 풀지 않는 게 좋을걸?

"귀찮은 날벌레 놈들……. 할 수 없지. 영창을 중단하고, 시간을 버는 수밖에."

그렇게 말하며, 마룽은 마법 영창을 중단…… 영창 중이던 마법이 표류하는 걸 느낄 수 있었다.

『나의 여러 핵석의 힘이여. 내 요청에 답하여 구현하라. 나는 세계를 다스리는 용제——.』

그리고 새로운 마법을 자아내기 시작했다. 엄청난데. 그런 것까지 할 수 있다니.

"에잇이에요!"

아트라의 공격에, 마룽이 전개한 결계가 빠직 하는 소리와 함께 단번에 깨져 나간다.

"아직 끝난 게 아니라구요!"

어떤 원리로 힘을 축적한 건지는 모르겠지만, 아트라의 맹공은 멈출 줄을 모른다.

"마룽 · 폭렬충격(爆裂衝擊)."

마룽을 중심으로 광범위한 폭발이 일어난다. 이걸로 아트라를 날려 버릴 작정인가!

"어림없지!"

내가 앞으로 뛰쳐나가서, 진짜인지 가짜인지 알 수 없는 아트라를 보호한다.

"안이하군요! 고작 그 정도로 저를 막을 수 있을 거라고 생각했다면 오산이라구요."

아트라는 그 폭발에 아랑곳하지 않고 손을 앞으로 내민다. 그저 그렇게 했을 뿐이건만, 갑자기 바람의 방향이 바뀐 듯 마룡이 내쏜 폭발의 충격파가 방향을 틀었다.

뭔가 굉장한데.

"거기구나!"

마룡이 나를 향해서 팔을 휘두르지만, 나는 확인도 하지 않고 뒤로 물러선다. 진짜 아트라라면 알아서 대응해서 움직여 줄 테니까.

하지만, 아트라는 나를 무시하듯 옆으로 몸을 날려, 마룡의 발톱을 막아내……는 듯 싶더니 소실되었다.

"애석하지만 꽝이었나 보군."

"네. 고작 그 정도로 환각을 떨쳐낼 수 있을 거라고 생각하면 오산이에요. 그 정도 공격으로 아트라 씨를 막을 수 있다면, 저도 이 고생을 할 필요는 없었겠죠."

그건 또 무슨 소리냐고 라프타리아에게 태클을 날리고 싶지만, 그것도 일종의 신뢰라 할 수 있겠지.

"큭……. 날 방해하지 마라!"

"그렇게 조준도 제대로 안 한 공격으로 저를 막을 수 있을 거라고 생각하면 한참 잘못 생각한 거라구요."

발톱과 꼬리를 이용해서 휙 하고 1회전을 하면서 후려치려는 마룡의 꼬리 끝에, 아트라가 날렵하게 올라타서 우뚝 서 있다.

끝내주는데. 만화나 애니메이션에 나오는, 상대가 휘두른 검 끝에 올라타는 무인 같은 움직임이다.

"이제 끝을 내겠어요!"

꼬리를 공격하는 대신 마룡에게 돌격해서, 마지막 결계에 손바닥을 가져다 댄다.

충격과 함께, 아트라는 쨍그랑 하고 모든 방벽을…… 예전에 쿄가 전개했던 결계를 할망구가 완파했던 것과 같은 움직임으로 완파한다.

"아직…… 안 끝났어요!"

일단 착지했던 아트라가 탄환처럼 마룡을 향해 돌격해서, 어깨에 손을 내지른다.

순간…… 마룡의 어깨가 터져 나갔다!

"뭐냐…… 끄아아아아아아아아아아아아아아아?!"

마룡은 순간적으로 넋 나간 목소리를 냈다가, 직후, 어깨가 떨어져 나간 고통에 절규한다.

"아직 끝난 게 아니에요!"

변환무쌍류의 공격, 그걸 흉내 낸 아트라의 공격은 연사가 가능하다. 이건 렌이나 모토야스도 갖지 못한 재주다.

"윈디아, 가자!"

"응! 아빠랑 가엘리온을 돌려줘!"

고통에 몸부림치고 있는 마룡에게로, 윈디아를 중심으로 발동한 합창마법이 내리꽂힌다.

"합창마법! 세인트 레인!"

일대에 뚝뚝 빗방울이 떨어지기 시작한다.

원래 아까 나와 사디나가 합창마법을 영창해서 만들어냈던 비구름을 활용한 것이기에, 영창도 발동도 빠르다.

빗방울이 마룡의 상처에 닿을 때마다, 상처에서 슈욱 하고 검은 연기가 뿜어져 오른다.

"이 자식들이이이이이이이이이이이이!"

조금 전까지 승리에 대한 확신에 가득했던 마룡이, 분노로 표정을 일그러뜨리며 온몸에서 불꽃을 분출시킨다. 재주도 좋은 놈이군.

"어림없어요!"

하지만 그 불꽃은 아트라를 맞히지 못했고, 메르티와 윈디아가 발생시킨 빗방울이 불꽃을 향해 쏟아진다.

"자, 마룡, 네가 아트라와 메르티에게 농락당하고 있는 사이에, 내가 뭘 할지 알겠어?"

나는 지금도 메르티와 함께 마법을 영창하고 있다.

마법을 형성할 때 거쳐야 하는 퍼즐 맞추기가 좀 성가시게 느껴지긴 하지만, 그래도 꼭 필요한 일이니 어쩔 수 없는 노릇이다.

뭐, 영창하면서도 상황을 파악할 수 있다는 건, 그만큼 실력이 늘었다는 뜻 같기도 하지만.

"뭐냐――?!"

"그럼 가라! 제2탄! 에클레르!"

"내 차례군! 나만 믿어! 이와타니 님, 아트라 님, 변환무쌍류의 진수를 똑똑히 지켜보도록!"

나와 사디나가 영창한 뇌신강림이 에클레르에게 쏟아지고, 에클레르가 뛰쳐나간다.

그런데, 뛰쳐나가기 전에 잠시 의식을 집중하는 모습을 볼 수 있었다.

"아, 저건 변환무쌍류의 노사가 얘기했던 무쌍활성! 에클레르는 쓸 수 있는 건가?!"

렌이 뭔가 해설 담당 노릇을 하고 있잖아?

아니, 얘기해 봤자 나는 알지도 못한다고!

왜 네가 리시아같은 반응을 하고 있는 건데?! 라프타리아나 아트라와 대련만 하는 단계에 머물러 있는 나는 그런 소리를 들어 봤자 이해도 못한단 말이다!

"하아아아아아아아앗!"

오오, 뭔가 에클레르가 엄청나게 빨리 움직이기 시작했잖아.

빠르다고 해 봤자 렌과 비슷한 정도의 속도이긴 하지만.

나나 라프타리아의 최고 속도에 비하면 약간 느린 편. 하지만, 에클레르도 변환무쌍류의 방어 비례 공격을 익히고 있는 듯, 한 번 찌를 때마다 마룡의 비늘이 떨어져 나간다.

"큭, 나를 얕보지 마라아아아아아아아! 나약한 인간 주제에에에에에에에에에에에에에에!"

여유를 잃은 듯, 마룡이 격노해서 포효한다.

재생능력이 높은 건지, 부상을 입은 직후부터 상처가 순식간에 아물어 가는 게 약간 불안한 요소이긴 하지만…….

"제아무리 지원마법을 써 봤자 해제해 버리면 그만이라는 걸 모르는 거냐아아아아!"

그렇게 말하면서 마법 영창을 시작한다.

아아, 아트라와 에클레르에게 걸려 있는 지원마법을 무효화할 꿍꿍이인가?

그렇게 생각하고 있으려니, 아트라와 에클레르의 공격 효과가 무뎌져 가는 게 느껴졌다.

효과가 다한 건가?

그런 생각에 아트라의 스테이터스를 확인해 보았으나, 지원마법은 아직 유지되고 있다.

그렇다면, 모종의 마법을 이용해서…… 아아, 자기의 방어력을 저하시킨 건가 보군.

"자, 마룡. 이제 너도 방패 용사의 고뇌를 이해해 보시지. 라프타리아, 렌, 너희 차례다!"

"네!"

"할 수 있는 거야?"

렌의 물음에 나는 말없이 고개를 끄덕인다.

"순도(瞬刀) · 하일문자(霞一文字)!"

"유성검!"

라프타리아의 발도술에 필적하는 일격과, 렌의 주특기인 유성검이…… 마룡의 배를 찢어발긴다.

"크흑…… 이런 건방진 짓을……."

"방어력을 올리면 비례공격, 낮추면 고화력으로 밀어붙이는 공격. 장벽 따위 쳐 봤자 소용없다는 것 정도는 너도 알겠지?"

나도 당한 적이 있지만, 그때는 잔머리를 굴려서 가까스로 이겨냈었다.

그때, 라르크 패거리가 공격을 연발할 수 있었더라면 나도 마룡과 같은 신세가 됐을 것이다.

이 녀석은 지금, 그런 내 고민을 온몸으로 맛보고 있는 중이다.

그리고 베인 상처에서는 곧바로 검은 진흙이 분출돼서 재생을 시작했지만, 어째선지 그 진흙은 라프타리아가 두부 자르듯 가볍게 쓸어내기만 해도 증발해 나갔다.

"으윽…… 큭, 가만히 좀 있어! 내가 너를 지배하고 있단 말이다! 저항해 봤자 헛수고라는 것을──."

그때 마룡의 움직임이 한층 더 이상해졌다.

뭐지, 이 반응은?"

"큭…… 절대로 안 놓친다! 너는 잠자코 있으란 말이다! 으끄아아아아아아!"

마치 몸 내부에서 뭔가가 저항이라도 하고 있는 듯, 마룡이 버둥거리기 시작했다.

"으그…… 극…….'

물컹물컹, 가슴 언저리에서 뭔가가 버둥거리고 있다……?

마룡은 가슴을 손으로 억누르고, 마법의 빛을 방사하기 시작한다.

"큭……."

"몰아붙여! 보아하니 지금이 공격 타이밍인 것 같아!"

"나약한 인간 놈드으으으을! 건방지게…… 설쳐대지 마아아아아!"

"호오? 우리한테 집중해도 되는 거냐? 무슨 일이 생긴 건지는 모르지만, 이 기회를 놓칠 이유가 없지."

"가요!"

"그래, 보아하니 저기가 약점인 것 같군. 렌, 가자!"

"좋아!"

"저도 질 수 없죠!"

내 지시에 아트라, 에클레르, 렌, 라프타리아가 일제히, 마룡이 부여잡고 있는 가슴 언저리를 베어낸다.

"끄으으으으으으으윽…… 커헉!"

가슴을 베인 고통에 마룡의 몸이 확 젖혀진다. 팔은 베이는 즉시 재생되는 것 같았지만, 과연 가슴 쪽도 그럴까?

억누르는 힘이 사라진 가슴을 무언가가 찢어발기고 모습을 드러냈다.

조그만, 갓난아기 같은 드래곤…… 가엘리온이 필로의 목덜미를 붙들고 뛰쳐나온다.

"가엘리온!"

"뀨…… 아."

거기에는 갓 태어났을 때의 모습을 한 가엘리온이 있었다.

경험치라는 이름의 성장 요소를 흡수당하고, 그런 상태에서도 윈디아와 우리를 지키기 위해서 맞서 싸우고 있었던 것이리라. 잡아먹혔던 필로를 데리고 나온 것이 바로 그 증거다.

"필로!"

"우우…… ."

좋아! 필로도 죽지 않은 것 같군. 나는 필로를 안아 일으켜 회복마법을 영창한다.

마룡 쪽은 라프타리아 등과의 전투에 의식을 집중하느라, 이쪽에 의식을 돌릴 여유조차 없다.

마법이라는 건, 영창하는 데 다소의 의식을 소모한다.

안 그래도 고통 때문에 마법을 영창할 여유가 없을 테고,

매개체로 삼고 있던 가엘리온과 필로가 탈출하기까지 한 상황이니 한층 더 약화될 수밖에 없으리라.

그리고…… 마룡의 모습이 한층 더 검게 물든 채, 이쪽을 노려본다.

윈디아를 응시하고 있다.

윈디아는 메르티와 사디나 곁으로 돌아가서, 한껏 숨을 들이쉬고 말한다.

"사디나 언니. 나, 저 마룡을 물리칠 거야."

"알았어."

"한번 해 보는 수밖에 없겠네요."

셋이서 힘을 모아 합창마법 영창에 들어간다.

이번에는 황당할 정도로 빠르다. 마치 윈디아의 결의에 부응이라도 하듯이.

얼핏 보니, 조그만 가엘리온도 아주 작은 날개를 파닥거려서 세 사람 머리 위를 날며 영창하고 있다.

"큭……. 이렇게 된 마당에 나라고 수단 방법 가리고 있을 쏘냐아아아아아아아아아아! GAAAAAAAAAAAAAAAAA!"

마룡의 형태가 무너지기 시작하고, 다시 검은 진흙의 색깔이 짙어져 간다.

내 시야 속에 표시되어 있는 적의 이름이 '마룡'에서 '라스 드래곤'으로 변화하는 걸 확인할 수 있었다.

강화된 라스 실드의 성능을 그대로 유지한 채, 흉악해 보이는 드래곤이 라스 드래곤과 뒤섞여 있다. 그 속에 윈디아의 아버지도 섞여 있는 걸까?

윈디아 아버지인 드래곤도 참 기구한 팔자군.

나는 윈디아와 동료들을 보호하기 위해 앞으로 나선다. 가엘리온이 그 곁으로 날아와서, 내 등에 찰싹 매달린다.

"위험해. 물러나 있어."

『그럴 순 없다.』

"어?!"

가엘리온이 말했다. 그나저나…… 염화(念話)로 얘기하는 건지, 목소리가 머릿속에 울린다.

『당황하지 마라. 검의 용사와 윈디아에게 들킨다.』

"너는…….'"

윈디아의 아버지인 가엘리온 쪽인가.

아직 어린 가엘리온에게로 옮겨온 모양이다.

『딸의 성장한 모습을 보게 된 건 반갑지만 말이지. 방패 용사.』

아니, 내가 그런 감정을 어떻게 알겠어?

왜 네가 가엘리온 속에 들어있는지는 나중에 캐물어 주도록 하지.

아직 문제가 전부 다 해결된 건 아닌 모양이니까.

『그대도 눈치채지 않았나? 이세계의 용제와 유착되어 있는 그대의 분노를.』

"그야 뭐……."

『저것은 그대가 가진 분노의 화신. 이제 깃들어 있을 곳을 잃은 상태이니, 그대를 향해 돌진해 오겠지……. 본격적으로 날뛰기 전에 해치워라. 안 그러면 영원토록 그대를 쫓아다닐 테니까!』

"알았어. 렌, 라프타리아! 해치운다!"

"네!"

"나도 알아!"

적을 이렇게 궁지에 몰아넣을 수 있었던 건 오로지 동료들 덕분이다.

이번 싸움의 가장 큰 공로자는 아트라겠지.

『안심해라. 이제 내가 협조해서 공격을 해 줄 테니. 마룡의 핵석을 토해내게 만들기만 하면 그대의 파트너가 숨통을 끊을 수 있어!』

"매번 하던 거군."

『……너만 믿으마.』

이것 참, 뭔가 해결되지 않은 일이 있는 것 같은 느낌이 드는 건 내 기분 탓인가?

가엘리온이 파티에 가담하고, 영창이 가속된다.

나는 라스 드래곤이 내쏜, 아까보다 위력이 떨어진 브레스를 막아내……기에는 화력이 좀 강했다.

"하앗!"

아트라가 라스 드래곤이 쏜 불꽃을 손으로 막고 흘려보낸다.

그거 어떻게 하는 거야? 그나저나 아트라의 방어 능력은 완전 괴물 수준이잖아.

라스 실드는 나를 새로운 매개채로 삼으려고 집요하게 공격해 온다.

"방패라고 피하면 안 된다는 법은 없잖아?"

나는 단순무식하게 돌격해 오는 라스 드래곤의 맹공을, 몸을 틀어 회피한다.

나만 노리고 공격해 오는 거라면 굳이 동료들을 보호하기 위해 막을 필요가 없다. 공격의 움직임 자체는 간단하니까, 속도에만 주의하면 그럭저럭 피할 수 있다.

"가요! 스타더스트 블레이드!"

"유성검!"

렌은 유성검이 진짜 좋은가 보군. 틈만 나면 쏴대잖아.

"어딘가에 있을 핵석을 토해내게 해! 그러면 한층 더 약해질 거야!"

『저주받은 대지, 증오, 원한을 씻어내는 푸른 물살과도 같은 마음을, 세계를 구하고자 하는 염원을 힘으로. 용맥이여 이곳에 기적을 일으키라!』

『나, 가엘리온이 하늘에 명하고, 땅에 명하고, 이치를 끊고, 연결하여, 고름을 토해내게 하노라. 나의 힘이여 내 앞에 있는 감정의 흐름을 끊을 힘을 일깨우라!』

방패 덕분에, 나는 가엘리온이 영창한 마법이 고도의 영창임을 알 수 있었다. 방패가 삐걱삐걱 소리를 내며, 영창 내용을 번역해서 내 시야에 표시해 주는 것이다.

사디나는 눈치를 챘는지, 가엘리온 쪽으로 눈길을 돌리고 있다.

『이레이즈 아쿠아 플래쉬!』

『수룡멸파(水龍滅波)!』

세 사람과 한 마리가 영창한 마법이 완성되어, 넘쳐흐르는 마력이 가엘리온을 중심으로 구축된다.

"에엣?!"

윈디아가 경악에 찬 소리를 지르고, 메르티는 지쳐서 그 자리에 주저앉는다.

사디나가 한 손에 작살을 든 채 내달리고, 가엘리온은 마법 구슬을 만들어 들고 한껏 숨을 들이쉰다.

"나오후미와 라트는 지원을 맡아 줘!"

"그래!"

"쯔바이트 아우라!"

"퍼스트 파워! 퍼스트 매직!"

내가 영창한 지원마법과 라트의 지원마법이 더해져서, 공격의 손길이 빨라진다.

"가자, 가엘리온."

"까우우우우우우우우우우우우우!"

……가엘리온은 '뀨아' 하고 울었었는데.

크게 숨을 들이켰던 가엘리온이 마법 구슬에 숨을 불어넣는다.

그러자 거기서 대량의 물 덩어리가 뿜어져 나와서, 라스 드래곤을 향해 덮쳐든다.

사디나는 그 물 덩어리 안으로 들어가고, 헤엄쳐서, 소용돌이를 일으킨다.

……라프타리아나 필로보다도 화려한 공격을 한단 말이지, 이 녀석들.

"괴물들의 싸움이잖아……."

"오라버니, 완전히 전력에서 빠져 계시잖아요."

"큭…… 나도 가겠어!"

"넌 가지 마."

뭐랄까. 여기에 뒤처져 있는 포울을 저 싸움 속에 투입했다가는 그대로 즉사할 것 같아서 보낼 수가 없다.

그런 포울과는 무관하게, 사디나가 초전자의 힘으로 변신 합체하는 로봇의 필살기처럼 회전하면서 돌격, 라스 드래곤을 꿰뚫는다.

그와 동시에 가엘리온이 내쏜 물 덩어리가 사라졌다.

"어, 어떻게 됐지?!"

착지한 사디나가 거칠게 숨을 몰아쉬며 라스 드래곤을 돌아본다. 물론, 나도 라스 드래곤의 생사를 확인한다.

"아직 안 끝났어요! 그리고——."

아트라가 재빨리 내달려서, 마치 호랑이가 달려드는 것처럼 라스 드래곤의 목에 손을 찔러 넣었다.

"이거예요. 중추가 되는 이 핵석이 없으면 잔챙이나 매한가지!"

요란하게 번쩍 빛나는 핵석이 공중으로 날아간다.

"제게 맡기세요!"

"부탁해요, 라프타리아 씨! 아무래도 이 검은 감정의 드래곤을 해치울 수 있는 건 당신뿐인 것 같아요."

공격 준비는 사전에 마쳐 두었었는지, 라프타리아의 검이 번쩍이고 있다.

마룡의 핵석이 제거된 라스 드래곤은, 라프타리아를 보자마자 겁에 질린 듯 입을 벌리고, 등을 보이며 공중으로 도주를 시도한다.

"놓치지 않겠어요!"

"에어스트 실드! 세컨드 실드! 드리트 실드!"

내가 계단처럼 출현시킨 방패를 발판 삼아, 라프타리아는 도망치는 라스 드래곤을 향해 도를 휘둘렀다.

"순도 · 하일문자!"

"GYAAAAAAAAAAAAAAAAAAAAAAAAAAAAAAAAA!"

라스 드래곤은 공중에서 두 쪽으로 쪼개져, 째질 듯한 비명을 내지르며 땅으로 곤두박질친다. 마치 라프타리아가 휘두른 검의 풍압만으로도 쪼개져 버린 것 같았다.

"아빠…… 미안해요. 나는, 돌아갈 수 없는 다리를 건넜어요."

『……』

양손을 모으고 눈물짓는 윈디아의 뒷모습을 가엘리온이 바라보고 있었다.

부모 된 입장에서는, 성장한 딸의 모습에 감동하고 있는 건지도 모른다.

 10화 정화

착지한 라프타리아가 검을 휘둘러서 액체를 털어내고 칼집에 집어넣었다.

"이번 싸움의 MVP는 아트라겠군."

우리와 대련을 한 정도의 수련만으로도 이만큼 활약하다니, 급제점을 주기에 충분하리라.

그보다…… 나는 포울 쪽을 돌아본다. 구입 당시의 기대치는 아트라보다 높았었는데 말이지.

"뭐, 뭐야 그 눈매는! 큭…… 아트라! 이 오빠는 기필코 강해지고 말 거야!"

"제발 노력 좀 해 주셨으면 좋겠네요."

아트라 쪽은 오빠의 의욕에 대해서는 별 관심이 없는 듯 건성으로 응원의 말을 건넨다.

"저기, 아트라 씨, 고마워요."

"이건 다 나오후미 님을 위한 일이었어요."

라프타리아의 말에, 평소처럼 새침하게 대꾸하는 아트라.

다행이다. 이제 사건도 해결됐군. 뭐, 나중에 가엘리온과 얘기를 나눠봐야 하겠지만.

"뀨아?"

가엘리온이 윈디아에게 매달려서 얼굴을 핥는다.

원래대로 돌아온 건가? 아니면 귀여운 척을 하는 건가?

"가엘리온, 괜찮아?"

"뀨아!"

"필로한테서 가져간 거 돌려줘!"

그때 필로가 일어서서 가엘리온에게 항의한다.

"필로, 진정해. 아직 기운을 차린 지 얼마 되지도 않았으니까……."

메르티가 필로를 다독인다.

"뀨아!"

가엘리온은 필로와 눈싸움을 벌였지만, 곧 라스 드래곤 쪽으로 시선을 돌린다.

"아마 저기 있을 거래."

"그나저나, 이 작은 용이 가엘리온 맞아요?"

"응. 너무 무리해서 작아진 것 같아."

"필로 경험치 돌려줘!"

필로는 녹아 있는 라스 드래곤의 시체에 대고 항의하고 있다.

요즘 필로는 불운의 연속이로군.

키즈나 쪽 세계에 갔을 때부터 운이 줄곧 하향세를 그리고 있는 것 같은 느낌이다.

구경거리 신세가 되질 않나, 모토야스에게 스토킹 당하질 않나, 마차를 빼앗기질 않나, 마룡에게 잡아먹히질 않나, 게다가 레벨까지 떨어지는 신세가 됐으니까.

다음에 뭔가 맛있는 거라도 먹여 줘야겠군…….

"그럼, 다음은……."

나는 아트라가 적출한 마룡의 핵석을 바라본다.

이것이 녀석을 움직이는 원동력이 된 게 틀림없다.

내 방패와 라프타리아의 도에도 박혀 있었던 그 물건이리라.

방패에 먹이는 것도 위험해 보이고, 그렇다고 방치해 두는 건 더더욱 위험하다.

……엄중하게 보관해 둬야겠군. 나중에 갑옷의 핵석으로라도 이용하면 되겠지.

그리고 다음 문제는 라스 드래곤의 시체인데, 필로가 항의하고 있는 와중에 점점 검은빛으로 변해서 내 방패 속으로 돌아오고 말았다.

그 일부가 필로에게 엉겨 붙었다가 사라진다. 아마 이것도 방패 속으로 돌아온 것이리라.

『분노는 언제나 네 마음속에 있다. 이번에는 이만 물러나 주마.』

……완전하게는 처치하지 못한 건지도 모르겠다.

이런 일이 또 벌어지지 않기를 기도하고 싶군. 앞으로는 라스 실드에 의존하는 건 가능한 한 피해야겠다.

황당할 정도로 강화된 괴물 방패, 라스 실드.

다음에 또 썼다가는 정말로 내 몸을 빼앗길 수도 있겠어.

"큐아!"

가엘리온이 깡총 내 어깨에 올라타서, 장난을 치기 시작한다.

"아~! 주인님이랑 노는 건 필로라구!"

"시끄러워, 애완동물들! 오늘은 이만 돌아가자."

"에……."

"그나저나 필로, 몸 상태는 좀 어때?"

"몸은 좀 편해졌지만…… 가엘리온한테 빼앗긴 건 별로 안 돌아왔어!"

스테이터스를 확인한다.

필로는…… 레벨이 41이 되어 있다. 상당히 많이 저하되고 말았다.

반대로 가엘리온은…… 있는 힘껏 마룡의 주박으로부터 도망쳤는데도 레벨 60인가.

둘이 완전히 뒤집혀 버렸잖아.

"돌려줘!"

"뀨아!"

필로가 내 어깨에서 내려온 가엘리온과 파직파직 불꽃을 튀기며 눈싸움을 벌인다.

"뀨아! 뀨아뀨아!"

"아마, 가엘리온은 자기는 모르는 일이라는 것 같아. 그리고 방패 용사가 좋아하는 건 가엘리온이래."

"우~!"

선제공격은 가엘리온이었다. 찰싹 하고 짧은 꼬리로 필로의 뺨을 때리고 웃었다.

"내놔내놔내놔!"

"뀨아뀨아뀨아!"

"라프……?"

투닥투닥 가엘리온과 주먹다짐을 시작하는 필로.

라프짱이 그 한가운데에 서서 황당하다는 듯 쳐다보고 있다.

모든 일의 원인은 가엘리온에게 있는 것 같고, 반성하고 있는 것 같은 기색도 없다. 그럼…….

"그래, 그래. 그럼 가엘리온은 필로한테서 가져간 걸 몸으로 돌려주도록 해. 필로한테 잡아먹히기라도 하면 조금 정도는 돌아올 수 있을지도 모르잖아."

척 하고 가엘리온을 붙들고, 필로를 필로리알 퀸 형태로 변신시키고, 입을 벌리게 해서 쑤셔 넣으니……

"뀨아아아아……?!"

"안 돼!"

"뭐 하는 거야, 나오후미!"

윈디아와 메르티가 저지하고 나섰다.

"우~! 뭘 먹이려고 하는 거야 주인님!"

"너는 원래 먹보잖아. 드래곤을 먹으면 기운이 날지도 몰라."

"드래곤은 이제 싫어~!"

아아, 그렇게 식탐을 부리던 녀석이 먹기 싫다는 식으로 나오다니. 편식이 심하군.

"필로, 편식하면 못써."

"싫어~!"

"그런 문제야? 나오후미, 좀 더 진지하게 생각하라구."

"나오후미 님…… 필로에게 이상한 식습관을 심어 주지 마세요."

"싫어~!"

"필로한테 이상한 짓 하지 마!"

메르티가 필로를 감싸고 나서서, 윈디아와 눈싸움을 시작한다.

"이번 소동의 원인은 그 애니까, 처분해야 해!"

"이제 아무 문제없는걸!"

아아 진짜 귀찮아 죽겠군.

나는 현실도피라도 하듯 라프짱을 안아 들고, 필로와 가엘리온의 눈앞에서 보란 듯이 쓰다듬는다.

"우~!"

"뀨아아아아아!"

필로와 가엘리온의 질투 어린 시선이 라프짱에게 쏟아졌지만, 내 알 바 아니다.

"지금 뭐 하시는 거예요!"

"싸우는 녀석은 둘 다 나빠! 얌전하고 귀엽고 헌신적인 라프짱이 제일이라고!"

"라프~."

그리고 그 라프짱은 라프타리아에게 손을 흔들었고, 라프타리아도 어째선지 필로와 같은 눈매로 라프짱을 쏘아보고 있다.

"뭔가…… 고생이 많군, 나오후미."

렌, 까놓고 말해서, 근본적으로 따지자면 이건 네가 일으킨 문제잖아.

"너 설마…… 드래곤의 시체를 방치하는 과정을 거쳐서 진전되는 퀘스트라느니 뭐니 하는 소리를 지껄이는 건 아니겠지? 거기 휩쓸린 사람 입장에서는 분통 터지는 소리라고."

"그, 그런 게 아냐!"

렌은 연신 세차게 고개를 가로젓는다.

그럴 가능성은 충분해 보이는데. 이건 다 레어 보스를 만나기 위한 퀘스트였고, 그 보스를 처치하면 좋은 무기를 얻을 수 있다…… 그런 식으로.

"일단 돌아가자!"

"나오후미 곁에 있으면 역시 재미있다니까~."

사디나가 깔깔대며 웃고 있다. 이건 웃을 일이 아닐 텐데.

"필로, 돌아가자."

"응."

"큐아!"

가엘리온이 내 가랑이 사이로 파고든다.

"거치적거려. 저리 비켜!"

"큐아아아아아아아!"

가엘리온의 몸이 확 빛나더니, 부룡의 핵을 삼키기 전의 모습으로…… 아니, 그보다 약간 더 큰, 4미터 정도의 크기로 커졌다. 그리고 나를 등에, 윈디아, 사디나, 라트, 아트라를 꼬리며 양손에 태우고 날아오른다. 그 직전에 라프짱이 가엘리온의 머리에 올라타서 뿔을 붙들고 매달린다.

"아, 아아아아아~!"

필로가 울분에 차서 소리친다.

"나오후미 님!"

라프타리아도 어안이 벙벙한 표정이다. 나도 말이 안 나올 지경이라고!

변신 기능도 갖고 있었던 거냐.

"뀨아~."

"우~!"

가엘리온은 퍼덕 하고 날갯짓하며 날고 있다.

"라프타리아 언니! 검 든 사람! 빨리 쫓아가자! 주인님을 태우는 건 필로라구!"

필로도 질 수 없다는 듯, 남은 멤버들을 재촉해서 내달린다.

"탑승감이 좋아 보이네요. 이세계에서 에스노바르트 씨의 배에 탔을 때처럼⋯⋯."

"아, 아트라~!"

포울의 표정도 뭔가 절박해 보이는데.

뭐, 마차가 없으니까 따라잡기는 힘들겠지만.

"이와타니 님은 정말 고생이 많군."

그렇게 말하면서 에클레르가 이쪽을 올려다보고 있다.

"나 참⋯⋯. 얘도 참 어지간히 막무가내인걸."

"라트, 너는 드래곤이 이런 능력을 갖고 있다는 걸 알고 있었어?"

"극히 일부에게 이런 능력이 있다는 얘기는 연구를 통해 알고 있었지만, 필로리알 변이종에 대한 정보랑 비슷한 수준이야."

하늘에서 아래를 내려다본다. 오염된 대지의 색이 사라져 있는 걸 깨달았다.

"백작도 눈치챘어? 폭주한 가엘리온이 주위에서 부정한 흐름을 흡수했던 것 같은데, 그 가엘리온을 처치한 덕분에 이렇게 된 거야."

그렇군. 이제 이 땅도 본격적으로 평화를 되찾을 수 있겠지.

그럼 포털 실드도 쓸 수 있으려나? 한번 시험 삼아 사용해 봐야겠다.

"포털 실드!"

좋아, 보아하니 쓸 수 있는 것 같다. 위치 기록 시에는 지상의 지점으로 기록된다는 주의사항이 나타난다.

전송을 지시하고 주위를 확인한다.

라프타리아와 필로 등은 범위 밖인가……. 아무래도 여기서 전이하는 건 좀 미안하다.

"주인님을 두고 가~!"

오? 필로가 폭주하고 있다. 레벨이 저하된 것치고, 걸음은 그다지 느려지지 않았는데?

혹시나 싶어서 필로의 스테이터스를 재확인한다.

응? 저주 때문에 저하돼 있던 필로의 스테이터스가 돌아와 있잖아?

아아, 그래서 그런 건가. 필로가 딱히 약해진 것처럼 보이지 않는 건.

그런데, 왜 필로만 저주가 풀린 거지?

가설을 생각해 보자면, 필로에게 걸린 저주의 근원은 알새크리파이스 아우라의 대가에 해당하는 힘이었는데, 필로를 매개체로 삼았던 마룡이 그 힘을 흡수한 덕분일까?

부럽기 짝이 없군.

……한마디로, 지금의 필로는 저주가 해제된 상태. 착실하게 레벨업을 해 나가면, 저주를 받기 전보다 빨리 강해질 수 있다는 건가.

뭐, 결과만 좋으면 다 좋은 거지.

"뀨아!"

"가엘리온, 빨리 커서…… 우리 아빠처럼 근사한 용이 돼야 해."

"그 아빠가 내숭을 떨고 있다고!"

"무슨 소리를 하는 거야. 아빠는…… 죽었는걸."

윈디아는 그렇게 말하며, 내 얘기를 믿으려 들지 않았다.

그리고 나는 동쪽 마을 부근에서 가엘리온에서 내려서, 모두 다 같이 마을로 전송시켰다.

산이 깨끗해진 걸 본 동쪽 마을 녀석들이 기뻐했다는 건 굳이 얘기할 필요 없겠지.

역시 방패 용사님! 그런 식으로 떠받드는 걸 보면, 진상을 들키지는 않은 모양이다.

윈디아와 가엘리온의 얘기로 미루어보면, 솔직히 이것도 다 자업자득이다.

내 마음속에서, 동쪽 마을 녀석들에 대한 평가가 하향 조정되었다.

"주인님을 등에 태우는 건 필로뿐이라구!"

"뀨아아아아."

마을로 돌아오자마자, 가엘리온과 필로의 배틀이 또다시 불꽃을 튀기고 있었다.

참고로 가엘리온은 모드를 전환해서 작아져 있다.

"그래, 그래, 그건 아무렇든 상관없어."

"상관있다구!"

필로도 집착이 상당하군.

"하아……. 그럼 일단, 오늘부터 한동안은 필로랑 놀아줄 테니까 그냥 넘어가."

"와~아! 그치만 주인님을———."

"그 이상 칭얼대면 안 놀아줄 거야."

"뀨아……."

"너는 말썽을 일으켰으니까 당분간 근신하고 있어. 여유가 생기거든 필로랑 같이 놀아줄 테니까 얌전히 굴고."

가엘리온은 터덜터덜 걸어가서 윈디아에게 매달렸다.

"뀨아아아아."

"그 새는 싸고돌면서, 왜 가엘리온한테는 매정하게 구는
건데!"

"보고도 모르겠어? 이건 벌이야."

"하긴…… 그러실 만도 하죠. 워낙 큰 사건이었으니까요."

"라프~."

라프타리아와 라프짱이 나란히 고개를 끄덕인다.

"우……."

윈디아에게 매달린 가엘리온이 흘깃 이쪽을 훔쳐본다.

다른 애들을 괴롭히던 녀석이 자기 부모 앞에서 우는 시
늉을 하는 것 같아서 거슬린다.

"방금 네 태도 때문에 더 놀기 싫어졌어."

"뀨아아아아……."

본격적으로 울기 시작했잖아.

"야~이! 쌤통이다~!"

"필로."

"필로!"

나와 메르티가 주의를 주자, 필로는 시선을 외면하며 노
래를 흥얼거리기 시작했다.

나 원 참, 이 녀석도 초딩 그 자체라니까.

"어쨌든 필로, 운 좋게 네 저주는 풀린 것 같으니까, 가서
레벨업을 하고 와."

"알았어~! 필로는 메르랑 같이 레벨업을 하고 올게. 그

러고 나서 주인님이랑 같이 놀 거야!"

여기서 왜 메르티를 들먹이는 건지는 잘 모르겠지만 엄청나게 활기찬 대답이었다.

오? 메르티가 난처한 표정으로 입을 열었다.

"있잖아, 필로. 나는 그럴 시간이 없어. 에클레르 씨가 관리하는 도시 쪽 일이 산더미처럼 쌓여 있다구."

"에, 그치만 메르, 아직 힘이 부족하니까 레벨업을 하고 싶다고 아까 그랬었잖아~."

"지금 당장 하겠다는 얘기는 아니었다구."

"그치만 메르, 내일 하겠다면서 게으름을 피우던 도시 사람한테, 지금 못 하는 일은 내일도 못 한다면서 화를 냈었잖아~."

"나는 다른 할 일이 있다구."

"에~, 그치만 메르, 아무리 바쁠 때라도 자기가 하고 싶은 일을 하지 않으면 전진할 수 없다고 그랬었잖아~."

아~, 필로의 '몰라몰라 모드'가 작동했다.

이 모드에 들어가면, 원하는 대로 해 주거나 대화를 중단하지 않는 한, 끝없는 질문 공세가 펼쳐진다.

어찌 됐건, 이 기회를 놓치면 필로의 레벨업 속도가 느려진단 말이지.

메르티를 데리러 온 부하에게 서신을 보내서 메르티 모르게 얘기를 해 볼까.

메르티의 레벨이 낮다는 점에 대해서는, 부하 쪽 입장에서도 불안하게 느끼고 있다고 한다.

노력을 게을리하지 않은 덕분에 레벨에 비해 마력 자질은 훨씬 높은 것 같지만, 앞으로 나라를 다스리게 될 자라면, 아무래도 레벨이 좀 더 높은 편이 낫다는 의견이 대다수였다.

뭐, 어린애가 이렇게 오랜 시간 공무에 매달려 있는 것도 문제가 있을 테고.

"라프~!"

라프짱이 필로의 머리 위에 올라서서 뭔가를 어필한다.

그리고 두 다리로 일어서서 척 하고 가슴에 손을 댄다. 자기만 믿으라는 뜻인가 보다.

"그래. 라프짱이 같이 간다면 든든하군."

"뭐가 든든하시다는 건지······."

좀 쓸쓸하긴 하지만, 라프짱이 같이 가면 괜찮겠지. 마음의 위안이라는 측면에서.

메르티도 라프짱의 귀여움을 이해해 주면 좋겠군.

"에클레르."

"왜 그러지, 이와타니 님?"

"너는 메르티에게 지나치게 의존하고 있어. 앞으로는 메르티가 외출해 있는 동안, 도시의 영주로서 잡무를 처리하도록 해."

"이, 이와타니 님?!"

"렌도 말리지 마. 에클레르가 미루던 안건을 지금까지 메르티가 처리해 왔던 거니까."

"아, 알았어. 그래도, 조금 정도는 도와줘도 괜찮겠지?"

뭐, 렌이 그러고 싶다면 안 될 건 없지.

"나오후미 님, 무슨 생각으로 그러시는 거예요?"

"에클레르의 업무와 메르티의 관계를 조정할 좋은 기회가 될 것 같아."

"하아⋯⋯. 뭐, 하긴 메르티는 아직 어린데도 열심히 일해 왔으니까요."

메르티에게는 노는 시간도 필요할 것이다. 보디가드는 필로가 맡아 줄 테고 말이다.

"그럼 이 자리에서 대대적으로 선포하도록 하지⋯⋯. 메르티 차기 여왕폐하께서는 애조(愛鳥)와 함께 스스로의 실력 향상을 위한 여행을 떠나셨다!"

"뭐 하는 거야, 형?"

졸린 얼굴로 하품을 하는 키르와 꼬마들 앞에서, 나는 대대적으로 선언한다.

"나, 나오후미? 무슨 소리를 하는 거야?"

"명목이야. 에클레르도 도시 녀석들한테 그렇게 전해."

"아, 알았어."

"잘 들었지, 필로? 메르티와 같이 가서 레벨을 올리고 와."

"와~아!"

"잠깐 나오후미! 누구 마음대로 정하는 거야?!"

"괜찮아, 메르티."

"괜찮긴 뭐가?!"

"내 독단이 아냐. 네 부하한테도 허가를 얻었고, 네가 맡아 하던 업무는 에클레르가 대행해 줄 거야. 필로랑 같이 가서 실컷 놀다 와."

"무슨 헛소리를 하는 거야!"

"남은 문제는, 노예 보정을 거느냐 마느냐 하는 거겠지. 여왕이라면 아마 허가를 내줄 것 같긴 하지만."

아무래도 여왕은 메르티를 내 아내로 들이길 원하는 눈치이니, 무슨 짓을 요구하더라도 허가할 것 같다.

하지만 일단은 본인의 동의를 얻어야겠지.

"싫어!"

"그래? 그럼 어쩔 수 없지. 자, 다녀와."

"주인님 다녀올게~."

"잠깐, 필로. 나는 가겠다고 한 적 없——."

메르티가 미처 말을 마치기도 전에, 필로가 그녀의 목덜미를 붙잡아서 자기 등으로 내던진다.

메르티를 등에 태운 필로가, 출발이라고 말하고 날개를 퍼덕이며 내달렸다.

"나오후미이이이이! 두고 보라구우우우우——!"

"메르티 차기 여왕폐하의 성장을 기원하며 경례!"

기운차게 경례하는 내 모습에, 메르티는 마지막 발악이라도 하듯이, 단순히 장식용으로 옷에 달려 있던 액세서리를 나에게 내던지려 했다.

물론, 달려가는 필로의 등 위에서 던졌기에, 나에게까지 날아오지 못하고 땅바닥에 떨어진다.

그 히스테릭한 고함 소리는 여전하군. 그렇게까지 싫은 거냐.

어찌 됐건 나는 녀석이 싫지는 않지만.

"라프~."

라프짱이 필로의 머리 위에 올라탄 채 손을 흔들고 있다.

영 믿음직하지 못한 그 둘을 잘 지켜봐 달라고.

"그나저나, 오늘도 아침이 찾아왔군. 졸려 죽겠네——."

"메르티도 졸릴 텐데요. 몇 시간 전까지만 해도 전장에 있었으니까요."

"필로가 팔팔하니까 괜찮을 거야. 미안하지만 지금 나는 저 녀석들을 걱정할 여유가 없어. 라프짱은 걱정되지만."

오늘은 수행을 쉬기로 하고, 노예들의 아침 식사 준비가 끝나거든 한숨 자야겠다. 나도 오늘은 피곤하니까.

"그럼 다들, 아침 다 먹거든 바로 일하러 나가도록 해."

그 순간, 별안간 세인이 마을에 모습을 드러냈다.

"무슨 일 있——?"

아…… 너를 까맣게 잊고 있었군.

이렇게 해서 우리의 일상이 돌아온 것이었다.

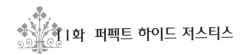 **11화 퍼펙트 하이드 저스티스**

필로와 메르티가 수행 여행을 떠난 이튿날.

나는 마을 노예들 중에서 성실하게 레벨업에 애쓰던 자들을 데리고, 포털을 이용해서 제르토블로 이동했다.

마을로 돌아온 변환무쌍류 할망구가 말하길, 이제 슬슬 낯익은 상대가 아닌, 용병 등 낯선 적을 상대로 싸워 보는 것도 좋은 수행이 될 것이라고 했기 때문이다. 적어도 콜로세움에서 싸울 수 있을 정도의 실력은 갖춰졌다는 모양이다.

"형, 형! 여기서 싸우는 거야?!"

키르가 흥분하면서 제르토블의 콜로세움 결투를 관전한다.

"그래, 여기는 공식적인 콜로세움이니까 어느 정도는 안전해. 될 수 있으면 부상을 당하지 않는 선에서 최선을 다해 봐."

"알았어, 형!"

"키르 군. 정말 이해하신 거예요?"

"당연하지! 부상을 당해서 뒤처지는 건 나도 싫으니까!"

키르는 여전히 활달해서 다행이군.

"그리고 사디나 누나도 같이 있으니까, 무슨 일이 있더라도 걱정 없다고!"

"어머나~."

"뭐, 제르토블에서 거친 일로 돈벌이를 했다는 모양이니까. 그러고 보니 세인은 어디 있지?"

요전 사건 때는 무슨 일이 일어난 건지 끝내 파악하지 못했던 것 같았지만 말이지.

부르면 왔을까? 잊고 있었던 내 잘못이기도 하다.

애초에 그 오염된 산으로 전이가 가능했을지 의문이기도 하다.

"세인은 뒷세계 쪽에서 일하는 중이래."

"그 녀석도 참 어지간하군."

"물론 이익의 반은 나오후미한테 기부한다고 그러던걸."

"좋아, 그렇다면 상관없지."

"나오후미 님, 너무 속물적이세요."

"역시 나오후미 님이세요."

"뭐가 '역시' 라는 거예요?!"

라프타리아와 아트라가 오늘도 입씨름을 벌이고 있다.

참고로 포울은 스스로의 무력함을 통감하고, 수련을 위해 할망구에게 가 있다.

그것도 스파르타 코스에 지원했기에, 할망구도 의욕을 보이고 있다나 뭐라나.

그리고 나는 그 사이에, 딱히 일정이 없는 녀석들을 제르
토블의 콜로세움에 참가시키기로 한 것이다.

노예상이 관리하는 콜로세움이다.

금액은 소액이지만, 사디나 때처럼 배후에서 조종하는 게
허가되어 있다.

내 부하들에게는 보정이 걸려 있으니까. 레벨에 비해서
훨씬 강하고, 경력도 어느 정도 위장해 둔 상태다.

거품이 빠졌다고는 해도, 르롤로나 마을 출신 노예는 여
전히 비싼 편이라고 했기 때문이다.

"후에에에……."

"리시아, 수행에서 돌아와 놓고도 아직도 그 소리냐?"

"저, 저도 알아요오."

리시아는 재능을 꽃피웠는데도 여전히 팔푼이니까.

나 참, 네가 있었더라면 좀 더 쉽게 마룡을 해치울 수 있
었을 텐데.

리시아라면 분명 세계정복을 획책하는 그런 녀석을 상대
할 때 각성해서 적을 물리치는 주인공 같은 짓을 해 주었을
것이다.

"그럼 다들, 충분히 주의를 기울여 가면서 싸우도록."

"""네~에!"""

사디나에게 노예들을 맡기고, 우리는 내빈석으로 이동을
개시했다.

이번에 참가할 대회는 하루나 이틀 만에 끝나는 단기 대회다.

일반적으로, 공식 콜로세움은 알기 쉬운 전투를 관객들에게 선보이는 데 중점을 둔 경우가 많다고 한다. 그러다 보니 어둠의 콜로세움보다는 규칙이 엄중해서, 레벨별 제한을 두거나, 날이 선 무기는 사용할 수 없는 등의 제한사항이 많다. 물론 도박도 있는 만큼, 전부 다 그렇다고 장담할 수는 없지만.

이번 대회는 레벨 제한이 있고, 상대방에 대한 살해는 엄금이라는, 경기로서의 성격이 짙은 대회라고 한다.

라프타리아와 사디나를 참가시킬까 하는 생각도 했지만, 얼굴이 알려질 것 같으니 출전은 보류하기로 했다.

나? 이번에는 개인전이다. 규칙상으로는 이길 방법도 있겠지만, 장외가 없다는 말을 듣고 포기했다.

상대방을 공격할 수 없더라도 제압하기만 하면 이길 수는 있지만, 귀찮다. 차라리 노예들에게 실전 경험을 쌓게 해 주는 편이 낫다.

"그럼 우리는 내빈석에서 관전하지. 열심히 싸워 보라고."

"그럼 방패 용사님, 이쪽으로 오시지요."

지금까지 잠자코 있었던 노예상이 안내 담당이라도 된 듯, 우리를 내빈석으로 데려간다.

내빈용 자리로 향하다 보니, 준비 중인 선수들이 눈에 들어온다.

눈매가 험악한 녀석들이 많군. 우락부락한 근육질 녀석들도 많다.

……그때 나는 믿기 힘든 모습을 목격했다.

"이, 이츠키?!"

"네?!"

"후에?!"

아주 자연스럽게 선수들 사이에 섞여 있는 이츠키의 모습이었다.

내 목소리에, 라프타리아와 리시아도 이츠키를 발견하고 놀라서 소리친다.

"무슨 일 있습니까? 네."

"그게……."

나는 노예상에게 활의 용사인 이츠키가 여기 있다고 설명했다.

일단 대화부터 나눠 보는 게 급선무다.

세인의 적대세력이 사성용사의 목숨을 노리고 있는 상황이다. 여기서 호락호락하게 놓칠 수는 없다.

"에……."

천으로 얼굴을 가린 우락부락한 사내가 노예상에게 명단을 가져다준다.

"오늘의 참가번호 982…… 으음, 『퍼펙트 하이드 저스티스』씨라는 모양이군요."

나는 하마터면 황당함에 자빠질 뻔했다.

퍼펙트 하이드 저스티스라니 그건 무슨 웃기는 소리냐.

중2병 환자라도 민망함에 알몸으로 도망칠 정도의 직구다. 괜히 나까지 부끄러워질 지경이다.

"얘기를 해볼 수 있을까?"

"네, 제 권한으로 허가해 드립지요."

노예상이 부하에게 지시를 내리자, 부하는 우리를 선수용 대기실로 안내해 주었다.

경계를 사지 않도록 조심스럽게 이츠키에게 말을 건다.

"어이, 오랜만이네."

"이츠키 님!"

그러나, 이츠키는 넋이 나간 듯 전혀 대꾸할 기색을 보이지 않는다.

"나는…… 그래…… 모두가……."

"어이."

"모두가 나를 원하고 있어…… 응. 모두가…… 나를 원하고 있어……. 오늘 번 상금으로 구할 수 있는 사람이 있어."

"내 말 좀 들어!"

이츠키는 중얼중얼 조그만 소리로 뇌까리고 있어서, 무슨 소리를 하는 건지 좀처럼 알아들을 수가 없다.

눈도 공허한 게, 대체 어딜 보고 있는 건지 모르겠다.

"나는…… 뒤떨어지는 게 아냐…… 나는…… 실은…….."

"어이! 내 말 좀 들으라니까!"

"이츠키 님! 저기! 저——."

이츠키의 어깨를 붙들고 세차게 흔들어 봤지만, 조금도 반응이 없다.

데—엥 하고 징소리 같은 소리가 콜로세움 대회장 쪽에서 들려온다.

"나는…… 정의의 사도다!"

"이츠키 님! 아우!"

우리 목소리 따위는 전혀 귀에 들어오지 않는 듯, 이츠키는 리시아를 밀치고 뛰어갔다.

"뭐야, 저 자식……."

"괜찮으세요, 리시아 양?"

라프타리아가 나동그라질 뻔한 리시아를 부축하고 묻는다.

"후에에에……."

우리 따위는 안중에도 없는 것 같았다.

"에…… 아까 그 선수에 관해서 조사해 봤습니다만, 이 나라에서 열리는 각종 콜로세움에 연일 참가하고 있다고 합니다. 네."

"그래? 처음 듣는 얘긴데."

"네. 방패 용사님께서 떠나신 다음 날 정도부터 출몰하기 시작했다는 모양이니까요."

왜 하필 그렇게 정확히 엇갈리는 거냐고 따지고 싶은 심정이다.

그나저나, 무슨 일이 있었던 건지는 모르지만, 아까 그건 완전히 병자 수준이었다.

뭐, 영귀에게 패한 후유증일 거라는 건 손쉽게 상상이 가지만 말이지.

그리고 보니 영귀와 싸움 때의 이츠키에 대한 목격 정보 보고를 여왕에게서 들었었지.

쿄의 얘기를 참고로 해 보면, 동료들과 내분이 일어났던 거라 추측할 수 있었다.

나는 시합이 시작된 콜로세움에서, 이츠키의 싸움을 지켜본다.

원거리 공격이 가능한 편이 근접전 전문 선수보다 유리하지 않을까 싶었지만, 규칙 때문인지 전투 범위가 좁다. 눈 깜짝할 사이에 거리를 좁힐 수 있는 정도의 넓이밖에 안 된다. 이러면 오히려 활이 더 불리하겠군.

하지만 이츠키는 손쉽게 승승장구해 나갔다. 대인전도 꽤 강하잖아.

다만, 눈매가 이상하고, 환호가 터져나올 때마다 환희에 찬 표정으로 손을 들어 포효하고 있다.

저거 정말 이츠키 맞아?

내가 알던 이츠키는 좀 더 얌전한 녀석이랄까, 인격자의 탈을 뒤집어 쓴 위선자였는데 말이지.

"후에에에에에에……."

내 노예들은 다른 대회에 출전하고 있는 모양이라 이츠키에게 부상을 입을 일은 없을 것 같긴 하지만, 녀석을 무슨 수로 포획하지?

그리고…… 활의 형태가 영 마음에 걸리는데.

"저걸 어떻게 놓치지 않고 붙잡는다……."

솔직히 포털을 저지하는 방법 자체는 밝혀져 있다.

주위 필드에 마력적인 자기장을 발생시키면 포털을 사용하기 어려워진다.

따라서 의식마법 '성역'이나 '징벌' 같은 걸 사용하면 도주를 저지할 수 있다.

다행히 여기는 용병과 상인의 나라인 제르토블.

노예상에게 지시하면, 콜로세움에서 싸우고 있는 이츠키가 도망칠 수 없도록 포털 사용을 저지할 수 있지만, 대회 규칙에서 벗어난 행동을 하면 이츠키가 위험을 감지하고 도망칠 가능성이 높다.

나아가, 관중을 인질로 삼아서 날뛰기라도 하면 사태가 걷잡을 수 없게 된다.

관객이 있는 콜로세움에 피해가 미칠지도 모르는 일인 만큼, 노예상은 아무리 내 지시라도 승낙해 주지 않았다.

만약에 그 작전을 쓰려거든 철저한 사전 준비를 거쳐야

한다고 했다.

"그럼 다짜고짜 기절시켜서 붙잡는 수밖에 없겠네요."

"왜 그렇게 과격한 소리를 하시는 거예요?! 나 참…… 얘기라도 들어 줬으면 좋겠는데 말이죠."

"그래. 될 수 있으면 평화로운 방법으로 포획하고 싶어."

세인의 숙적에 해당하는 세력이 암약하고 있을지도 모르니, 어디서 무슨 일이 일어나도 이상할 게 없는 상황이다.

가능하면 이츠키도 내 근처에 두고 싶다.

"나오후미 님, 주먹을 통한 대화로, 저분이 원하시는 게 뭔지를 알아보는 건 어때요? 분명 말이 통할 거예요."

"아트라, 넌 무슨 격투가라도 되냐?"

아트라, 너 정말 얼마 전까지 병약소녀였던 녀석 맞아?

그렇게 따지고 싶을 만큼, 뇌까지 근육으로 이루어진 녀석 같은 소리만 해대는군. 오빠 쪽이 그나마 상식적이다.

"이츠키 님……."

리시아가 걱정 가득한 표정으로, 콜로세움에서 싸우는 이츠키를 쳐다보고 있다.

으음…….

"리시아, 넌 어떻게 했으면 좋겠어?"

"저, 저는……."

리시아는 기도하듯이 두 손을 모은 채, 망설임을 드러내며 대답한다.

"이츠키 님을 저렇게 괴롭게 만드는 고민을 해결해 드리고 싶어요."

"그렇게 비참하게 버려졌으면서?"

굉장하군. 정말이지, 리시아는 무슨 성인군자가 아닐까 싶을 정도로 한결같은 녀석이다.

이츠키도 복에 겨운 놈이란 말이지.

어쨌든 이츠키는 상금 벌이를 하려고 콜로세움에서 싸우고 있는 것 같군.

노예상에게 조사를 좀 부탁해 본 결과, 이츠키는 공식 콜로세움과 어둠의 콜로세움을 불문하고, 갖가지 대회에 매일 참가해서 돈을 벌어들이고 있다는 걸 알 수 있었다.

보아하니 돈을 원하고 있는 모양이다.

다만, 숙소가 어디인가 하는 것까지는 아직 조사가 끝나지 않았다.

뭘 위해서 돈을 벌고 있는 건지 조사해 보는 게 좋으리라는 점은 확실하다.

이츠키의 평소 행실을 보면, 보나 마나 뭔가 위선 행위를 위해서 싸우고 있는 거겠지만.

이번 대회가 끝나면 한동안 방치하면서 조사해 볼까…… 아니면 자연스럽게 유인해 볼까.

"퍼펙트……. 이번에는 기필코 이겨주마."

대전 상대가 이츠키에게 말을 건다.

"아뇨, 이번에도 제가 이길 걸요."

"헛소리 마! 네놈의 공격은 이미 다 파악했다!"

오? 이츠키도 상대방 선수에게는 대꾸를 하는 모양이네? 그렇다면, 아까 내가 말을 걸었는데도 무시했던 건, 콜로세움에 의식을 집중하고 있어서 그랬던 것⋯⋯인가?

다만, 눈매가 이상하다는 건 멀리서 봐도 알 수 있을 정도였다.

활도 이상하게 생겼고 말이지. 부자연스러울 정도로 하얗고 흉악한 디자인을 가진 활.

어딘지 이상한 아우라가 감돌고 있다.

"전투 중에 부르면 응답한다고 봐도 되는⋯⋯ 건가?"

"나오후미 씨!"

그때 리시아가 나에게 말을 건다.

"저기⋯⋯. 저, 이츠키 님과 얘기를 하고 싶어요. 그러니까, 콜로세움에서 싸울 수 있도록 허락해 주세요!"

"제 생각에도 그러는 게 좋을 것 같아요. 저 무기에서 불길한 기운이 느껴지니까요."

라프타리아도 리시아의 제안에 수긍한다.

"결과적으로는 아트라의 제안과 비슷한 것 같지 않아? 뭐, 렌의 전례도 있으니까 최대한 빨리 손을 쓰는 게 좋긴 하겠지만⋯⋯."

"방패 용사님, 그렇다면 방법이 있습니다. 네."

그때 노예상이 제안해 왔다.

"뭐지?"

"오늘 밤, 이용 예정이 없는 어둠의 경기장이 있습니다. 활의 용사를 거기로 불러내서 붙잡는 것입니다. 네. 지금 열리고 있는 대회의 상금을 전달하는 자리에서 초대장을 건네도록 하죠."

……이거 뭐지. 뭔가 다른 꿍꿍이가 담겨 있는 것 같은 느낌이 드는데.

"용사 포획에 공헌하면 여왕한테서 보상이라도 나오는 거냐?"

"역시 용사님! 저희의 진의를 파악하는 그 이해력에 경의를 표합니다. 네."

"뭐가 '역시' 라는 거냐……."

그건 단순해도 너무 단순한 거 아냐?

"용사들끼리 벌이는 사투를 구경거리로 쓸 생각은 접는 게 좋을걸. 관객의 목숨을 보장할 수 없으니까."

"물론, 관객은 초대하지 않도록 할 생각입니다."

문제는 이츠키가 커스에 침식당해 있을 경우다. 렌은 에클레르의 설득에 응했지만, 이츠키도 그럴 거라는 보장은 없다.

"그럴싸한 제안에는 뭔가 꿍꿍이가 있을 거라면서, 이츠키가 오지 않을 가능성은 없을까?"

"그럴 가능성도 없지는 않을 겁니다. 네."

그렇다 해도, 사정을 듣기에 절호의 수단인 건 사실이다.

별생각 없이 나타나거든 싸우는 척을 하면서 사정을 물어 보면 되겠지…….

"규칙은 어떻게 하지?"

"활의 용사는 개인전 콜로세움을 선호한다고 합니다. 네. 예외적으로, 상당한 상금이 걸려 있을 경우에는 단체전에 단독으로 출전하기도 한다는 보고가 있습니다."

흐음……. 그렇다면, 확실히 유인해 내려면 어둠의 콜로 세움 개인전 초대장을 건네면 되겠군.

단체전이면서 상금이 너무 높을 경우는, 오히려 의심을 살 가능성도 없지 않으니, 일종의 도박이 된다.

그리고 애초에 안 온다면 작전 따위는 아무런 의미도 없다.

"알았어. 리시아가 먼저 설득해 보고 싶다면, 첫 번째 대 결에 내보내지. 그다음은 우리가 싸울 거고. 엑스트라로 쓸 인원은 내가 확보해 둘게."

마을 노예들이면 충분하리라. 사디나나 세인 같은 녀석들 이 참가하는 걸로 꾸미면 신뢰도도 올라갈 테고.

"네! 고맙습니다!"

리시아가 감사인사를 하지만, 나는 그냥 가볍게 손만 저 어서 대꾸했다.

"설득해서 무사히 포획할 수 있으면 좋겠군."

"네!"

"그럼 저희는 어떻게 할까요?"

라프타리아와 아트라가 묻는다.

"만약에 리시아가 지거든, 우연을 가장해서 싸우면 돼."

"알았어요."

"아트라……. 넌 나서지 마."

이츠키를 죽여 버릴 것 같아서 무섭단 말이지.

이렇게 해서 우리는 이츠키를 어둠의 콜로세움으로 유인해 내기 위한 가짜 대회를 계획했다.

이츠키에게 대전료를 건네는 김에 전단지를 쥐여 주고, 겸사겸사 거주지까지 추적한다.

하지만, 도중에 이츠키가 인파 속에 섞여드는 바람에 추적은 반쯤 실패하고 말았다. 어느 정도 추정은 할 수 있었지만 말이지.

노예상이 마련한 어둠의 콜로세움 경기장은…… 작은 술집 지하에 있는 아담한 투기장이었다. 뭐랄까, 불법 프로레슬링 경기장 같은 분위기가 느껴지는 곳이다.

최저한의 대기실과 약간 비좁은 투기장밖에 없다.

노예상이 데려온 마법사들이 경기장에 의식마법 '성역'을 구축했다.

이러면 포털을 이용해서 도망칠 수 없게 된다.

그 점은 이츠키에게 건네준 전단지에도 꼼꼼하게 기재되어 있다.

이상한 점을 눈치채는 즉시 도망쳐 버릴 가능성이 있으니까. 이럴 때는 신중하게 작전에 임하는 게 제일이다.

그리고 이츠키는 아무 의심도 없이 그날 중으로 나타나서 선수 등록을 마치고, 대기실에서 대기하고 있다.

정말로 단번에 오는 바람에, 맥이 빠질 지경이다.

"일단 유인해 내는 데까지는 성공했지만, 이츠키가 왜 여기에 있는지, 왜 돈을 원하는지를 알아내야 해."

"정말 이츠키가 있는 거냐?"

내 얘기는 안 들을지도 모르지만 렌의 얘기라면 귀를 기울일지도 모른다는 생각에, 일단 마을로 돌아가서 렌을 데려왔다.

둘은 원래부터 자주 대화를 나누던 사이라고 한다. 렌도 두말없이 승낙해 주었다.

"그래, 1회전은 리시아가 상대할 거야. 다음은 렌, 네가 설득해 봐."

"알았어! 이츠키도 분명…… 괴로워하고 있을 거야."

렌은 진지하게 내 지시에 따른다.

뭐, 자신이 처했던 처지가 떠오르는 거겠지. 어떻게든 구해주고 싶다고 생각하는 것이리라.

"……리시아 씨, 부탁드려요."

라프타리아가 리시아를 격려한다. 그러자 리시아는 힘차게 고개를 끄덕인다.

"아, 네. 이번에는 정말 여힘히 싸울게휴……."

여기서 혀가 꼬이다니, 정말이지 믿음직한 구석이 없는 녀석이다.

하지만, 그게 바로 리시아의 개성인지도 모르겠군.

"리시아, 강해진 모습을 이츠키에게 보여주고 와. 너는 이제 충분히 강해졌다는 걸."

"네!"

내 격려에, 리시아는 기운차게 대답한다.

그래. 너는 이제 충분히 강해졌고, 스테이터스 면에서도 기술적인 면에서도 꽃을 피운 상태다.

돌이켜보면 카르밀라 섬에서 내 동료가 되고, 변환무쌍류 할망구 밑에서 수행하고, 영귀 사건 때 쿄를 상대로 각성해서 싸웠었다.

그리고 이세계에서의 일들을 겪으며 리시아도 배짱이 늘고, 사투를 경험했다.

예전의…… 이츠키 밑에서 잔심부름꾼 노릇이나 하던 시절의 너와는 달라졌다는 걸 보여주고 와.

데―엥 하고 공이 울리고, 리시아가 투기장 쪽으로 걸어간다.

나와 라프타리아, 아트라는 그 뒷모습을 지켜보고 나서,

전투 모습이 잘 보이는 특등석으로 이동했다.

"그럼 지금부터, 퍼펙트 하이드 저스티스 선수 대 리시아 아이비레드 선수의 결투를 개시하겠습니다아아아아아아아!"

사디나와의 전투 때 심판을 맡았던 녀석이 샤우팅을 내지르며 선언한다.

이런 조작 대회에 잘도 협조해 주는군.

와아 하고 내 밑의 노예들이 박수를 친다.

상황이 위험하다 싶으면 곧바로 도망치라고 지시해 둔 상태다. 사디나와 세인이 경호를 맡고 있으니까, 최악의 경우에도 시간은 벌 수 있을 것이다.

"이츠키 님!"

리시아가 이츠키를 향해 말을 건다.

그러자 중얼중얼 뭔가를 뇌까리고 있던 이츠키가 고개를 들어 리시아를 응시했다.

"으음? 첫 상대는 리시아 씨였군요. 그렇다면 낙승이겠네요."

이츠키는 아직도 리시아를 잔챙이로만 생각하고 있는 모양이군.

"이츠키 님! 제발 제 얘기를 들어 주세요! 이건 정말 심각한 사태고, 이츠키 님의 신변에도 위험이 닥쳐 있어요. 그러니까, 나오후미 씨나 렌 시와 대화를 나눠 주세요!"

리시아가 특등석에 있는 나와 렌을 가리킨다.

나는 일단 내가 왔다는 걸 알리는 인사 삼아서 손을 흔들어 주었다.

그러자 이츠키의 시선이 무지하게 험악해졌다.

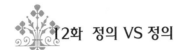 **12화 정의 VS 정의**

"나오후미……."

무시무시한 살의다. 지금까지 수많은 대인전을 겪어 왔지만, 이렇게 저릿저릿한 느낌을 받은 적은 없었다.

그런데 왜 그런 살의를 내뿜으면서 나를 노려보는 거지?

"당신이 저지른 소행! 그건 결코 용서받을 수 없어요!"

"……밑도 끝도 없이 무슨 소리를 하는 거야?"

내가 무슨 몹쓸 짓이라도 했다는 거냐?

"뭐, 악행을 저지른 기억이 없느냐고 묻는다면…… 그런 기억은 썩어 넘칠 만큼 많지만."

"나 참, 반론할 수 없다는 점이 더 답답하네요."

라프타리아가 한탄하듯이 뇌까린다. 뭐 어때. 그렇게 한 덕분에 지금까지 살아있는 건데.

"나오후미 님이 곧 정의. 악행 같은 건 전혀 하신 적 없다구요."

"그것도 좀 거시기한데……."

아트라가 한 얘기를 되새긴다. 내가 곧 규칙이라는 식이라면, 그건 이츠키의 사고방식이나 다를 게 없잖아.

현재의 이츠키는 커스에 침식당해 있는 건지, 아니면 원래가 저런 건지, 판단하기가 애매하다.

"죄상을 모르겠다면 제가 말씀드리죠. 당신은 노예를 모아들이고, 중노동에 종사시켜서 그 수익을 모조리 갈취하고 있다고 들었어요!"

"뭘 당연한 소리를 하는 거야?"

노예라는 건 원래 그런 거 아냐?

물론 노동에는 대가가 따라야 한다는 건 당연한 일이지만, 노예라는 건 한 번 손에 넣으면 더 이상은 대가를 지불할 필요가 없는 노동력이잖아?

나라고 해서 인신매매에 대한 반감이 없었냐고 묻는다면, 당연히 나도 그런 반감이 있긴 했지만, 지금은 그런 걸 따질 상황이 아니잖아.

극단적으로 말하자면, 노예라는 건 현대사회로 따지면 청소기와 닮아 있다.

청소기를 보면서, 매일 쓰레기 청소만 하는 건 너무 가엾지 않느냐고 말할 건가?

노예라는 건 청소기나 세탁기와 마찬가지로, 편리한 도구란 말이다.

"저 활 든 형, 지금 뭐라고 하는 거야?"

"중노동……. 방패 오빠가 그런 일까지 시켰었나?"

"우리가 할 수 있는 범위 안의 일만 명령하지 않았어? 오히려 이 정도 작업량이면 딱 적당한 것 같은데."

바람잡이 노릇을 하러 온 노예들이 그렇게 속닥거리고 있다.

"그건 그렇고 형이 만들어준 팝콘이라는 음식 진짜 끝내준다~!"

키르가 관객석에서, 분위기 조성을 위해 내가 만들어준 팝콘 비슷한 음식을 와작와작 씹어먹고 있다.

그건 그렇게 맛있는 음식이 아니라고.

"이번 일 끝나면 또 놀아줘야 해~."

"놀자~!"

……아, 진짜, 집중력 떨어지잖아! 좀 닥치고 있어!

"어머나~, 다들 나오후미한테 절대 복종이네!"

이런 마당에 무슨 소릴 하는 거냐, 이 범고래녀 사디나!

"마을 아이들은 즐거——."

"마을 사람들은 노예이긴 해도 즐겁게 생업에 종사하고 있다, 라고 말씀하십니다."

세인과 그 사역마 봉제인형이 감상을 늘어놓는다.

신경 쓰면 지는 거다!

"원해서 일하고 있는 것처럼 위장하다니, 그것이야말로 진정한 악! 다 들었어요! 병약한 동생에게 고가의 약을 제공하고, 그 대가라는 명목으로 오빠에게 중노동을 강요하고 있다고! 마르티 왕녀가 구하려고 했던 노예 얘기예요!"

"윗치가 사람을 구할 리가 없잖아!"

척수반사에 가깝게 고함이 튀어나왔다. 하지만, 아주 틀린 말은 아니다.

다만 그 여자가 선행을 할 리는 없다. 그 점만은 장담할 수 있다.

"윗치라는 걸 누굴 얘기하는 거죠……? 나오후미 님, 저희 말고도 남매를 구하신 적이 있으셨나요?"

"아니, 저건 네 얘기야."

아마 내 옆에서 고개를 갸우뚱거리고 있는 녀석과 그 오빠 얘기를 하고 있는 것이리라.

어디서 주워들은 정보인지는 모르지만, 그런 왜곡된 정보를 지껄이다니.

윗치가 아인을 구하다니, 천지가 뒤집히는 한이 있어도 그런 일은 있을 수 없다.

아니 잠깐, 윗치라고?

"어이 이츠키! 너, 방금 윗치 얘기를 한 거 맞지? 왜 이 상황에서 뜬금없이 윗치 얘기가 튀어나오는 거냐!"

어떻게 된 경위인지 모르겠다.

아니, 설마 이츠키의 배후에서 윗치가 암약하고 있는 건가?

하지만, 이츠키는 내 얘기를 들을 생각은 없는 듯, 주절주

절 탄핵을 계속한다.

"게다가 돈 많은 귀족에게는 약을 팔고, 가난한 사람에게는 아무런 치료도 해 주지 않았다고 들었어요."

행상에 대해 얘기하는 건가?

아니, 과거의…… 신조의 성인 행세를 하며 메르로마르크를 돌아다니던 시절 얘긴가?

"나는 성인군자가 아냐. 장사를 하는데 돈 없는 녀석에게 팔 리가 없잖아."

그 '가난한 사람'이라는 건 혹시, 당연하다는 듯이 나를 찾아와서 약 좀 나눠주십쇼 하고 거만하게 지껄이는 녀석들을 얘기하는 걸까?

"악독한 귀족이 드디어 천벌을 받아 병으로 죽을 때가 됐는데, 방패 용사가 괜한 짓을 하는 바람에 백성들의 원한을 풀지 못했다는 얘기도 들었어요!"

"그건 번지수를 잘못 짚어도 한참 잘못 짚은 거야. 돈을 내고 약을 사 간 녀석의 뒷일 같은 건 내 관할 밖이라고. 애초에 나쁜 짓을 한 녀석이라고 해서 약을 팔지 말라느니, 죽는 게 낫다느니 하는 생각이 더 이상한 거 아냐?"

뭐야? 부자에게 약을 파는 것도 악에 해당하는 거냐?

만약에 그 부자에게 안 팔았다면, 그 녀석이 약을 안 판 나를 악당이라 욕할 것이다.

결국 뭘 어떻게 하든 난 악당이 된다는 거잖아!

"용사로서 사람을 구하는 힘을 갖고 있으면서도 자기 아들을 구해주지 않았다고 한탄하는 어머니의 얘기도 들은 적이 있단 말이에요!"

"……누구 얘기를 하는 거야?"

전혀 짐작도 안 가는데.

구해주지 않았다? 중병 환자라면 최대한 구해주려고 애썼을 거다. 변환무쌍류 할망구처럼.

일단 구해주고 나서, 나중에 물건이든 뭐든 요구하긴 하지만.

"절대 용서 못한다면서 저에게 매달린 여자가 있었다고요!"

그런데도, 나한테 원한을 가진 녀석이 있다고?

……아아, 그렇게 된 거였군.

"그 아들이라는 녀석, 죽은 사람이었지?"

"맞아요! 나오후미의 방패에는 목숨을 되살릴 수 있는 기적의 힘이 있는데도 사용하지 않았다고 했어요!"

"무슨 웃기는 소리를……. 아무리 전설의 방패라고 해도 죽은 사람을 되살리는 힘을 갖고 있을 리가 없잖아. 그런 건 다른 세계 녀석들의 능력이야."

죽었다가 되살아난 녀석을 알고 있긴 하다. 뭐, 그 녀석을 죽이는 데 성공하긴 했지만.

얘기가 곁길로 새긴 했지만, 피해자 행세를 한 녀석이 누구인지는 파악했다.

극히 드물게 우리 마을에 출몰하는, 죽은 사람을 되살려 달라면서 시체를 가져오는 녀석들이다.

성인이라는 소문이며 방패 용사로서 쌓아 온 실적만 듣고 그렇게 졸라대는 녀석들이 있다.

그런 녀석들은, 자기 멋대로 기적을 기대하며 나에게 애원하곤 한다.

제발 죽은 자를 되살려달라고 말이지.

그런 녀석들에게는 논리라는 게 통하지 않는다.

못한다고 얘기했을 때, 울면서 포기한다면 그나마 양호한 편이다.

도리어 화를 내면서 내게 주먹질을 하고 달려드는 녀석들 이 어찌나 많은지.

그래서 우리 마을 입구에는, 죽은 자는 되살려낼 수 없다 는 간판을 세워 두었다.

"엉뚱한 원한을 품은 녀석들의 얘기를 긁어모아서, 어떻 게든 나를 악으로 판단하고 싶은 모양인데, 그럼 네가 하면 될 거 아냐? 너도 나와 같은 용사니까."

"아뇨, 방패에만 있는 특수한 힘이라고 마르티 왕녀가 얘 기했어요!"

윗치 녀석, 자기 맘대로 조작한 정보로 이츠키를 구워삶 은 모양이군.

내가 악이라고 믿게 만들기에 딱 좋은 상대가 바로 이츠키였다는 얘기다.

내가 무슨 소리를 해 봤자, 시야가 좁아진 이츠키는 설득에 응할 생각이 없는 것 같다.

그나저나…… 윗치에게는 용사들을 모조리 망가뜨려야만 할 이유라도 있는 건가?

렌 때도 그랬었다.

마음이 약해져 있는 녀석의 비위를 맞추는 데에 도가 튼 녀석이다.

이거야 원, 어떻게든 이츠키를 포획해서 윗치가 어디 있는지 취조해야겠다.

아니, 이츠키의 은신처 부근에 숨어 있을 가능성이 높다.

노예상 밑에 있는 자들이 위치를 알아내 주기를 기도하는 수밖에 없겠군.

"이츠키, 그건 이상하잖아. 나오후미와 서로의 무기를 대조해 본 적이 있었는데, 효과의 차이는 있지만, 기본적으로는 같은 계열의 기능밖에 존재하지 않아. 나오후미에게 그런 능력이 있다면, 내 검에도 그에 필적하는 다른 능력이 있어야 정상이야. 아니면 이츠키 네 활에는 뭔가 특별한 능력이 있는 거냐?"

렌이 논리적인 내용으로 끼어든다.

물론 방어력이 중심인 방패와 공격이 중심인 검이라는 기본적인 차이는 있지만, 기능계 스킬은 기본적으로 동일 규격이다.

그건 렌의 증언 그대로다.

뭐, 현재까지 판명되지 않았을 뿐, 죽은 자를 소생시키는 능력이 존재할 가능성까지 부정하는 건 아니다.

전설의 무기 가운데 그런 스킬이 존재한다면, 물론 방패에 있을 가능성이 높을 테고.

하지만, 그게 가능했다면 이미 썼을 거다. 비싼 값에 죽은 자를 되살려주는 식으로 돈벌이를 했을 거라고.

아니, 죽은 자를 소생시킬 수 있다면 먼저 오스트부터 되살려서 전력으로 삼았겠지.

천하의 영귀 님이 내 편이 돼서 싸워 준다면, 파도든 뭐든 해결은 식은 죽 먹기일 테니까.

"그 외에도 수많은 죄가 있어요! 절대로 용서 못해요!"

"얘기가 안 통하는군. 그럼 네가 너무 약해서 영귀에게 패배하는 바람에 죽어 버린 녀석들에 대해서는 어떻게 생각하지?"

자기 잘못은 모른 체하고, 그러면서 정의 운운하며 내게 설교나 해 대다니 웃음만 나온다.

"……얘기가 안 통하네요. 끝까지 반성하지 않겠다면 더는 용서 못해요!"

이츠키가 활을 겨눈다.

"제가 새로 손에 넣은 이 멋진 활. 그 이름도 근사한 저스티스 보우! 이걸로 당신들을 물리치겠어요!"

이츠키는 관객석을 향해 화살을 사출했다.

무고한 녀석들이 휘말리는 것도 불사하는 게 너의 정의냐?

"어림없는 짓! 에어스트 실드! 세컨드 실드! 드리트 실드! 유성방패!"

플로트 실드까지 전개해서, 관객석에 있던 노예들을 보호한다.

"용납 못해."

"간다~!"

세인과 사디나도 스킬과 마법을 전개시켜서, 날아드는 마법을 격추한다.

"이츠키! 그만둬!"

렌도 노예들을 보호하기 위해, 날아오는 화살들을 검으로 쳐낸다.

라프타리아와 아트라도 응전해 주었다.

다행히, 노예들에게는 아무 피해도 없었다.

하지만…… 뜨거운 샤우팅을 외치는 심판에게 화살이 명중하고 말았다.

"끄헉――."

"괘, 괜찮아?"

심판은 털썩 하고 쓰러졌지만, 곧 다시 일어선다.

"나오후미 님, 흉악한 기운이 일제히 부풀어 올라서 저분을 꿰뚫는 것 같았어요. 그건 대체 뭐죠?"

"나도 몰라……."

얼핏 보기에는 멀쩡한 것 같은데.

"이츠키 님, 저는 어둠의 콜로세움 심판으로, 방패 용사의 음모에 가세해 왔습니다. 부디 용서해 주십시오."

엉? 뭐야 이 심판, 마음이 바뀌어서 나를 배신하는 건가? 어째 이상한데.

"좋아요. 반성하고 이 바닥에서 손을 씻도록 하세요."

"네! 이츠키 님!"

심판의 눈매가 이상하다……. 마치 세뇌당해 있는 것 같다.

"이츠키……. 너, 그 활……."

내가 가리키자, 이츠키는 환한 웃음을 지으며 대답한다.

"굉장하죠? 이 활의 힘을 해방해서 상대를 꿰뚫으면 세뇌가 풀리고, 모두가 저를 이해해 주게 돼 있어요."

세뇌가 풀리고, 자기를 이해해 준다?

타인이 그렇게 쉽게 동조해 줄 리가 없잖아.

실제로 이츠키 너는 나를 이해하려는 생각도 해본 적 없잖아.

상대를 세뇌하고 있는 건 오히려 너다. 저스티스 보우 좋아하시네.

"이 활은 마르티 왕녀가 저에게 준, 성스러운 힘을 지닌 무기! 이 무기만 있으면 구제불능의 쓰레기라도 구제할 수 있어요!"

……좋아, 일단 이츠키의 시점으로 생각해 보자.

영귀에게 패해서 모든 걸 잃었을 때, 윗치의 감언이설에 넘어가서 새로운 힘인 커스 시리즈가 각성했다고 생각해 보는 거다.

로봇 애니메이션으로 따지자면, 새로운 기체를 손에 넣은 흥분에 취한 상태로 콜로세움에서 돈벌이에 이용당하고 있다는 식인가?

다만, 전가의 보도라 할 수 있는 물건이기에 그렇게까지 자주 사용하지는 않는다는 식인가?

어찌 됐건, 역시 이츠키도 커스 시리즈에 침식당해 있는 게 분명하다.

"이츠키, 일단 가르쳐 주마. 그 활은 정의 같은 단순한 물건이 아냐. 상대를 세뇌하는 흉악한 힘을 가진 활이라고."

"아니에요! 이 활은! 정의 그 자체예요!"

주인공이 얼토당토않은 논리를 떠벌리면서 적을 물리치고, 쓰러진 적에게 자신의 논리를 이해시켜 가는 만화나 애니메이션을 본 적이 있다.

일단 논리적으로 보이기는 하지만, 싸움을 통해서 상대방에게 이해시키려는 논리란, 다른 관점에서 보면 이렇게도 일그러져 보이는 법이군.

폭력으로 패배했다고 해서 흔들리는 신념이라면, 애초에

있으나 마나한 것이다.

"자, 여러분! 저와 싸워요! 그리고 뭐가 옳은지를 이해하세요!"

렌 때와는 차원이 다르다.

렌은 그래도 자신이 잘못됐다는 걸 이해하고 있었지만, 이츠키는 다르다.

자신의 정의를 변함없이 우직하게 믿으며 우격다짐으로 밀어붙이고 있다.

7대 죄악에서 해당되는 것을 꼽자면 교만……. 하지만, 영 애매모호하다.

그 외에 다른 걸 꼽자면 8대 중죄 가운데 하나인 허식?

어쩌면 이건 애니메이션이나 만화 등에서 등장하는, 독자적으로 해석되는 여덟 번째 죄악 같은 건지도 모른다.

중2병적인 얘기지만.

내가 본 적이 있는 '여덟 번째 죄악'은 두 개.

하나는 정의.

도를 넘은 정의감은 한없이 냉혹하고 무자비하다.

아무리 작은 죄라도 결코 용서하지 않고, 죽음으로 죗값을 치르게 만든다.

또 하나는…… 광신.

자신이 믿는 길을 끝도 없이 돌진하며, 그 끝에 파멸이 기다리고 있다 해도 그 돌진을 멈추지 않는다.

혹은, 지금까지 내가 예로 든 네 가지가 전부 다 해당할 가능성도 있다.

렌도 식탐과 탐욕이라는 두 가지 커스에 침식당해 있었으니까.

지금까지는 동시에 두 가지에 침식당한 사례밖에 발견되지 않았지만, 세 개나 네 개에 동시에 침식당한다 해도 이상할 건 없다.

이 정도면, 이츠키가 이끌어내고자 했던 정의가 어떤 건지가 대충 엿보인 것 같다.

"아니에요!"

우렁찬 목소리로, 리시아가 이츠키의 선언에 이의를 제기했다.

"이츠키 님은 나오후미 씨를 오해하고 계세요!"

"리시아 씨군요. 당신도 나오후미에게 세뇌당한 거예요."

"이츠키 님이 말씀하셨죠? 나오후미 님이 노예에게 중노동을 강요해서 이익을 갈취하고 있다고."

이츠키가 언짢은 얼굴로 고개를 끄덕인다.

"그럼 어째서, 나오후미 씨 밑에서 생활하고 있는 분들은 모두 건강하신 거죠? 혹사에 시달렸던 노예에게서 얘기를 들어 보신 적 있나요? 빈사 상태가 될 만큼 끔찍한 혹사를 당한 분과 얘기해 보신 적이 있나요?"

"그건 알 바 아니에요. 하지만 마르티 왕녀나 마르드가 틀린 말을 할 리가 없잖아요!"

"이츠키 님이 직접 확인하셨는지를 묻고 있는 거예요!"

이, 이거, 리시아의 정의 스위치가 켜졌군.

쿄와의 전투 이후로, 한동안 발동하지 않았었는데.

어쨌거나, 이 상태로 전투에 들어가면 각성 리시아를 볼 수 있다.

"저는 나오후미 씨가 마을 노예 분들을 데려와서 차근차근 마을을 재건하시는 모습을 줄곧 지켜봐 왔어요. 노예 신분으로 전락했던 분들에게, 나오후미 님이 얼마나 구원이 돼 주셨는지, 이츠키 님은 알고 계신가요? 그걸 두고…… 중노동을 시키고 이익을 갈취한다? 말도 안 되는 소리는 작작 좀 하세요!"

"그래! 그 마을에서 억지로 일하는 아이는 한 명도 없어!"

렌도 편승해서 이츠키를 설득하기 시작한다.

"그 말이 맞아! 형이 구해준 덕분에 모두 활기차게 살아가고 있는 거란 말이야!"

"열심히 마을을 재건하고 있다구!"

노예들이 일제히 이츠키의 말에 이의를 제기한다.

"무슨 말씀을 하시건, 이미 본인이 똑똑히 자백했어요. 그 점은 절대로 변함이 없어요!"

"자백? 노예들을 부려먹고 있다고 한 거 말이냐? 그건 사실이긴 하지."

"나오후미 님, 그건 설득력이 전혀 없고, 애초에 사실이 아닌 것 같은데요……. 가격이 폭등하는 마을 아이들을 사 모으느라 엄청난 돈을 쓰시는 바람에, 수익은 완전히 마이 너스잖아요."

라프타리아도 땅이 꺼질 듯 탄식하는군…….

나는 노예들을 막 부려먹고 있다고! 그렇다고 치면 되잖아.

"……나오후미 밑에서 일하는 자들은 안 그래. 그렇게 즐 겁게 일하는 자들을 노예라고 부르는 건 말이 안 돼."

아무리 그래 봤자, 사회적으로 보나 노예문적으로 보나 노예라는 분류에 들어갈 텐데.

"오히려 나오후미 씨야말로 마을 분들의 노예처럼 일하 고 계신다구요!"

"그게 무슨……!"

"맞아! 매일 밤늦게까지 분 단위로 마을과 도시를 위해 일하고, 거기다 자기 실력을 끌어올리기 위한 수행까지 하 고 있단 말이야! 레벨업을 할 틈도 없을 정도로! 이 정도면 누가 노예인지 알 수가 없을 지경이라고!"

"뭐가 어째……? 네놈들, 지금 무슨 소리를 지껄이는 거냐!"

지금 당장 리시아의 노예문을 작동시켜 주는 수가 있어!

"나오후미는 마을 아이들의 부모나 다름없어!"

"어머나……. 하긴, 나오후미는 모두의 엄마이긴 해."

"헛소리 마! 누가 엄마라는 거냐!"

도대체 뭘 오해하고 있는 거냐, 이 녀석들은! 특히 사디나!

애초에 렌도 리시아도, 자기들이 무슨 소리를 하고 있는지 이해는 하고 지껄이는 건가?

"절대 아냐!"

"나오후미 님, 저는 믿어요."

아트라, 뭘 믿는다는 거냐!

이 녀석들…… 마을 녀석들까지 다 모아 놓고, 나중에 한바탕 설교를 해 줘야겠다.

"무슨 소리를 하든 사실이 대변해 주고 있어요! 나오후미는 악인 게 분명해요!"

이츠키 역시 한 발짝도 물러서지 않는다. 하지만 리시아는 굴하지 않고 얘기를 계속한다.

"이츠키 님? 이츠키 님은, 자신은 청렴결백하다고 주장하시는 건가요? 제가 보기에는 전혀 안 그런데요."

"연기는 이제 그만하세요. 이 구역질 나는 악당!"

이츠키가 씁쓸한 표정으로 리시아를 쏘아본다.

지독한 매도다. 네가 그런 소리를 하는 것 자체가 잘못이라고. 리시아는 너 때문에 투신자살까지 시도할 정도였었는데, 뻔뻔하게 착한 척을 하다니.

"제가 해야 할 일은 단 하나. 이 세계의 악을 모조리 없애 버리는 거예요!"

"턱도 없는 소리."

이 세계의 악을 모조리 없애겠다니, 그런 식이라면 인간이 존재하는 이상 싸움은 사라지지 않는다.

그리고 이츠키의 기준으로 따지면, 나나 렌도 악당으로 인정된다는 거군.

아예 자기한테 고개를 숙이지 않는 자들은 모조리 악으로 인식하고 있는 게 분명하다.

"제 힘은 그야말로 미약한 것에 불과할지도 모르죠. 그래도 저는…… 저는 그 부조리를 용납할 생각은 없어요!"

이츠키가 무슨 이야기 속 주인공 같은 소리를 외치면서, 나를 향해 활을 겨누고 활시위를 당긴다. 그러자 화살이 출현했다.

"나오후미! 그 부조리를 꿰뚫어 주겠어요!"

바람을 가르는 소리와 함께, 이츠키가 내쏜 화살이 나를 향해 날아왔다.

플로트 실드를 이동시켜서 막아낸다.

"부조리라……."

사돈 남 말 하고 있네.

마음에 안 드는 용사가 소환됐다는 이유로 음모를 꾸며서 박해하다니, 그거야말로 얼마나 부조리한 일이냐 말이다.

뭐가 부조리하다고?

이츠키, 네놈이 지껄인 발언 그 자체가 부조리의 결정체라고.

"……이츠키 님, 끝까지 이해를 못 하시겠다는 거군요."

리시아가 검을 앞으로 내밀고, 전투태세에 들어간다.

"이츠키 님, 저는 당신의 정의를 부정하겠어요. 제 정의는 당신을 인정 못해요!"

"이츠키! 원래대로 돌아와! 그런 저주받은 힘에 몸을 맡겼다가는, 그 앞날에는 파멸밖에 없어!"

"방해하지 마세요!"

이츠키가 활을 위로 겨누고 당겼다. 또 화살이 발사된다.

궤도는…… 역시 나를 겨누고 있군.

"나오후미 님!"

라프타리아가 말을 걸었지만, 신경 쓰지 말라고 손짓으로 신호를 보낸다.

이번에는 화살을 손으로 잡아서 막아낸다.

"샤이닝 애로우!"

이츠키가 다시 힘껏 활시위를 당기자, 찬란하게 빛나는 화살이 출현한다.

발사하는 데 시간이 걸리는 공격인가.

"이츠키 님의 생각은 잘 알았어요. 저는 이츠키 님의 적으로서 온 힘을 다해 싸우겠어요!"

리시아가 맞서듯이 앞으로 검을 내뻗는다.

"무쌍활성!"

리시아 주위에서 공기의 소용돌이가 일어났다. 저게 무쌍활성이라는 건가?

에클레르가 썼을 때와는 차원이 다르잖아.

렌이 해설 담당을 맡았던 그때보다도 더…… 내 육안으로도 똑똑히 확인할 수 있는 무언가를 분출하고 있다.

"주위의 기를 흡수하고 있어요. 노사님도 선보이신 적이 있었는데, 역시 저렇게 사용하는 거였군요."

아트라가 그것을 느끼고 이해하려 하고 있다.

보기만 하고도 강해지는 비결을 이해하다니, 참 부러운 자질이군.

이런 천재 동생을 두었으니, 포울도 참 고생이 많겠다……. 그래도 결국은 오빠로서 자기가 더 강하다는 걸 증명해야 하겠지만.

"하앗!"

리시아가 엄청난 속도로 이츠키를 향해 돌진한다.

"변환무쌍류 돌검기(突劍技)! 스파이럴 슬래쉬!"

리시아가 가진 검에 나선형으로 기의 흐름이 생겨난다.

"큭!"

이츠키도 이걸 맞으면 무사할 수 없으리라는 걸 감지했는지, 종이 한 장 차이로 회피하고, 화살을 내쏜다.

……아니, 그 화살은 왜 호를 그리면서 나한테 날아오는 건데?!

"유성방패!"

유성방패를 전개해서, 이츠키가 내쏜 화살을 막기 위한 방어결계를 전개한다.

빛을 내뿜는 화살이 여러 개로 갈라져서, 내가 있는 곳으로 쏟아진다.

만약에 대비해서, 화살이 날아오는 방향으로 방패를 내밀었다.

일단 대미지는 입지 않았다. 반격효과는 작동하지 않도록 해 둔 상태다.

눈앞에 있는 리시아와 싸우란 말이다. 왜 나를 겨냥하는 거냐!

"놓치지 않겠어요!"

첫 번째 공격이 빗나감과 동시에, 리시아는 스킬을 내쏘아서 이츠키에게 다음 공격을 날린다.

스파이럴 슬래쉬란 그 모든 공격들을 통틀어 일컫는 말인 모양이다.

저 정도까지 연속으로 발동시키다니 굉장한데.

다만, 이츠키의 커스 무기는 기본적 성능이 높은 편인 듯, 리시아의 공격을 받고도 그다지 부상을 입지 않는 모양이다. 부상을 입지 않는 정도가 아니라, 이미 입은 부상도 서서히 재생되고 있다.

"고작 그 정도로…… 저를 막을 수 있을 거라고 생각하면 오산이에요!"

이츠키에게서 분출되는 커스의 독기가 리시아를 날려 버린다.

"이츠키 님, 그 힘에 잡아먹혀서는 안 돼요! 반드시 후회하게 돼 있어요!"

"후회하는 건 오히려 당신이에요! 빨리 정의에 눈을 뜨세요! 애로우 스콜!"

이츠키의 화살이 내 쪽으로 날아온다.

아, 귀찮아. 이름으로 보아 화살 비를 쏟아 붓는 스킬이겠지.

"에어스트 실드."

화살이 분열하기 전에 방패로 막아낸다.

"아무리 중과부적이라고 해도, 당신만 물리치면 제 승리예요!"

아니……. 너 지금, 리시아랑 1대1로 싸우고 있잖아.

이건 그냥 네가 멋대로 관객을 공격하고 있는 것뿐이라고.

애초에 이츠키 녀석, 자기가 밀리고 있다는 자각이 있긴 한 건가?

……히어로물에서 보면, 히어로가 혼자서 다수의 적과 싸우는 장면이 나온다.

그런 노선을 염두에 두고 있는 건지도 모르겠군.

리시아를 내 부하 전투원 정도로 생각하고 있는 건가?

끼이! 하고 우는 생물 정도로 여기고 있을 것 같다.

어느 쪽이건 전력 차이를 줄이기 위해서라도 가까운 녀석부터 해치우라고.

"이츠키 님을 만난 뒤로, 저는 줄곧 정의란 무엇인지를 줄곧 생각해 왔어요."

"악은 그럴 소리 할 자격 없어요!"

"악…… 악이란 뭐죠? 정의라는 건 뭘까요?"

리시아는 설득을 계속한다.

내가 보기에는 헛수고 같지만, 그래도 이건 리시아가 관철하고자 하는 의지 같은 거겠지.

지금은 내가 이츠키의 맹공을 기꺼이 견뎌 주는 수밖에 없겠군…….

"이츠키 님에게 있어서, 정의라는 건 스스로의 만족을 얻기 위한 것에 불과한가요?! 폭력으로 찍어 누르는 게 진정한 정의인가요?!"

리시아는 자신의 마음을 토로하고, 덩달아서 렌까지 뭔가 지껄이기 시작했다.

"정의 없는 힘은 폭력, 힘없는 정의는 무력이라는 말이 있지. 이츠키, 너에게 있어서 정의의 사도라는 건, 동경의 대상이었잖아? 너는 스스로에 대해서 별로 얘기하지 않았었고, 예전의 나는 너에 대해서 별로 궁금하지도 않았었어. 하지만 지금의 나는 너에 대해 알고 싶어. 이츠키 네가 뭘 갈망하고, 뭘 슬퍼하는지를 알고 싶어. 그러니까, 가르쳐 줘!"

이츠키의 집중 포화에 시달리는 내 입장도 좀 생각해 달라고.

그렇지만, 확실히 렌의 말에도 일리는 있다.

이츠키가 어떤 녀석인지 전혀 모르고 있는 건 사실이니까.

성격 정도는 알고 있지만, 지금까지 어떤 생활을 해 왔던 녀석인지는 전혀 모른다.

이렇게까지 사사건건 정의에 집착하는 이유는 뭐지?

"정의란 힘. 올바르다는 것에 대한 증명. 약한 자를 돕고, 강한 자를 꺾는 것!"

……응? 문득, 뭔가가 마음에 걸렸다.

이츠키의 행동을 반대로 생각해 보자.

혹시 이츠키는, 원래 세계에서는 울적한 마음에 사로잡혀 있었던 걸까?

이츠키는 히어로가 되고자 하는 바람을 품고 있다.

히어로물 속의 주인공들 중에는, 평범한 녀석이나 괴롭힘을 당하던 녀석이 변신하거나 변장해서 악인을 때려눕히는 식의 전개가 이상하리만치 많다.

슈O맨이나 거미남 같은 유명한 히어로들이 좋은 예다. 높은 신분의 사람이 일부러 신분을 숨기고 평범하게 살다가 짜잔 하고 나타나는 것도 비슷한 경우다.

이츠키가 행하는 정의는, 정체를 감추고 행하는 경우가 많았다.

그렇다. 분명 정의의 사도는 힘을 이용해서 누군가를 구해낸다.

그것이 집약된 것이 권선징악. 정의가 승리하고, 악은 몰락한다.

"아무리 악이 저를 욕한다 해도! 저는 정의의 사도예요!"

평가 욕구와 동경……. 거기에서 도출되는 결론은──.

"이츠키, 네가 리시아에게 한 짓은 네가 당해 왔던 일들 그 자체야. 그래서 일부러 리시아를 외면하는 거지?"

"뭐라고요?!"

"여기는 콜로세움이고 너는 선수다. 나와 싸우고 싶거든, 우선 리시아를 물리쳐 보시지. 안 그러면, 너는 내게 도전할 자격도 없어."

이럴 때는 조건을 제시해 둬야지, 안 그러면 이츠키는 끝까지 물러서지 않을 것이다.

만약에 이츠키가 그 조건을 클리어하거든, 나는 악으로서 이츠키와의 대결에 임하면 된다.

배틀물에서 이런 장면을 본 적이 있다.

나도 이 세계에 와서 모토야스에게 여러 번 당했던 수법이다.

어느 한쪽이 일방적으로 불리해지는 교섭 조건을 제시한 후에 대결하는 것.

이번 경우에는, 내가 굳이 이런 조건을 내걸 이유는 없지만…… 리시아에게 맡기겠다고 약속했으니까.

"큭!"

역시 그랬군.

이건 내 추측이지만, 이츠키는 원래 세계에서 집단따돌림을 당했었을 가능성이 높다.

그리고 리시아는 이츠키를 중심으로 한 파티의 최하층이었으며, 집단따돌림과 다를 바 없는 행위를 당하고 쫓겨났다.

다시 말해 이츠키에게 있어서 리시아는, 과거의 나쁜 기억을 되새기게 하는 존재이리라.

분명히 인연을 끊은 줄 알았던 과거의 자신이 앞을 막아선다는 건, 정의에게 있어서는 절대로 있을 수 없는 일이다.

"알았어요. 악에게 세뇌당한 리시아 씨를 물리쳐야 한다면, 싸워 드리도록 하죠."

리시아가 나에게 깊숙이 고개를 숙였다.

"나오후미 씨, 고맙습니다. 뒷일은 저에게 맡기세요. 기필코 이츠키 님을 설득해 내겠어요."

"그래, 조금 정도는 기대해 주지. 에클레르가 그랬듯이, 지금의 너라면 가능할지도 모르니까."

입으로는 이렇게밖에 말해줄 수 없었지만, 나는 리시아를 상당히 높게 평가하고 있다.

약하다는 소리를 수없이 들으며 무시당해 왔으면서도 굴하지 않았고, 자기보다 압도적으로 강한 상대 앞에서도 결코 물러서지 않는 마음을 갖고 있으니까.

어찌 됐건, 이제야 이츠키가 리시아를 적으로서 인식한 모양이군.

문제는 리시아가 패배했을 경우다. 그렇게 되면 어떻게 대처해야 할까?

일단은…….

"노예들은 여기서 대피해. 전투에 방해가 되니까. 사디나, 세인, 아트라, 피난 관리는 너희가 맡아."

"알았어, 나오후미."

"응──."

"임무를 맡아서 영광이에요!"

내 지시에 따라 바람잡이 녀석들이 물러가고, 콜로세움 안에는 이츠키와 리시아, 나, 라프타리아, 렌만이 남았다.

그나저나 리시아도 어지간하군. 이츠키가 얼마나 좋기에 이런 짓까지 하느냔 말이다.

"갑니다! 하아아아아아아아아아아아아아아아아앗!"

리시아가 엄청난 속도로 이츠키에게 접근한다.

"칫! 센트 애로우 레인! 스프레드 스트레이핑!"

이츠키는 뒷걸음질을 치면서 화살을 연속 사출해서 리시아를 꿰뚫으려 시도한다.

전방으로 화살을 내쏜 직후, 시간차를 두어 위쪽으로 내쏜 화살이 타이밍 좋게 리시아에게 떨어져 내린다.

회피하기는 힘들다.

"변환무쌍류 돌검기! 원(円)!"

하지만 리시아가 레이피어를 한 바퀴 돌리자, 이츠키가 쏜 화살은 째질 듯한 소리와 함께 모조리 쓸려 나갔다.

양쪽 모두 아직 힘을 아끼고 있는 것 같지만, 리시아 녀석, 용사인 이츠키를 상대로 한 발짝도 물러서지 않고 싸우고 있잖아.

이건 정말로 변환무쌍류가 맞긴 한 걸까?

전에 에클레르가 얘기하길, 리시아가 에클레르보다 어려운 기술을 체득하고 있는 것 같다고 했었다.

확실히 리시아는 엄청나게 강해졌다.

화살이 모조리 격추되자, 이츠키는 짜증 가득한 얼굴로 리시아를 쏘아본다.

"이츠키 님? 지금 싸우는 상대는 저예요. 주의가 산만해져 계시네요."

이따금 내 쪽을 흘깃거리고는 하니까.

이츠키는 리시아를, 나와 대결하기 위한 통과점 정도로만 인식하고 있는 것이리라.

그 정도 인식으로 리시아를 이길 수 있을 리가 없다.

지금의 리시아는 스테이터스, 기술, 각오, 그 모든 면에 있어서, 내 부하 가운데 최상위에 해당하는 인물 중 하나다.

"후……. 말주변이 제법 늘었네요, 리시아 씨. 하지만 설마 제 진짜 실력이 고작 이 정도밖에 안 될 거라고 생각하시는 건가요?"

이츠키는 흉악한 기운을 풍기며 활을 든다.

"로우 파나틱!"

팟 하고 주위에 뭔가 결계 같은 게 쳐지는 것이 느껴졌다.

"우오오오오오오오오오!"

이츠키의 눈이 빨갛고 괴이하게 빛나기 시작했다.

그리고 흉악한 기운이 모여들어서, 전신을 휘감는 갑옷을 이룬다.

얼핏 보면 성스러운 날개가 달린 천사 같은 모습의 전신갑옷……이지만, 곳곳의 장식에 뿔이며 악마를 본뜬 디자인들이 엿보인다.

셀프 부스트 스킬이군. 틀림없다.

게다가 스킬로 유사 갑옷을 만들어 내다니.

레인저물이나 라이더물에 나오는 전투복 같은 전신갑옷이다.

리시아는, 그저 가만히 이츠키의 공격을 기다리고 있다.

그 표정은, 진지함 그 자체다.

이 상황에서 함부로 끼어들었다가는 리시아가 용서하지 않으리라.

지원하고 싶은 충동에 한 발짝 앞으로 나서서 움찔거리고 있는 렌을 한 손으로 제지한다.

"갑니다, 리시아 씨. 이제 제 주장을 이해하고, 함께 나오후미를 물리치는 거예요!"

"아뇨, 저는 지금의 이츠키 님을 절대 인정 못해요. 설혹 목숨을 빼앗기는 한이 있더라도!"

리시아는 레이피어를 바닥에 꽂고, 몸을 숙인 듯한 자세로 전투에 대비한다.

뭐지? 리시아는 육안으로도 확인할 수 있을 정도의 기를 지면으로부터 모아들여, 레이피어 전체에 기를 휘감고 있다.

"변환무쌍류…… 오의, 제1형태……."

리시아는 레이피어를 땅바닥에서 뽑아 들고, 내달린다.

"양(陽)!"

리시아가 빛을 내뿜으며 이츠키를 향해 레이피어를 내지른다.

뭐라고 해야 할까. 성스러운 슈퍼 파워 같은 능력 향상을 이룬 것 같은 느낌이다.

"유성궁!"

용사들의 주특기인 유성 시리즈가 발사된다.

이츠키의 유성 시리즈는, 사출한 화살 뒤에서 별이 흩날리는 성가신 스킬이다.

화살 자체도 상당히 강한 공격력을 갖고 있다고 봐도 무방하리라.

"제2형태, 월(月)!"

리시아를 중심으로 전개되어 있던 빛이 한층 더 확대되

어, 이츠키가 내쏜 화살을 초승달 형태로 쪼개 놓았다.

자신이 내쏜 필살 스킬이 돌파된 모습을 보고 나니, 이츠키 역시 경악한 표정이었다.

"아직 안 끝났어요! 아직 저는 최선을 다한 게 아니에요!"

그럼 빨리 좀 최선을 다해 보라고! 그나저나, 렌도 비슷한 소리를 했던 것 같은데.

무심코 렌 쪽으로 시선을 돌리니, 렌이 민망한 듯 시선을 외면했다.

"제3형태, 성(星)!"

리시아가 이츠키의 눈앞까지 거리를 좁혀서 레이피어를 내지른다.

에클레르의 다층 연격(連擊)에 필적하는 연속 공격이다.

한 발 명중할 때마다 이츠키를 보호하고 있는 갑옷의 부품이 부서져서 사라져 간다.

"윽……."

이츠키를 향해 내질러지는 수많은 공격들. 그 하나하나에 기가 담겨 있을 것이다.

잘은 보이지 않지만 펑펑 하는 독특한 소리가 들려온다.

저건 장난이 아니다. 방패 용사인 내가 위기감을 느낄 정도이니, 위력은 의심의 여지가 없다.

"작작 좀 해애애애애!"

콰 하고 흉악한 기를 폭발시켜서, 이츠키가 리시아를 날려 버린다.

"후에——아직 끝나지 않았어요!"

나가떨어지면서도 낙법을 취해서 착지한 리시아는, 호흡을 가다듬고 공격에 대비한다.

"정의가 리시아 씨 정도에게 저지당할 리가 없잖아! 필살기를 날려먹지 마!"

날려먹다니 무슨 헛소리를 하는 건지 원.

이게 무슨 턴제 RPG 게임 같은 건 줄 아나?

액션 게임이라면 필살기 같은 걸 적극적으로 무효화하기는 힘들 테니까.

——아아, 그러고 보면 히어로물에서는 히어로가 필살기를 쓸 때면 적이 기다려 주곤 하지.

광선이나, 킥이나, 다섯 명의 무기를 모아서 내쏘는 기술 같은 거.

"이츠키 님, 이제 그만하세요. 당신의 정의는 틀렸어요! 어서 그 힘을 손에서 놓으세요."

리시아는 감정이 담긴 목소리로 힘주어 타이른다.

확실히 이 싸움은 리시아 쪽이 일방적으로 몰아붙이는 것처럼 보이긴 한다. 렌과 에클레르의 전투 때와는 달리, 이츠키 본인에게도 대미지가 들어가고 있으니까.

"아냐! 나는, 새로 손에 넣은 이 힘으로, 세계를, 구해낼 거야!"

활의 형태가 일그러져 가고…… 거기에 호응해서 이츠키의 흉악한 기운도 형태를 바꾸어 가는 모습이 내 눈에 들어왔다.

……아마도, 렌이나 모토야스와 마찬가지로, 뭔가 다른 커스에 눈을 뜬 것이리라.

이츠키가 다수의 커스로 강화돼 버리면, 아무리 리시아라도 좀 불리해지려나?

보아하니, 모토야스처럼 용사 전원의 강화 방법을 다 적용한 상태는 아닌 것 같지만…….

"괜찮겠어, 리시아?"

"네. 도와주실 필요는 없어요."

"……알았어. 그럼 네가 하고 싶은 대로 해."

상황에 따라서는 개입해서 도와줘야겠지만, 리시아가 그렇게 말한다면 일단 지켜보는 수밖에.

모두 숨을 죽인 채 상황을 살피고 있다.

하지만 렌을 설득했을 때처럼 이츠키를 기절시키기는 어려울 것 같다.

썩어도 준치라고, 용사는 용사라고나 할까.

결정타가 부족하다는 점에서는 마찬가지일 것이다.

"받아라! 새도우 바인드!"

이츠키가 리시아의 발치를 겨누고 화살을 내쏘았다.

그 이름을 들으니, 더없이 불길한 예감이 든다.

"리시아——."

명중하지는 않았다. 화살은 리시아 뒤쪽에 떨어진 것이다.

"모, 몸이!"

하지만 내가 미처 경고하기도 전에, 리시아가 움직임을 봉쇄당하고 말았다.

역시 예상대로군. 상대의 그림자를 맞혀서 움직임을 봉쇄하는 스킬이다.

"바인드 애로우!"

움직일 수 없게 된 리시아에게, 이츠키가 또다시 속박 스킬을 내쏜다.

날아간 화살에 의해, 리시아의 몸이 지면에 고정된다.

"아, 아직 질 수 없어요!"

"아뇨! 이제 끝이에요!"

『그 어리석은 죄인에게 내가 내리는 것은 놋쇠 황소에 넣어 불사르는 형벌일지니. 날뛰는 황소처럼 단말마의 비명을 지르며 괴로워하거라!』

"팔라리스 불!"

아이언메이든처럼…… 황소의 모양을 한 조형물의 복부가 열리고 리시아를 그 안에 가둔다.

그리고 복부에 업화가 타올랐다

"리시아!"

이츠키가 승리의 확신에 찬 웃음을 짓는다.

틀림없다. 아이언메이든에 필적하는 스킬이다.

"이걸로 제 승리예요. 자, 나오후미, 목 씻고 기다리세요."

큭……. 이길 수 있을 줄 알았는데, 역시 너무 안이한 생각이었나.

일단 리시아를 구할 궁리부터 해야 한다……. 렌은 당장에라도 뛰쳐나가려는 기세다.

그렇게 생각했을 때…… 이츠키가 만들어낸 황소 조형물에 뽀각 하고 금이 간다.

"뭐야?"

이츠키의 얼굴이 경악으로 물들었다.

그리고 째질 듯한 소리와 함께 황소 조형물이 깨지고, 리시아가 뛰쳐나온다.

"제4형태! 마(魔)!"

리시아가 다시 이츠키에게 접근해서 레이피어를 옆으로 크게 휘두른다.

뭐지? 리시아의 검 끝이 빛나고, 그 궤적이 검게 물든다.

"윽…… 누, 눈이?!"

이츠키가 양손으로 얼굴을 감싸쥐고 신음한다. 눈을 멀게 하는 부여효과를 가진 공격인가?

"섣불리 승리감에 도취되지 마세요."

리시아는 거칠게 숨을 몰아쉬며 쏘아붙인다.

처형기구명을 가진 스킬까지도 돌파할 줄이야……. 리시

아의 성장은 경악스러운 수준에 다다랐다.

꽹장해……. 용사가 아니라도, 인간은 이렇게까지 강해질 수 있는 거구나.

그렇게 매가리가 없던 리시아가 이만한 성장을 보인 것이다. 이츠키, 네가 내쫓았던 그 리시아가 말이다.

"끝까지, 이렇게 끝까지 나를 방해하다니!"

이츠키가 눈을 비비면서 리시아에게 호통친다.

"절대 용서 못해요! 정의인 저를 이렇게까지 성가시게 만들다니! 잔챙이면 잔챙이답게 찌그러져 있으라고요!"

이츠키의 활이 한층 더 괴이하게 변화해 간다.

활에 달려 있던 하얀 날개는 온데간데없이, 악마를 연상케 하는 박쥐 날개가 노출되었다.

"죽어……. 내게 대드는 자에게는…… 죽음을!"

"이츠키 님, 다시 한 번 말씀드릴게요. 빨리 그 힘을 버리고, 원래대로 돌아와 주세요. 당신은, 그런 힘에 의존해서는 안 돼요."

……리시아가 울고 있다.

좋아하던 사람의 타락한 모습에 눈물짓고 있다.

지금의 자신이라면 그런 상대를 저지할 수 있다는 믿음을 갖고, 검을 휘두르고 있다.

하지만 이츠키의 눈에는, 그런 리시아도 증오의 대상으로만 보인다.

"정의를 위해서! 죽어! 너는 이, 세계의, 악이다!"

막무가내로 활시위를 당겨서 내쏜다.

그 화살들이 모조리 리시아를 향해서 날아간다.

리시아는 그 화살들을 모조리 요격해 나갔지만, 별안간 불길한 소리가 들려왔다.

"나오후미 님!"

"아아!"

그것은 리시아의 무기, 페클 레이피어가 부러지는 소리였다.

그 부러진 검을…… 기의 힘으로 보완하며 휘두르는 리시아.

하지만, 형태가 없는 검을 유지하는 건 여간 어려운 일이 아니다.

나는 전에 드롭 아이템으로 얻은 검을 방패에서 꺼내 리시아에게 던진다.

"리시아! 이대로 가면 불리해! 이걸 받아!"

그러나, 리시아는 그 검을 무시한 채 이츠키와 문답을 이어가고 있다.

"나오후미 씨, 죄송해요. 그건…… 제 정의에 위배되는 행위예요!"

이츠키가 눈에 광기를 깃들인 채 웃는다.

"뭘 웃고 계신 거죠? 이츠키 님, 저는 아직, 지지 않았어요."

"무슨 소리를 하는 건지. 당신은, 이미 졌어요."

"아뇨……. 이츠키 님이 예전에 말씀하셨잖아요. 정의는 끝까지 포기하지 않는다고."

"크크크……. 어리석긴. 당신은 악이라고요."

"이츠키 님. 저는, 저는 이제 그 어떤 고난에, 절망에 내몰리더라도 다시는 포기하지 않아요. 그건 이츠키 님이 절망으로부터 저를 구해주셨을 때 가르쳐 주신 것이었고…… 나오후미 씨가 보여주신 것이기도 하니까요!"

리시아는 조용하게 호흡을 가다듬고, 마법을 영창할 태세를 취하며 대답한다.

검이 안 통한다면 마법으로 응전하겠다는 생각이리라.

부정을 저지르지 않고, 포기하지도 않는 그 정신.

성장한 리시아의 모습……. 왜일까. 더없이 뿌듯한 기분이다.

그렇게 한심한 모습만 보이던 리시아가 이 정도까지 성장하다니, 나조차도 놀라울 정도다.

인간이 죽을 각오로 노력하면 불가능은 없다던 말은 사실이었던 모양이군.

"몇 번이고 더 말씀드릴 수 있어요. 이츠키 님, 제발, 그 힘을 손에서 놓으세요. 그리고 처음부터, 신뢰를 되찾기 위해, 온 세계 사람들을 구하기 위해 싸워요!"

"어째서, 이 힘을 포기하라는 거냐! 나는, 나는 이 힘으로 세계를 구할 거다!"

"이츠키 님! 저는, 당신의 정의는 잘못됐다고 단언할 수 있어요! 나오후미 씨의 싸움을 가까이서 지켜봐 왔기에 단언할 수 있는 거예요. 나오후미 씨는 다른 세계 사람들까지 구하기 위해 싸우고 있어요…… 누구보다 앞장서서 사람들을 지키고 있다구요!"

"악은 닥치고 꺼져!"

이츠키가 그렇게 소리친 순간이었다.

그 사태에, 이 자리에 있던 모든 인물이 경악했다.

그것은 리시아의 성장이니, 힘이라느니, 변환무쌍류라느니 하는, 그런 차원이 아니었다.

이츠키의 활이 강렬한 빛을 내뿜어서, 이츠키 본인마저도 눈이 부셔서 눈을 감을 정도였다.

멀리서 봤기에, 내 눈에는 보였다.

──이츠키의 활에서 빛이 뛰쳐나와서, 리시아를 향해 날아갔다.

미처 피할 틈도 없이, 리시아는 그 빛에 맞고 말았다.

하지만, 리시아는 상처 하나 입지 않았다.

이츠키의 활에서 뛰쳐나온 빛이 리시아의 손으로 들어간 것이다.

그리고 어째선지, 내 시야에 보이던 리시아의 노예문이 깨져 나가서 소멸했다.

"뭐, 뭐야?"

"나오후미 님."

"아트라군. 피난은 끝났어?"

"네."

"그보다 나오후미 님."

아트라는 이츠키 쪽을 쳐다보면서 말을 잇는다.

"흉악한 기운의 중심에서 눈부신…… 맑은 기의 흐름이 리시아 씨에게로 날아갔어요."

"……맑다고? 전설의 무기에 숨겨진 힘이 더 있기라도 한 건가?"

이츠키의 활에서 리시아에게로 힘이 날아간 거라고 봐도 무장하리라.

다시 말해, 이츠키의 활이 리시아에게 힘을 빌려준 거라고 생각해도 될까?

"리시아 씨?"

렌이 리시아를 향해 뇌까린다.

"이건……."

나도 경악했다.

왜냐하면, 리시아의 손안에는 나이프 한 자루가 들려 있었기 때문이다.

형태는 평범한 나이프. 칼자루 부분에 화려한 보석이 박혀 있다.

단, 반투명하고 형태가 애매하다.

마법으로 만들어진 불안정한 무기 같은 건가? 저건 뭐지?

리시아가 나머지 한 손을 더 얹자, 나이프의 형태가 닌자들이 사용하는 *쿠나이 같은 모양으로 변한다.

그리고 다시 부메랑으로 변화했다.

전설의 무기에 있는 형상 변화 능력 같은 걸 갖고 있는 건가? 대체 뭐지?

"어, 도대체, 무슨 일이 일어난 거야?!"

사태가 이쯤 되니 이츠키마저 당혹감을 감추지 못한다. 적어도, 이츠키가 뭔가를 획책하고 있는 건 아닌 모양이다.

"그런 거군요……. 알았어요."

리시아는 뭔가를 깨달은 것 같은 표정으로, 부메랑을 이츠키에게 겨누며 선언한다.

"이츠키 님. 당신의 정의는, 당신이 소유한 용사의 활에게도 인정을 받지 못했어요. 이츠키 님을 저지하기 위해서, 용사의 활이 저에게 힘을 빌려주셨다구요!"

"거짓말 마! 그런 일은 절대 있을 수 없어! 내 활이 나를 배신할 리가 없다고!"

"저는, 이 힘으로 이츠키 님을 저지하고 말겠어요!"

"웃기는 소리!"

이츠키의 활에서 한층 더 흉악한 기가 분출되고, 이츠키가 힘껏 활시위를 당긴다.

---

* 쿠나이(くない) : 손바닥만 한 단검 끝에 고리가 달려 있는 형태의, 닌자들이 주로 사용했다는 무기.

그 활로부터, 천사 혹은 악마처럼 날개가 달린, 어마어마한 수의 화살들이 리시아를 향해 발사된다.

화살들은 형태를 바꾸어, 곰 같은 형상으로 변해 리시아를 향해 돌진해 온다.

"변환무쌍류 투척기, 롤링 스핀!"

리시아가 무기에 기를 불어 넣고, 이츠키를 향해서 투척했다.

"이——아직도! 아직도 절대적인 정의인 내게 대들다니! 크흑!"

부메랑이 이츠키 주위를 선회하면서 찢어발겨 나간다.

"틀렸어요, 이츠키 님. 당신이 그릇됐으니까, 활이 고쳐 주려고 하고 있는 거예요."

리시아가 오른손을 들자, 부메랑이 손으로 돌아온다.

그리고 리시아는 부메랑을 *차크람으로 변형시킨다.

천천히 눈을 깜박이는 리시아의 눈 색깔이 약간 변한 것처럼 보였다.

눈에 기를 집중하고 있는 것이다.

"지금 제 눈에는, 모든 게 다 보여요. 이츠키 님을 옭아매고 있는 기의 흐름도, 이츠키 님의 활에 기생하려 하고 있는 힘도…… 이걸로……."

리시아는 이츠키를 향해서 무기를 투척한다.

---

* 차크람(chakram) : 시크족의 전통 무기. 원형의 칼날로 되어 있으며, 던져서 상대를 베는 식으로 공격한다.

"에어스트 스로우! 세컨드 스로우! 드리트 스로우!"

에어스트? 그 명칭은 전설의 무기에 있는 스킬에만 존재할 텐데?

저건 전설의 무기? 칠성용사의 무기가 되는 건가?

리시아가 던진 세 개의 무기는 각각 다른 형태를 띠고 있다.

나이프, 소형 도끼, 짤막한 창.

도대체 어떤 무기지?

만약에 칠성용사의 무기라고 쳐도, 창은 모토야스일 터.

애초에 저 세 개의 무기는 다들 서로 다른 카테고리에 해당하는 무기잖아.

던진다는 공통점이 있으니, 투척구……가 되는 건가?

"토네이도…… 스로우!"

세 개의 무기는 이츠키 주위를 연신 회전하면서, 회오리를 이루어 흉악한 기운을 흩어 놓는다.

"끄아아아아아아아아아아아아아아아아아!"

리시아는 다시 손에 출현시킨 차크람을 이츠키의 활을 향해 내던진다.

"이츠키 님, 이것으로, 당신은 정의가 아니라는 게 증명됐어요……. 부디, 처음부터 다시 시작하세요."

차크람이 이츠키의 활에 챙 하고 충돌하고는, 리시아의 손으로 돌아갔다.

그리고…… 이츠키의 활에 달린 장식들이…… 소리를 내

며 부서져 간다.

그와 동시에, 이츠키에게 세뇌당해 있던 심판이, 끈 떨어진 꼭두각시 인형처럼 쓰러졌다.

"끄아아아…… 나의, 나의 새로운, 세상을 구할 힘이……."

"거듭 말씀드렸다시피, 틀렸어요. 그리고 이츠키 님, 이제 좀 깨달으세요. 정의는 이 세상 사람들의 수만큼 존재해요. 정의의 반대는 악이 아니에요. 정의죠. 패배한 자에게 악이라는 낙인이 찍히는 것뿐이에요."

"아냐, 나는…… 나는, 악이 아냐. 나는 나쁘지 않아. 다른 녀석들이, 저 놈들이……!"

"위선을 처단하는 것, 거부하는 것은 정의가 아니라도 간단히 할 수 있어요. 하지만, 받아들이는 것도 중요해요. 세상에 갱생할 수 없는 사람은 없다고, 저는 믿어요."

"으…… 으으……."

괴이한 형태를 띠고 있던 활이 깨져 나가고, 이츠키의 활이 원래의…… 아니, 이상한 장식이 아직 약간 남아 있다.

"아트라, 어떤 것 같아?"

"네. 흉악한 기운은 리시아 씨가 얻은 힘에 의해 사라졌어요. 하지만…… 아직 근원이 남아 있어요."

"나는…… 나를 믿어준 사람들을 위해서……."

그럼에도 이츠키는 포기하지 않고 일어섰다. 끈질긴 놈이군.

그때, 노예상의 부하가 내게 다가와서 작은 목소리로 어떤 소식을 알렸다.

"그랬군. 이츠키, 우리는 네가 은신처로 삼고 있던 곳을 알아냈어. 지금부터 너를 여기에 방치해 두고 거기로 갈 거야. 리시아에게도 못 이기는 미숙한 녀석을 상대하고 있을 이유는 없으니까."

노예상의 부하와 제르토블의 불법 길드 녀석들을 끌어들여서 조사를 의뢰해 뒀던 것이다.

충분한 증거를 포착한 모양이다. 이제 내가 쳐들어가서, 이츠키와 결탁한 녀석들을 붙잡기만 하면 된다.

"어림없어요!"

흐음…… 뭐, 이쯤에서 똑똑히 깨닫게 해 주는 것도 한 방법이긴 하겠지.

"이츠키…… 최소한의 인정을 베풀어 주마."

"무슨 소리예요?!"

"네 동료가 정의라고 믿는다면, 우리를 거기로 안내해. 위치는 어차피 우리도 알고 있지만, 네가 안내하는 거야."

"안 속아요! 그런 식으로 마르티 왕녀를 붙잡으려는 꿍꿍이잖아요?!"

"이츠키! 한쪽의 말만 듣고 진리를 알 수 있을 것 같아? 그런 걸 정의라고 할 수 있는 거냐?"

"그, 그건……."

렌의 말에, 이츠키가 말끝을 흐리기 시작했다.

리시아에게 패배하는 바람에 정신적인 충격을 받은 것이리라.

"네가 좋아하는 게임에서도, 어느 쪽이 정의인지를 묻는 이벤트 같은 게 있잖아?"

"……."

내 쪽에서 성의를 보이고 있는 것이다. 그런 만큼, 이츠키 역시 자신도 양보해야 하는 것 아닌가 하는 주저를 보이고 있다.

아니, 스스로도 뭔가 짐작 가는 게 있는 것 아닐까?

그렇다고 이 상황에서 터덜터덜 자기들 기지로 돌아갈 수는 없다는 거겠지.

그나저나 윗치는 왜 모토야스를 배신하고, 렌을 속이고 도망친 거지?

그 이유를 도통 모르겠다.

"이츠키, 윗치는 범죄자야. 그 범죄자에게 죗값을 치르게 하려면 어떻게 해야 하지? 아니, 결백을 증명하고자 할 경우도 마찬가지야. 아니면 혹시 너는, 목숨을 건 싸움에서 이기는 자만이 정의를 증명할 수 있다고 생각하는 거냐?"

"아, 아니에요!"

"재판이라도 해 보면 될 거 아냐? 윗치가 이 나라에서 선행을 해 왔다면, 여왕도 관대하게 봐 줄 테니."

이츠키가 또 속아서 절망에 빠진다면, 렌과 마찬가지로

다른 커스에 눈을 뜨고 폭주하게 될 것이다.

아직…… 커스 스킬을 연발한 상태는 아니리라. 상처가 더 깊어지기 전에 조치를 취해야 한다.

나는 리시아에게 눈길을 돌린다.

이츠키는 그래도 아직 얘기에 귀를 기울일 만한 여유가 있다. 렌처럼 완전히 절망하기 전에 구해줘야 한다.

눈짓으로 그렇게 전하자, 리시아는 꾸벅 고개를 끄덕였다.

"좋아요. 제가 마르티 왕녀와 동료들의 결백을 증명하고 말겠어요!"

이츠키는 싸움을 중단하고, 우리를 자신들의 은신처로 안내하라는 요구를 받아들였다.

13화 대가

"이, 이럴 수가……."

우리는 이츠키의 안내를 받아, 이미 알아내 뒀던 이츠키의 은신처에 도착했다.

제르토블 국내의 비교적 한적한 곳에 있는 거주지였다.

내부를 조사해 본 결과, 지하 수로로 통하는 비밀 통로까지 완비된 건물이라나 뭐라나.

그리고.

우리는 그렇게 은신처에 도착했지만, 윗치는 이미 내뺀 후인 듯, 밤마다 술판이라도 벌이고 있던 것처럼 쓰레기만 널려 있는 빈 집이 되어 있었다.

뭐 이렇게 지저분해……. 게다가 술 냄새가 지독하다.

"자, 잠시 외출한 것뿐이에요. 나오후미 패거리를 알아채고 도망쳤거나."

"또 그렇게 진실을 외면할 거냐? 응? 탁자 위에 뭔가가 있나 본데."

아니, 이건 렌에게 남겼던 쪽지와 필적이 똑같잖아. 무지하게 불안한 예감이 든다.

그 밑에 은근히 두툼한 종이 다발이 있다. 읽어보기가 꺼림칙하기 짝이 없다.

"이츠키, 너 이 세계 문자 읽을 줄 알아?"

메르로마르크 공용어로 적혀 있다.

매번 느끼지만 윗치는 글씨도 참 못 쓴다. 글씨체가 지저분하기 짝이 없다.

여왕이나 메르티는 깔끔하게 쓰건만, 왜 그 녀석만 그렇게 품위가 없는 건지 원.

"아뇨, 나오후미가 이세계 언어 이해를 안 가르쳐 줬으니까 당연히 못 읽죠!"

"헛소리 마! 자, 렌, 네가 읽어줘. 리시아가 읽어도 되고.

그나저나 이츠키, 리시아한테 가르쳐 달라고 해. 그 녀석은 학문 면에서는 용사 이상 가는 괴물이니까."

"후에에에에?!"

괴물이라는 소리에 리시아가 얼빠진 비명을 지른다.

바로 전까지 히어로처럼 맹활약하던 녀석이라고는 믿기 힘들 정도다.

"나오후미 님, 좀 부드럽게 표현하셔도 될 것 같은데……."

라프타리아의 주의를 듣고, 나도 말이 좀 지나쳤구나 하고 반성한다.

하지만, 정정했다가는 내 체면이 서지 않는다.

"으음, '이제 슬슬 당신에게서 빨아먹을 단물이 떨어져 가니까, 이제 그만 실례할게요. 당신이 매일 가져다준 대회 상금은, 가엾은 우리가 고맙게 챙겨 갈게요. 그래요, 방패 탓에 노예처럼 고된 생활을 하는 신세가 된 가엾은 우리에게 기부해 줘서 고마워요.'"

읽어 나가는 렌의 얼굴에는, 내용을 읽어 갈수록 씁쓸한 빛이 감돌았다.

뭐, 렌 때도 비슷하게 쪽지가 놓여 있었으니까.

그나저나, 그 여자는 이런 쪽지를 남겨 두지 않으면 죽는 병에라도 걸린 건가?

렌이 두 번째 편지를 읽기 시작했다.

"'마르드 일행도 당신한테 넌덜머리를 냈거든요. 사사건

건 건방지게 지시나 해 대는 당신을 세상 모~든 사람들이 짜증스럽게 여긴다는 걸, 당신은 모르나 보죠? 입만 열면 정의 타령을 해대는 주제에, 우리 거짓말에 감쪽같이 속아 넘어가는 당신 얼굴을 볼 때면, 웃음을 참느라 얼마나 고역이었는지 몰라요.' ――이봐, 나오후미. 내가 잘못 읽고 있는 거 아니지?"

렌이 당장에라도 편지를 찢어 버릴 듯 부아가 치민 얼굴로, 편지를 나에게 건네고 묻는다.

"대충 보니까 제대로 읽은 것 같아. 표현에 차이는 있지만, 의미는 똑같아."

세 번째 편지는 내가 받아서 읽는다. 렌은 이미 분노 때문에 어깨에 힘이 잔뜩 들어가 있다.

나도 언제 분노가 터져도 이상할 게 없는 상태였지만, 편지도 이게 마지막인 것 같다.

"'추신. 약해 빠진 당신의 얼굴도 키도 성격도, 다 내 스타일이 아니에요. 나를 좋아하거든 방패를 해치워 봐요. 그러면 다시 만나줄 테니까요. 호호호호호호. 그리고, 탁자에 남겨둔 건 당신한테 주는 선물이니까 열심히 갚아 봐요~.'
……아 짜증 나아아아아아아아아아아아!"

나는 편지를 마구 구겨서 벽에 내동댕이친다.

그리고 탁자에 놓여 있던 종이 다발을 이츠키에게 건네준다.

아무리 이츠키라도 이 종이 다발의 정체는 대충 짐작이

갈 것이다.

굳이 공부하지 않았더라도 숫자 정도는 알아볼 수 있을 테니까.

"이츠키, 그게 뭔지 알아?"

"뭐, 뭔데요?!"

"보면 알 거 아냐? 차용증이야. 전부 다 네 명의의 도장이 찍혀 있는 것 같군."

나중에 노예상에게 한 번 물어봐야겠다. 이 증서를 보고 돈을 빌려준 상인이 몇 명이나 되는지를.

차용증의 매수도 금액도 범상치 않다. 아주 산더미로군. 빚이 말이다.

까놓고 말해서…… 이츠키 힘으로는 절대 못 갚을 거다. 콜로세움에서 벌어들인 수익을 포함해도 말이다.

"그럴 리가…… 저는…… 마르드와 마르티 왕녀와 그 일행들이 사람들을 도와주고 싶다고 해서 필사적으로 돈을 모은 거였는데……."

"으음…… 인근 술집에서 탐문수사를 해 본 결과, 아주 질펀하게 돈을 써 가면서 놀아댔던 모양이더군요. 네. 불법 길드의 콜로세움 도박에도 돈을 퍼부었다고 합니다."

최악의 타이밍에 노예상이 나타나서 보충했다.

그 뒤에는 여러 명의 상인들이 있다.

이츠키는 절망한 듯 무릎을 꿇고 고개를 푹 숙인다.

"믿을 녀석을 믿었어야지. 그러게 내가 뭐랬어? 윗치 같은 녀석을 믿어 봤자 피만 보게 돼 있다고."

일단 따끔하게 한마디 해 주고…… 나는 이번에는 노예상 쪽으로 눈길을 돌린다.

"이 빚을 만든 당사자 패거리는 어디로 간 거지? 도망쳤다면 지금 당장에라도 쫓아가야 할 거 아냐?"

"제르토블의 지하 수로로 도주한 걸로 보입니다. 네. 현재, 제르토블 상업조합이 엄중 경계 태세에 들어가고 용병과 모험가들에게 포박 명령을 내렸습니다. 하지만……."

찾아낼 수 있을지 장담할 수 없다는 거겠지.

뭐, 사전에 도주 준비를 해 뒀을 테니, 빠져나갈 가능성이 높긴 하겠지.

나는 땅이 꺼질 듯 한숨을 짓고, 절망에 빠져 있는 이츠키에게 다가간다.

여기서 또 다른 커스에 눈을 떠 버리면 귀찮아지니까.

"이츠키 님…… 그만 일어서세요. 저는…… 이츠키 님을 믿어요. 정의란, 몇 번을 쓰러지더라도 기필코 다시 일어서서 이루어내는 거잖아요?"

"리시아…… 씨. 저는…….."

리시아가 풀 죽은 이츠키에게 손을 내민다.

"다시 처음부터 일어서면 돼요. 돈 문제는…… 저도 도와드릴게요. 같이 노력해서 갚아 나가면 되잖아요?"

"하지만…… 그뿐만이 아니라…… 저는 돌이킬 수 없는 잘못을…….."

"누구든지 잘못은 하는 법이에요. 하지만, 돌이킬 수 없는 잘못이라는 건 없어요. 여기서 포기하면 더 많은 사람들을 불행에 빠트리게 될 거예요."

"많은…… 사람들……?"

"네. 저는 이세계에 다녀왔어요. 그리고 그 세계와 동맹을 맺었어요. 적이었던…… 악이라고 생각했던 사람들과 화해도 했어요. 혹시 기억나지 않으세요? 파도 때 나타났었던, 부채라는 무기를 든 엄청 강한 여자분 말이에요."

리시아는 우리와 함께 이세계를 보고 왔다.

무한미궁에 갇혀 있던 키즈나와 행동을 함께했었고, 여러 번 충돌한 적이 있었던 글래스 패거리와 화해했다는 것도 알고 있다.

"그런 일이……."

"하지만, 절대 용서할 수 없는 분과 싸우기도 했어요."

"리시아 씨가 용서할 수 없는 적이라고요?"

"네. 지금, 나오후미 씨는 그런 적들과 싸울 준비를 하고 계세요. 그 싸움에 이츠키 님의…… 세계의 희망인 용사님들의 협조가 꼭 필요해요. 다시 한 번 일어서 주실 수 없나요?"

뭐, 이츠키가 활의 용사라는 건 틀림없는 사실이다.

렌도 그렇고 모토야스도 그렇고, 제대로 강화하기만 하면 든든한 아군이 돼줄 수 있다.

좋아, 그거야. 그 기세로 에클레르가 그랬던 것처럼 이츠키를 설득하는 거야.

"우⋯⋯우우⋯⋯."

이츠키는 오열을 토해낸다.

그것이 결정타가 된 듯, 이츠키의 활에 남아 있었던 흉악한 부분이 깨져 나갔다.

그와 동시에, 이츠키는 그 자리에 털썩 고꾸라졌다.

"이츠키 님!"

나는 이츠키의 맥박을 잰다.

죽지는 않은 모양이다. 대가를 지불하게 되지 않으면 좋으련만⋯⋯.

상인들은 노예상 때문에 들어오지 못한 채, 이츠키의 처우에 대해 의논하고 있다.

아, 제기랄⋯⋯. 윗치 녀석, 감히 이런 성가신 선물을 남겨두고 가다니!

다음엔 기필코 죽여 버리고 말겠어.

아니, 이츠키에게 떠넘긴 빚을 그 몸으로 갚게 해 주겠어!

듣자 하니 이츠키의 동료와도 결탁하고 있는 모양이니까.

언젠가 일을 저지를 놈이라고 라르크가 얘기한 적이 있었는데, 아주 막돼 먹은 놈들이었던 모양이다.

"제, 제가——."

고꾸라지는 이츠키를 감싸듯이 리시아가 앞으로 나서서, 이츠키의 빚을 자신이 짊어질 각오를 보이려 하고 있다.

"노예상, 이츠키의 빚은 내 명의로 이전해 줘."

행상 일로 번 돈도 있고, 이그드라실 약제 같은 걸 모아다가 팔면…… 해결 못할 정도는 아니다.

부족한 금액은 후불로 변제하는 수밖에 없다.

그래도 값이 폭등하던 노예들을 구입했을 때보다는 적은 금액이니까.

"나오후미 님……."

라프타리아의 안도한 표정을 보면서, 나는 윗치에 대한 수색을 지시했다.

리시아가 울음이라도 터뜨릴 것 같은 얼굴로 나에게 깊이 고개를 숙인다.

"리시아, 에클레르가 렌을 교육하고 있는 것처럼, 너도 이츠키를 철두철미하게 교육해야 해. 두 번 다시 폭주하지 않도록."

"아, 네!"

"어머나…… 역시 나오후미는 멋지다니까."

"역시 나오후미 님이세요! 어리석은 활의 용사가 져야 할 책임까지 대신 짊어져 주시는 그 모습…… 정말이지 남자다워요."

어리석은, 이라니……. 아트라, 표현 좀 가려서 써. 이 녀석도 일단은 용사라고.

결국, 윗치와 이츠키의 동료들에 대한 소식은 알아내지 못했다.

그렇지만, 이렇게 이츠키를 붙잡는 데 성공했다.

상당한 지출이 있긴 했지만, 이제 이츠키도 좀 얌전해지겠지.

은신처로 오기 전에 미리 이츠키에게 파티 신청을 해 두었기에, 곧바로 포털로 직행할 수 있었다.

렌 때처럼 잘 풀리면 좋으련만.

그리고 이튿날 점심 무렵.

윗치에 대한 탐색에 실패해서 약간 짜증이 나 있을 때, 이츠키가 드디어 의식을 되찾았다.

이츠키는 캠핑 플랜트로 만들어진 집에서 잠들어 있었다.

이제 슬슬 깨어났을까 싶어서 들렀더니, 리시아의 목소리가 들렸다.

"이츠키 님!"

이츠키는 침상에서 몸을 일으킨 채, 주위를 두리번거리고 있었다.

나는 걱정스러운 얼굴로 다가가려 드는 리시아의 팔을 붙든 채로 상황을 지켜보며, 만에 하나 이츠키가 날뛰더라도 대처할 수 있도록 필로와 아트라, 렌을 밖에 대기시켜 두었다.

"이츠키, 어제 일은 기억하겠지? 네가 진 빚은 일단 내가 대신 갚아줬으니까, 이 빚은 꼭 갚으라고."

"……."

이츠키는 무표정한 얼굴로, 그리고 졸음에 겨운 눈으로 시선을 내게 향한 채, 침묵하고 있다.

"……."

한동안 침묵이 방 안을 지배했다.

리시아도 이츠키가 뭔가 말을 하기를 기다리고 있었지만, 이츠키는 입을 열 기색을 전혀 보이지 않았다.

"어이, 뭐라고 말 좀 해 봐."

"……뭐."

헛……?!

이 자식! 다짜고짜 나한테 시비를 걸다니 배짱 한 번 두둑하군!

"미안, 리시아. 안됐지만 너랑 한 약속은 깨야 할 것 같아."

반성하는 기색도 없는 녀석은, 더 이상 살 가치도 없다.

역시 제르토블의 상인들에게 팔아치우는 게 낫겠다.

"후에에에! 잠깐만요. 이츠키 님, 자, 그러지 마시고 고분고분 사과하세요."

"……죄송해요."

이츠키는 무표정한 얼굴로 꾸벅하고 고분고분 고개를 숙인다.

뭐지? 이츠키가 원래 이런 녀석이었나?

"이츠키, 대체 왜 그러는 거야?"

"……모르겠어요. 어제 무슨 일이 있었는지……? 왜 그렇게 슬퍼했었던 거죠?"

"저기…… 이츠키. 너 혹시 자기가 누구인지 기억이 안 난다거나 하는 거야?"

설마 그 저스티스 보우라는 괴상한 무기를 쓴 대가가 기억상실이라거나 하는 건 아니겠지?

하지만 지금까지 보아 온 사례에 비추어보면, 그런 상태가 됐다 해도 이상할 게 없다.

"아뇨, 저는 카와스미 이츠키고, 활의 용사예요. 정의를 꿈꿨지만, 패배하고, 게다가 속기까지 했어요."

"……기억상실은 아니라는 거지?"

"모르겠어요."

뭐가 모르겠다는 거냐.

"숨길 생각 마. 무슨 꿍꿍이를 꾸미는 거지?"

"저는 뭔가 꿍꿍이를 갖고 있는 걸까요?"

"내가 어떻게 알아?! 지금 내가 그걸 묻고 있는 거잖아! 질문에 질문으로 대답하지 마!"

뭐야, 이거? 이츠키 녀석, 패기가 전혀 없잖아.

폐인이 됐다거나…… 하는 것도 아닌 것 같고.

……아까 나는 '뭐라고 말 좀 해 봐' 라고 말했다.

그랬더니 이츠키는 '뭐'라고 대꾸했다……?

"이츠키, 물구나무서서 옷 벗어."

"네……."

이츠키는 내 지시대로 물구나무를 서서, 옷을 벗기 위해 한 손으로 단추를 풀기 시작한다.

"이츠키 님! 그러지 마세요."

리시아의 말에, 이츠키는 물구나무서기를 멈추고 멍하니 섰다.

아니, 잠깐. 시키면 시키는 그대로 실행하는 거냐.

"이츠키, 자살해."

"네……."

이츠키는 활에서 밧줄…… 활시위가 아니라, 내 방패와 마찬가지로 꺼낼 수 있는 타입의 도구인 밧줄을 꺼내서, 목을 매달려고 밧줄을 걸 만한 곳을 찾는다.

"후에에에에에에에! 그러지 마세요 이츠키 님!"

"네……."

"이츠키, 넌 뭘 하고 싶지?"

"뭘 하고 싶은 걸까요? 모르겠어요."

뭐야. 설마 이츠키 녀석…….

애초에 비밀을 좋아하는 이츠키가 이렇게 술술 얘기한다는 것 자체가 불길하게 느껴진다.

"이츠키, 짐작 가는 거 없어? 저주받은 무기의 스킬을 사용하면 이런저런 대가를 지불하게 되어 있어."

어쩐지 이츠키의 온몸에, 나나 렌과 비슷한, 사악한 느낌의 무언가가 달라붙어 있는 느낌이다.

"제르토블에 있는 어둠의 콜로세움에서…… 궁지에 내몰렸을 때면 특수한 스킬을 자주 사용했어요……."

우와. 저주받은 무기에서 해방되자마자, 그동안 저주받은 무기를 사용했던 대가가 단번에 이츠키를 덮쳐 왔다는 거잖아.

이거 진짜 위험할지도 모르겠는데.

"당분간 리시아가 돌봐줄 테니까 얌전히 있어."

"알았어요."

이츠키는 그렇게 말하고, 리시아를 응시했다가…… 다시 내 쪽을 쳐다본다.

"뭔가 해야 하는 일 같은 건 없나요?"

"일하고 싶어?"

"저기, 뭔가 해야 하나, 아니면 가만히 있어야 하나, 움직인다고 치면……."

역시 결단력이 저하돼 있는 것 같군.

저주받은 무기 사용에 대한 대가는, 의지 상실 같은 것이리라.

나 참, 내가 포획한 용사들은 왜 이렇게 하나같이 저주에 오염돼 있는 거냐.

모토야스는 못 붙잡았지만, 그 녀석도 맛이 가 있었으니까.

"이츠키, 너는 앞으로 어떻게 할지 다시 한 번 생각해 봐. 빚은 갚고."

"알았어요……. 빚을 갚기 위해서 일할게요."

"이츠키 님, 저는 이츠키 님과 함께, 죄를 갚기 위해서 싸울게요."

리시아가 이츠키를 향해 말하자, 이츠키는 고분고분 고개를 끄덕였다.

그래, 너도 일해서 이츠키가 진 빚을 갚으라고.

"잘 부탁드려요. 리시아, 씨."

그리고 이츠키는, 뺨에 한 방울 눈물을 흘리면서 리시아의 손을 붙잡는다.

"이츠키 님?"

"……어라? 왜 눈물이? 리시아, 씨. 지금까지…… 죄송했어요……."

그렇게 뇌까린 후, 이제 모든 감정을 다 토해냈다는 듯, 이츠키는 무표정한 얼굴로 돌아갔다.

"네…… 네…… 네…… 이츠키 님……."

리시아가 울고 있었다.

뭐, 이건 아예 이츠키의 모습을 한 다른 사람이라고 해도 과언이 아니니까.

누가 뭘 시키든지, 시키는 대로 따르는 것 같고.

하아……. 이츠키에게 경위 조사를 하기는 쉬워졌지만, 문제는 아직도 산더미군.

이걸 어쩐다? 어째 요즘 허구한 날 고민만 하고 있는 것 같다.

일단, 이츠키는 강화 방법을 모조리 실행하게 하고 나서, 카르밀라 섬에 있는 온천에 보내서 저주 치료 겸 요양이라도 시키는 게…… 좋을 것 같군.

이렇게 해서…… 드디어 사성용사 전원에게 강화 방법이 전수되게 되었다.

 ## 14화 비밀기지

"자, 나오후미! 오늘 밤은 이 누나랑 재밌는 일을 하는 거야!"

"무슨 헛소리야!"

이츠키가 마을에 온 후로 며칠째 되던 밤, 나는 용맥법을 습득하기 위해 사디나에게 교습을 받기로 했다.

노예들도 어느 정도 트라우마를 극복했는지, 이제 손이 좀 덜 가게 됐으니까.

"나오후미 님 말씀이 맞아요, 사디나 언니! 장난은 작작

좀 하세요!"

라프타리아도 이제야 좀 여유가 생겼는지, 내 집에서 자게 되었다.

그랬기에, 아트라가 오거든 퇴치해 줄 것을 부탁해 뒀다.

"아, 맞아, 나 혼자서 나오후미를 가르치기는 힘들 것 같아서, 이 누나가 가엘리온한테 부탁을 해 뒀단다."

사디나가 창밖으로 손짓을 하자 밤하늘에서 가엘리온이 나타나서, 새끼 용 모드로 창문을 통해 집으로 들어온다.

"흐음…… 그대는 용맥법을 습득하기를 원하는 모양이지? 가호는 이미…… 걸려 있군."

"어떻게 말을——."

가엘리온이 말하는 것을 들은 라프타리아는 말문이 막혀 있다.

"나는 가엘리온. 검의 용사에게 죽은, 가장 약한 용제다. 앞으로 잘 부탁한다."

가장 약하다는 게 그렇게 떠벌릴 만한 일은 아닐 것 같은데?

"이 녀석은 윈디아의 아버지인데, 지난번에 마룡에게 몸을 강탈당했다가, 지금은 새끼 용인 가엘리온 속에서 동거하고 있는 모양이야. 미처 얘기할 시간이 없었지만."

"마음 같아서는 당장에라도 인사하는 게 옳다고 생각했지만, 윈디아가 곁에서 떨어지지를 않아서 그럴 여력이 없었다."

"가엘리온도 용맥법을 쓸 줄 아니까, 이 누나랑 같이 가르치면 금방 가르칠 수 있을 거야."

"그러면 좋겠군."

지금까지는 자체 연습을 했었지만, 생각만큼 잘 풀리지 않았었다.

렌이나 이츠키는…… 아직 보통 마법도 자력으로 습득하지 못한 상태라서, 우리와는 별개로 습득을 서두르고 있다.

그나저나 사디나와 가엘리온이 있으면, 강력한 지원마법을 연발할 수도 있는 거 아냐?

……뭐, 나도 익혀 두는 편이 좋기는 하겠지만.

"나오후미 님! 하앗?! 오라버니!"

"아트라! 오늘 밤은 절대 안 보내! 수행의 성과를 보여주지!"

"후후, 오라버니 주제에 저를 막을 수 있을 거라고 생각하세요?"

"오늘 밤은 막고 말 거야!"

뭔가 밖에서 퍽퍽 하는 소리와 요란한 문답이 들려온다. 슬쩍 내다보니 바보 두 사람이 난투를 벌이고 있었고, 노예들이 그 모습을 신나게 구경하고 있다.

너희는 일찌감치 잠 좀 자!

"……집중이 영 안 되는데."

"그러게 말이에요. 이제 곧 아트라 씨가 오실 테니까, 오

325

늘 밤도 마법 공부는 별로 못 하겠네요."

"어디 좀 좋은 환경이 갖추어진 곳이 있으면 좋을 텐데. 기왕 이렇게 된 거, 포털을 타고 성으로 이동해서 수행할까?"

"그것도 한 방법이긴 하겠지만…… 아트라 씨라면 성 정도까지는 쫓아올지도 몰라요. 히요를 타고요."

히요는 또 누구야? 뭐, 아마 필로의 부하 1호를 가리키는 거겠지.

노예들이 쓰다듬으면서 그렇게 불렀었던 것 같다.

제르토블에서 하는 건 어떨지…… 하는 생각도 했지만, 그쪽은 그쪽대로 시끄럽고, 숙박비도 들고, 노예상과의 교섭 같은 문제도 있다.

그렇게 생각하고 있으려니, 창밖의 소동을 즐겁게 지켜보고 있던 사디나가 말했다.

"그럼 이 누나의 비밀기지로 안내해 줄까?"

"비밀기지?"

"그래. 마을 근처에 외딴 섬이 있는데, 거기가 이 누나의 비밀기지거든. 거기라면 아트라도 못 쫓아오지 않을까 싶은데."

"흐음……. 저 하쿠코 종 소녀가 수행에 방해가 된다면, 조용한 곳으로 이동하는 게 좋겠지."

"……알았어. 일단 라프타리아, 나한테서 절대 떨어지지 마. 믿을 건 너밖에 없으니까."

사디나와 가엘리온만 함께 있으면 내 신변에 무슨 일이

일어날지 알 수가 없다.

주로 사디나 때문에 말이지.

실질적으로 단둘이 있게 된다면 무슨 일을 저지를지 생각도 하기 싫다.

"나오후미 님, 지나친 걱정이에요."

"어머나? 나오후미는 나랑 라프타리아 중에 어느 쪽을 더 무서워하려나~?"

어느 쪽이 더 무섭냐고? 그야 당연히 라프타리아 쪽이지!

너와 뒤엉켜 있는 걸 라프타리아한테 들키는 게 무섭다고.

"이 누나를 타고 헤엄쳐 갈래? 아니면 가엘리온에게 부탁하는 편이 좋으려나?"

"가엘리온을 타고 가면 되겠지."

최악의 경우에도 가엘리온에게 사디나를 상대하게 해서 도망칠 시간을 벌 수 있을 테니까.

이렇게 해서 우리는 가엘리온을 타고 사디나의 비밀기지인 섬으로 출발했다.

"호오……. 여기가 네 비밀기지란 말이지."

가엘리온의 등에 타고 출발한 지 30분 정도 지났을 때쯤이었을까.

섬이 눈에 들어왔다. 어두워서 잘은 보이지 않지만, 그렇게 큰 섬은 아닌 것 같다.

이렇다 할 마물도 보이지 않는다.

모토야스나 할 법한 소리지만, 달빛 속에 아름답게 도사린 모습이 제법 로맨틱한 섬이다.

섬에 도착한 후, 사디나는 우리를 섬 구석에 있는 동굴로 안내하고, 횃불에 불을 붙였다.

창문 같은 바람구멍도 뚫려 있었다. 투박한⋯⋯ 해적의 아지트 같은 인테리어라고나 할까?

돌을 대충 짜 맞춰서 만든 탁자에, 나무를 간단히 잘라서 만든 의자.

안쪽에도 방이 더 있는 것 같지만 어두워서 잘 안 보인다.

"자, 편히 쉬렴."

"예전에 저희 아빠 엄마랑 같이 왔던 적이 있던 곳이죠? 그때 저는 아직 어려서 같이 오지는 못했었지만, 나중에 어른이 되면 저도 갈 수 있을 거란 생각에, 침대 속에서 얼마나 가슴이 들떴는지 몰라요."

그 기분은 어렴풋이 이해가 간다.

나도 어렸을 적에, 언젠가 캠핑에 데려가주겠다는 친척의 말을 듣고 가슴이 들떴던 기억이 있다⋯⋯. 참고로, 실제로 캠핑을 간 기억은 없다.

"어머나, 라프타리아도 알고 있었구나."

"네."

"아무리 아트라라도 설마 여기까지는 못 쫓아오겠지."

"그렇다니까~."

바다를 헤엄쳐 오거나 배를 타고 오는 식으로 쫓아올 것 같은 생각도 들긴 하지만.

"그러니까 나오후미. 일단은 용맥법 연습부터 하자."

"부탁하지."

"용맥법은 자질이 있어야만 익힐 수 있는 건 아니죠? 가능하면 저도 익혀 두고 싶어요."

"내 가호를 받으면 불가능하지는 않을 거다."

"그럼 라프타리아도 배우도록 해. 같이 배울 수 있다면, 배워 둬서 나쁠 건 없으니까."

라프타리아도 쓸 수 있게 된다면, 배워 두는 편이 이득이다.

그때 사디나가 라프타리아를 응시하다가, 신음했다.

"으음……. 라프타리아는 어려워 보이는걸."

"안 되는 거야?"

"뭐라고?"

가엘리온이 라프타리아에게 손을 대 본다.

"……으음, 뭔가 가호가 걸려 있군. 내 현재 힘으로는 풀기가 힘들 것 같다."

"그, 그런가요?"

"도의 권속기 때문인가……?"

키즈나 쪽 세계의 권속기를 갖고 있어서 안 되는 건가. 성가신 문제군.

그러고 보니 키즈나 쪽 세계 녀석들의 마법에 대해서 자세하게 물어보는 걸 깜박했었다.

뭔가 받아 온 자료들 중에 그런 내용이 있었던 것 같긴 하지만, 해독하는 게 귀찮단 말이지.

리시아에게 맡겨 볼까.

하지만 리시아는 리시아대로, 받아 온 고문서 해독에 애를 먹고 있으니까, 그다지 큰 기대는 하기 힘들다. 애초에 리시아에게는 이츠키를 돌보는 일을 맡겼으니까.

"흐음…… 그대들이 갖고 있는 이세계 용제로부터 지식을 읽어내면 나도 가르쳐 줄 수는 있을 테지만……."

"역으로 그 용제에게 잡아먹히는 전개가 손쉽게 연상되는군."

"서로 규격이 다른 용제이기에 그나마 완전히 잡아먹히지는 않았었지만. 만약에 같은 규격이었더라면 내 삶은 이미 끝났을 것이다."

"흐응……."

같은 용제라고 해도 규격에 차이가 있다는 건가.

핵석에서 뭔가를 읽어내는 건 가능하지만, 핵심적인 부분까지 같은 건 아니라는 얘기겠지.

마룡이라는 놈은, 키즈나가 소환된 이유가 됐을 정도의 존재니까.

아마 키즈나 패거리는, 우리가 요전에 싸웠던 녀석보다

더 강한 적과 싸웠던 것이리라.

가엘리온이 물병에 든 물을 가리킨다.

"저기 있는 물에서 힘을 이끌어내는 연습을 시작하겠다. 시범을 보여주마."

그렇게 얘기한 가엘리온은, 물병에 손을 가져갔다.

『나 지금 물의 힘을 끌어내서, 구현하고자 하노라. 용맥이여 나에게 힘을!』

"아쿠아 실!"

물병에 들어있던 물의 힘이 가엘리온에게로 확 옮겨가서, 마법으로 구현되었다.

이건 물의 마법막을 만들어내는 마법이었던가.

용도는 불 속성 마법의 효과를 약화시키는 것이었다. 화재 현장에 갈 때 편리할 것 같다.

"마법서 같은 건 없나 보군."

"이 마법은 그대들이 사용하는, 스스로의 힘을 정해진 방법에 따라 구현시키는 것과는 구조부터가 다르다. 애초에 타자로부터 힘을 빌려서 내쏘는 것이니까."

기본적인 구조는 테리스의 마법과 비슷해 보인다.

예전에 테리스에게서 들은 얘기에 따르면, 그녀의 마법은 보석의 힘을 빌려서 발동시키는 것이라고 했었으니까.

"드래곤은 스스로의 힘을 끌어내서 마법 형성에 보태지만, 인간은 타자로부터 빌린 힘만 쓰도록."

"그건 왜지?"

"자기 자신의 힘이니까. 가호가 없으면, 스스로의 힘이 모조리 빨려나오는 결과가 될 수도 있다. 그렇게 되면 죽을 테고."

우와……. 뭔가 살벌한 위험성이 따르잖아.

"애초에 스스로의 자질을 통해서 마법을 발현하는 거라 면, 그대들이 사용하는 마법만으로도 충분하다."

흐음…… 하긴 그렇지.

자신의 힘을 통해서 구현하는 건 마법, 타자로부터 힘을 빌려서 발동시키는 건 용맥법이라는 식으로 기억해 두면 될 것 같군.

"나오후미는 알고 있겠지만, 용맥법 사용법을 익히면 마 법 방해도 쉬워진단다. 상대방의 힘을 읽어내서 마법 발동 을 방해하면 되니까."

응? 아아, 그러니까 용맥법은 상대방에 대한 방어도 가능 하다는 거군.

한편으로는, 타자와 협조해서 발동시키는 어려운 의식마법 이나 합창마법을 간략화 시킬 수 있다……라는 얘기이리라.

그 후로 두 시간쯤 가엘리온과 사디나에게 교습을 받으면 서 용맥법을 연습했다.

"마력을 불어넣지 말라고 했을 텐데! 척 봐도 물에 이상 한 마력이 섞여 있는 게 보인단 말이다."

"보인다고?"

"물이 흔들리고 있지 않느냐. 게다가 이상하게 빛나고 있기까지 하고!"

우……. 그러고 보니 테리스와 마법 연습을 할 때도 같은 지적을 받았었다.

역시 비슷한 규격이잖아.

"무, 무지하게 어려워 보여요."

끙끙 고민하는 내 모습을, 라프타리아가 걱정 어린 눈길로 바라보고 있었다.

"라프타리아, 기억나? 키즈나 쪽 세계의 마법도 비슷한 느낌이었어. 어쩌면 테리스가 쓰던 마법은 라프타리아도 쓸 수 있을지도 몰라."

"재, 재현할 수 있도록 한 번 열심히 노력해 볼게요."

"나오후미, 마법을 쓸 때처럼 마력을 방출하면 안 된다구. 반대로 마력을 텅 비우는 것 같은 느낌으로, 물에서 힘을 받는다고 생각해 보렴."

"그게 어렵단 말이지."

감각에만 의지해야 하는 거라, 까다롭기 짝이 없다.

으음, 마력으로 끌어내는 게 아니라, 물에게서 힘을 받는다…….

아니, 물은 아무런 반응도 보이지 않는다.

'어이! 힘을 내놔' 라는 생각을 떠올려 본다.

"마력을 방출하지 말라고 했잖나!"

아아 나 참! 귀찮아 죽겠네!

윈디아가 용맥법밖에 못 쓰는 이유를 알 것 같은 기분이 든다.

용맥법과 마법을 둘 다 구사하는 사디나는 의심의 여지없 는 변태가 분명하다.

여기에도 천재가 있다. 나는 천재가 아니라 노력형이란 말이다.

그리고 악전고투하는 가운데 다시 두 시간이 경과했을 무렵.

막연하게나마 요령을 좀 알 것 같았다.

마력의 흐름을 보는 법을 익힌 덕분인지, 가엘리온이며 사디나가 영창할 때의 흐름을 흉내 낼 수 있게 된 것이다.

요컨대 부탁하는 느낌이다.

동시에 자신의 마력에 빈 공간을 만든다. 그런 다음 살포 시, 손을 뻗는 느낌으로 마력을 물에 접하게 한다.

마력을 따라서, 물의 청정한 흐름이 스윽 하고 내게로 들 어온다.

"그래. 잘했어. 놀라울 정도로, 생각보다 숙달이 빠르군."

"그러게 말이야."

그 후에는, 오스트나 사디나와 함께 마법을 사용할 때처 럼 시야에 퍼즐이 나타난다.

여기부터의 과정은 익숙하다.

『나 지금 물의 힘을 끌어내서, 구현하고자 하노라. 용맥이여 나에게 힘을……!』

"아쿠아 실!"

타깃 아이콘이 출현했으므로, 나 자신을 지정한다.

팟 하고 마법이 발동한 것을 확인할 수 있었다.

"흐음, 상당히 빠르게 습득했군. 용사는 괜히 용사가 아니라는 건가."

"그러게. 나오후미는 천재라니까."

"헛소리 마. 내가 혼자서 공부를 얼마나 열심히 했는지 알기나 해?"

일단 방법을 익히기만 하면 순식간에 숙달한다는 얘기 같지만, 그건 다 지금껏 내가 해 온 노력 덕분이란 말이다.

오스트에게서 자질을 물려받고, 테리스에게서 강습을 받은 후로는 계속 훈련해 왔다고!

계속 끙끙 고민해 가면서 연습해 왔다 이거야.

"이제 남은 건 반복 연습뿐이다. 정진하도록."

"그래. 하긴, 이 정도까지 했으면 남은 건 그것뿐이겠지."

자전거 타는 법과 마찬가지다.

단순히 타는 법만 익힌 것 가지고는 의미가 없으니까.

내 세계로 따지자면, 프로급이 될 정도로 실력을 쌓아 나가야 한다.

"자, 그럼 이제 이쯤 해 두고 자 볼까."

"그래야겠군. 잠시 시간을 잊고 있었어."

"그럼 나오후미, 우리 같이 술 마시자."

사디나는 동굴 안쪽에서 술이 든 통을 가져와서, 쿵 하고 내려놓았다.

"그런 건 어디서 가져온 거야?"

"난파된 배에서 인양해 낸 거야. 딱 맛있게 숙성된 물건이라구~."

아, 그러셔. 그나저나 어째 범죄의 냄새가 물씬 풍기는 물건이군.

뭐, 그러니까 이런 곳에 보관해 두고 있는 거겠지만.

"난파선에서 인양했다고 했지?"

"맞아."

"이 나라에서는, 그런 물건을 함부로 유용해도 되는 거야?"

"아무 문제없어. 법이 정한 인양업 범위에서 제외돼 있으니까."

"인양업 범위?"

"건져 올린 사람이 7할, 국가가 3할을 소유한다는 규칙이 있거든. 있으나 마나 한 법률이지만. 법이 적용되는 범위는 메르로마르크 영해 안인데, 이건 소유국이 없는 공해에서 건져 올린 거야."

뭐, 누가 인양했는지는 알 길이 없으니까. 잠자코 있으면 얼버무릴 수 있을 것이다.

"요즘은 파도가 높고, 메르로마르크 인근은 원래 바다의 흐름이 거세니까, 한창 대목이야."

재앙의 파도 때문에 바다의 파도도 위험하다는 건가.

그러고 보니, 카르밀라 섬으로 갈 때 선장도 비슷한 소리를 했었던 기억이 난다.

"언제 시간 나면 보물이라도 찾아다 줄까? 좀 더 레벨이 오르지 않으면 위험하긴 하겠지만."

"네 레벨도 이제 꽤 올랐으니까……. 맡겨도 괜찮다면야 부탁하고 싶긴 하군."

애초에 지나치게 빠른 네 레벨업의 비밀이 궁금하다.

물속의 마물은 경험치가 더 높은 건가?

바닷속 보물이라면 돈이 될 것 같은 냄새가 난다. 뭐, 인양업이 사디나의 부업이라는 건 대충 알겠다. 제르토블에서 쓸 활동 자금은, 내기 시합뿐만 아니라 이런 방법으로도 벌어 왔나 보군.

"자, 다 같이 화끈하게 한 잔 하자구!"

사디나는 그렇게 선언했다.

"흐음……. 술이라, 나쁘지 않군."

술이라는 소리에, 가엘리온이 적극적으로 몸을 쑥 내민다.

"자, 가엘리온은 이쪽이야."

사디나는 한 되 들이 병을 꺼내서 가엘리온에게 건넨다.

으음, 일본주인가? 일본주용 병 같은 모양이다.

과거의 용사가 제작법을 전수했다거나 하는 걸까.

"그럼 고맙게 마시지."

가엘리온은 병째로 술을 들이켜기 시작했다.

"오오…… 이거 제법 명주 아닌가?"

"맞아. 내가 태어난 지방에서는 용들도 좋아하기로 유명한, 센 술이니까."

"호오……."

가엘리온이 유쾌한 표정으로 술을 마시고 있다.

"라프타리아도 마실래? 라프타리아 부모님은 술이 셌으니까 아마 라프타리아도 잘 마실 거야."

"아, 네."

확실히 라프타리아는 술이 세긴 했다. 라르크가 완전히 고주망태가 되다시피 한 상태에서도, 라프타리아는 살짝 술기운이 돈 정도였으니까.

"자, 자, 둘 다 마음껏 마셔. 그리고 나오후미를 위해서는 특별히 루코르 열매를 준비해 뒀단다."

그렇게, 사디나는 나와 라프타리아에게 술을 권했다.

나는 딱히 루코르 열매를 좋아한다거나 하는 건 아닌데.

뭐, 그냥 넘어가기로 하자. 이런 자리에서 일일이 설명하는 것도 풍취가 없는 일이다.

그렇게, 바다의 지도를 한 손에 들고 술을 마시면서 의논을 한다.

그러면서 사디나가 틈틈이 라프타리아 쪽으로 화제를 돌리곤 한다.

"라프타리아는 나오후미를 어떻게 생각하니?"

"저는 나오후미 님을 존경하고 있어요."

그랬었나? 항상 내 만행에 기가 막혀 하곤 했기에, 그럴리는 없다고 생각했었는데 말이지.

내 입으로 얘기하기도 좀 뭣하지만, 내가 하는 짓거리는 여러모로 돼먹지 못했으니까.

"그건 진심이니?"

"네."

"결혼하고 싶다고 생각하는 것 아니었어?"

"그, 그건……."

응? 라프타리아가 나와 결혼하고 싶다느니 하는 식으로, 이성으로서 보고 있었다고?

물론 나를 좋아한다고 해 주면 나도 싫지는 않지만, 라프타리아는 그보다 더 우선시해야 할 일이 있다고 생각하고 있을 것이다.

실제로 지금도, 자신처럼 파도의 피해를 입고 불우한 환경에 처한 아이들이 생기지 않도록 노력하고 있고 말이지.

"저는…… 저기…… 그러니까……."

라프타리아는 어쩔 줄 몰라서 시선을 이리저리 돌리며 얼굴을 붉히고 있다.

라프타리아의 실제 연령은 아직 어린애다. 원래는 술을 마시게 해서도 안 되는 거였고, 연애 같은 걸 생각할 나이도 아니다.

나에 대해서도, 지금은 그저, 나를 돌아가신 부모님의 역할을 대신하는 존재로서가 아닌, 이성으로서 생각하고 있었던 것 아니냐는 말을 듣고, 저도 모르게 흥분한 거겠지.

"저눈 냐오휴미 힘을……."

라프타리아 혀가 제대로 돌지 않는다. 라프타리아는 술이 센 편 아니었던가?

"어머, 라프타리아?"

"저눈….."

털썩 하고 라프타리아는 테이블에 엎어져 버렸다.

"으음…… 나도…… 좀…….."

가엘리온도 어지러운 듯 고개를 흔들다가, 그대로 드러누워 버린다.

으음…… 술 잘 마시는 라프타리아가 저렇게 고주망태가 되도록 마셨는데도 멀쩡한 사디나와 나……. 어쩐지 좀 슬픈 기분이 드는군.

친구들과 술자리를 가질 때면 느끼곤 하던 소외감이 내게 밀려온다. 이래서 나는 술을 별로 안 좋아한다니까.

다들 나를 두고 행복하게…… 질펀하게 취해 버린다.

나는 술에 취한다는 감각을 잘 모른다. 멀미도 한 적이 없

었고, 내 평생에 취했던 적이라고는 기껏해야 뭔가에 도취

됐을 때…… 아니, 그 정도는 아니지만 놀이에 취해 있을

때 정도였던 것 같다.

승리의 쾌감에 취했다는 의미에서는, 취한 적이…… 있

긴 하지만, 그것과는 경우가 다르겠지.

누구였더라, 나를 술고래 괴물이라고 부른 적이 있었다.

괴물이라…….

"어머나, '용살주(龍殺酒)'와 명주 '너구리'라는 이름이

괜히 붙은 게 아니구나……. 라프타리아랑 가엘리온한테는

좀 심하게 센 술이었으려나?"

뭐라고?! 사디나 녀석, 방금 뭐라고 한 거냐?!

"너…… 계획적으로 한 짓이었군."

이런. 사디나 녀석, 아무래도 라프타리아와 가엘리온에

게 잘 듣는 술을 미리 준비해 뒀던 모양이다.

이대로 가면 사디나가 나를 덮칠지도 모른다.

최악의 경우 실드 프리즌으로 가두고 포털을 타고 도망쳐

야 하나?

"그럼 우리는 계속 마시자구."

"싫어. 난 돌아갈 거야."

"너무 그러지 말구. 나오후미가 돌아가 버리면 라프타리

아랑 가엘리온은 어쩌려는 거야?"

"포털에 같이 태우면 돼."

"그건 그렇겠지. 그치만 그러기 전에 이 누나랑 얘기부터 하자구."

"얘기? 나와 같이 욕망의 파티 같은 걸 벌이려는 거 아냐?"

"아냐, 아냐."

사디나는 명랑하게 잔 속의 술을 말끔히 비운다.

다음 순간이었다.

"나오후미는 솔직하게 라프타리아를 어떻게 생각하고 있니?"

인간형으로 변신한 사디나는, 장난스러운 분위기는 온데 간데없이, 진지한 눈으로 내게 물었다.

"라프타리아와 가엘리온에게 술을 먹여서 잠재우면서까지 하려던 얘기가 그거였냐?"

사디나에게 있어 라프타리아는 어떤 존재지?

잘은 모르겠지만, 이 사정은 내가 건드리면 곤란한 부분이었던 듯, 사디나도 어영부영 얼버무리려고만 한단 말이지.

며칠 전의 일이었다.

마을 재건과 도시의 부흥을 위해 일하고 있을 때, 내 오른팔 노릇을 하고 있는 것이 라쿤 종 아인이라는 소문을 듣고, 아인 세력…… 라쿤 종 녀석들이 찾아온 적이 있었다.

"방패 용사님의 오른팔이 라쿤 종이라면, 저희는 가족이나 마찬가지. 꼭 방패 용사님의 마을 재건에 힘을 보태 드리고 싶어서 왔습니다."

나는 그 라쿤 종 아인들과 라프타리아의 차이를 보고 놀랐다.

풍채가 좋다고 해야 할까……. 한마디로 말해서 시골스럽고 퉁퉁한 자들이라는 게 첫인상이었다.

별로 의욕이 없어 보였다. 방패 용사 산하에 있으면 편히 지낼 수 있을 수 있을 것 같다는 식의 꿍꿍이가 엿보였기에, 거절하려 했다.

하지만 그들이 라쿤 종이었기에 딱 잘라 거절하지 못했고, 그자들도 한 번 보면 어디 출신 아이인지 혈연관계를 설명할 수 있을 거라고 끈질기게 물고 늘어졌다.

이제 그만 내쫓아 버릴까 하는 생각도 했다.

그때, 사디나가 평소에는 드러내지 않던 살기를 내뿜으며 그 녀석들에게 작살을 겨누었다.

"미안하지만, 나오후미의 오른팔 노릇을 하고 있는 애와 당신들은 생판 남남이나 다를 바 없을 정도로 먼 사이니까, 혈연을 이유로 접근할 생각은…… 버리는 게 좋을걸?"

그 살기에, 라쿤 종 녀석들은 겁에 질려 버렸다.

"뭐, 정 우리에게 협조하고 싶다면 도시 쪽에서 재건 작업을 거들어줘. 동료로 삼을지 어떨지는 나중에 판단할 테니까."

나는 체념하다시피 그렇게 말하고 라쿤 종 녀석들을 도시

쪽 재건 현장으로 보냈었지만…… 그 뒤에는…….

기억나는군. 그들을 현장에 배치한 지 사흘 만에 대부분이 야반도주를 하고 말았다.

그밖에도, 사디나는 이따금 마음에 걸릴 만한 움직임을 보이고는 한단 말이지.

마을 안에서 아무도 없는 곳을 노려보고 있기도 하고, 이따금 약간 경계 섞인 눈빛을 보이기도 한다.

마치 거기에 누가 숨어 있기라도 한 듯이.

다만, 은폐마법류라면 라프타리아가 알아볼 수 있었을 텐데, 그녀가 아무 말도 하지 않은 걸 보면, 단순한 착각일 가능성이 높겠지.

"이봐, 너와 라프타리아는 무슨 관계지?"

뭐랄까…… 제르토블에서 이 마을 출신 노예들을 사 모으고 있었던 진짜 목적이 라프타리아 발견이었으리라는 것 정도는 나도 추측할 수 있었다.

물론, 마을 녀석들에 대한 대응으로 미루어 보면, 노예들을 보호하는 것 역시 목적 중 절반 정도는 됐을지도 모르지만.

"나오후미. 라프타리아랑 그 부모님은, 나한테는 살아가는 의미였어."

"살아가는 의미라니……."

무슨 관계였기에 그러지? 그런 소리를 들으니 오히려 더

더욱 아리송하잖아.

옛날, 내 세계에는 기사도니 무사도니 하는 문화가 있었다고 하던데, 그것과 비슷한 걸까?

"이 세계에서 첫 번째 파도가 일어났을 때, 나는 라프타리아의 부모님을 지켜드리지 못했어. 아니, 파도가 일어났을 때, 너무 멀리 있어서 달려갈 수도 없었어. 방심하고 있었던 거지."

사디나는 후회가 담긴 목소리로 중얼거리면서 술을 마신다.

그 모습은…… 누가 봐도, 농담을 하는 것처럼 보이지는 않았다.

술에 취해 잠든 라프타리아를 간소한 침대에 눕히고, 사디나는 얘기를 이어간다.

진지한 얘기를 할 생각이라면, 단둘이 있다고 해서 딱히 경계할 이유는 없다.

"……그런데 파도가 끝난 지 며칠 뒤, 간신히 마을로 돌아왔더니, 마을에는 아무도 없었어."

사디나의 얘기가 계속된다.

"미친 듯이 찾아다녔어. 분명 살아있을 거라고 믿었어. 하지만 아인인 나는 이 나라의 어두운 부분에는 다가갈 수 없었지. 그래서 노예를 전문적으로 취급하는 제르토블에서 전투노예가 돼서 찾아다녔어. 거기에는 나름 굵은 연줄이 있으니까, 돈을 모으면 어떻게든 될 거라고 생각했던 거야."

"꽤 먼 길을 돌아왔군."

사실, 라프타리아는 거의 공짜나 다를 바 없는 헐값으로 팔리는 노예였다.

사디나는 미친 듯이 찾아다녔다고 했지만, 그렇다면 라프타리아가 그런 곳에서 팔리고 있다는 건 좀 이상하다.

"외모가 라쿤 종인 노예라는 점과 라프타리아라는 이름만 갖고 찾기에는 시간이 너무 걸렸거든. 마을 아인들은 몇명 찾아낼 수 있었지만."

"그러고 보니 너도 마을 출신 노예들을 보호하고 있었지."

"그래. 그리고 라프타리아와 재회했을 때는 얼마나 놀랐는지 몰라. 나오후미랑 같이 싸우고 있었으니까."

"참 파란만장했군, 라프타리아의 인생도."

될 수 있으면, 세계가 평화를 되찾거든 라프타리아에게도 평온한 삶을 되찾아주고 싶다.

나를 믿어준 아이인 만큼, 행복한 삶을 주고 싶다.

그 마음은 지금도 변함이 없다.

이딴 세계는 확 멸망해 버렸으면 좋겠다는 생각도 들지만, 라프타리아가 살아갈 세계라면 평화를 되찾기 위해 노력할 만한 가치가 있으리라는 것이 내 심정이다.

"'외모가 라쿤 종'이라는 건, 라프타리아는 실제는 라쿤 종이 아니라는 거야?"

"내가 루카 종으로 오인받곤 하는 것처럼, 라쿤 종과 비슷하지만 다른 종이란다."

"호오……. 뭐, 무슨 종족이든 라프타리아는 라프타리아지만."

비슷하게 생겼지만 서로 다른 동물은 많다. 고유종과 외래종 같은.

"그게 나오후미의 좋은 점이라니까. 있잖아, 나오후미……. 라프타리아를 끝까지 돌봐줄 생각이 없다면…… 이 누나로 만족해 주면 안 되겠니?"

"하아?"

"라프타리아와 관계를 가지려거든, 그에 상응하는 각오를 갖고 해 줬으면 하고 부탁하는 거야. 각오도 없고, 그러면서도 도저히 욕망을 못 참겠다면, 이 누나에게 발산해 달라고 부탁하는 거라구."

무슨 소리를 하려는 건가 싶더니만…….

"넌 나를 무슨 인간쓰레기로 생각하는 거냐?"

뭐, 내가 생각해도 나는 인간쓰레기가 맞긴 하지만. 하지만, 여자관계로 그런 짓을 하는 건 죽어도 싫다.

물론, 라프타리아를 신뢰하고 있는 건 사실이다.

좋아하는지 싫어하는지를 묻는다면, 좋아한다.

이건 확실히 말할 수 있다. 라프타리아 본인에게도 당당하게 얘기할 수 있을 정도로.

하지만 그게 연애감정인지를 묻는다면…… 모르겠다.

나에게 있어서 라프타리아는 믿음직한 파트너이고, 고락을 함께한 동료다. 그와 동시에, 딸 같은 존재라 여기고 있다.

그런 의미에서는, 모토야스가 '장인어른'이라고 부르는 것도 일리는 있다.

라프타리아는 세계가 평화를 되찾을 때까지 사명을 우선시하고, 연애에는 관심을 갖지 않을 것이다. 한편 나는, 라프타리아를 딸처럼 여기고 있다……. 아니, 사디나의 페이스에 말려들면 지는 거다.

사디나가 얘기한 '끝까지'라는 건 아마, 파도가 끝날 때까지가 아닌, 라프타리아가 죽을 때까지라는 의미이리라.

만화나 게임에서는 이세계에 영주하는 주인공도 드물지 않긴 하다.

하지만…… 나는 그런 의미에서는 아마 책임을 질 수 없을 것이다.

세계가 평화를 되찾으면, 나는 원래 세계로 돌아갈 생각이니까.

아마 사디나는 내가 라프타리아에게 손을 댈 것에 대한 걱정을 갖고, 내 인격을 이해한 상태에서 내게 집적거리고 있는 것이리라.

괴롭히는 것처럼 보일 정도로 계속 나에게 들이대면, 내가 라프타리아에게 아무 짓도 하지 않을 거라 짐작한 거겠지.

사디나는 평소에는 장난기 많은 녀석처럼 보이지만, 그러면서도 실은 냉정하게 남들의 행동을 관찰하고 유도하는 기술을 갖고 있다. 적이 되면 성가신 스타일이다.

농담처럼 얘기하고 있지만, 눈은 웃지 않고 있다.

"그렇게까지 집착하는 데에는, 뭔가 이유가 있는 거겠지?"

라프타리아에게 손을 댈 생각은 추호도 없지만, 사디나의 생각을 파악해 두고 싶다.

"어머나, 그럼 조금만 얘기해 줄게."

라프타리아의 머리칼을 가볍게 쓰다듬으며, 사디나는 얘기를 시작했다.

"어렴풋이 짐작하고 있을지도 모르지만, 라프타리아의 아버지는 유서 깊은 혈통이고, 나는 그 혈통을 지탱하는 무녀였어."

"호오…… 실트벨트나 실드프리덴에서?"

"틀렸어. 자세한 위치까지는 얘기 못해. 이 정도 가르쳐 주는 것도 대 서비스니까."

아인 국가는 아니라는 건가. 그나저나 사디나는 어떤 직책을 갖고 있었던 거지?

"라프타리아의 아버지는 집안을 이어받는 게 싫어서, 라프타리아의 어머니랑 같이 사랑의 도피를 했어. 나는 거기에 동행해서 나라를 떠났지."

흐응. 뭔가 이기적이라고 볼 수도 있을 것 같고 아닌 것 같기도 한 부모님이었군.

아인 차별이 심한 메르로마르크에 온 건 뭔가 의미라도 있었던 건가?

"많은 것들을 잃었지만, 그보다 더 많은 것들을 얻었으니까 불만은 없어."

"라프타리아 부친의 혈통과 용사를 비교하면 어느 쪽이 더 높지?"

"그 지역에서는 라프타리아의 아버지 쪽이 더 높았어."

"사성용사보다도?"

"용사 전승이 없었으니까. 내방한 기록은 있지만. 다만…… 내 생각엔, 그저 용사라고 불리지 않았던 것뿐이라고 생각해."

그런 지역도 있는 거냐. 그나저나, 용사라고 불리지 않았다고?

성무기 소지자라거나 하는 식으로……?

하지만, 라프타리아가 어떤 집안 출신인지는 어렴풋이나마 알 것 같다.

어떤 나라에서 신의 자손이라 불리며 숭배 받던 혈족의 후예 같은 것이리라.

지금까지 얻은 여러 재료들을 바탕으로 추측해 보자.

라프타리아가 스스로 만들어낸 필살기의 이름과 분위기, 그리고 사디나의 인간형태 모습…….

다 일본풍에 가깝단 말이지.

그리고 일폰풍이라는 키워드로부터, 무기상 아저씨가 예전에 얘기했던 동방 지역이 뇌리에 떠오른다.

"라프타리아의 부모가 태어났던 나라…… 혹시 쇄국정책을 펴고 있지 않았어?"

일본도 옛날에는 쇄국정책을 폈었다.

딱히 일본이 특별하다는 건 아니지만, 그 영향으로 일본이 다른 나라와는 다른 방향으로 발달하게 됐다는 건, 일본인이라면 누구나 이해할 수 있을 것이다.

그 외에…… 영귀가 봉인돼 있었던 곳이 쇄국정책을 폈다는 얘기도 들었었다.

의외로 쇄국정책을 하는 나라는 많은지도 모른다.

"와. 나오후미는 진짜 대단하다니까. 맞아. 아~주 오래전부터 말이야. 우리가 살던 나라 이외에도 그런 나라는 여럿 있었지만, 그런 나라들 중에서도 유난히 배타적인 나라였지."

"그 나라를 걱정하고 있는 거야?"

동쪽 땅에서 쇄국.

일본 같은 나라가 있고, 라프타리아는 그 나라의 유서 깊은 혈통을 이어받았다는 얘기다.

자칫 잘못해서 들키기라도 하면 추적자가 나타나서 끌고 갈지도 모른다는 건가?

"반쯤은 정답이지만, 그 정도라면 괜찮아. 내가 걱정하는 건, 라프타리아 자신의 행복이라고나 할까?"

"우우⋯⋯."

끙끙대는 라프타리아의 이마에 물에 적신 천을 얹어 주는 사디나.

"이제 좀 있으면 눈을 뜰 것 같네. 더 물어볼 거 있니?"

"왜 라프타리아에게 얘기하지 않지?"

"라프타리아 아버지의 방침이야."

이러다가 라프타리아의 집안 소동에 말려드는 건 사양하고 싶은데.

그런 건 세계가 평화를 되찾고 나서 하라고.

삼용교나 귀족들도 그랬었지만. 이권 문제는 정말 귀찮다니까.

"괜찮겠어?"

"아마 괜찮을 거야. 괜한 짓을 하지 않는 이상은 그쪽에서 찾아오는 일은 없을 테니까. 라프타리아가 나오후미랑 관계를 갖는다거나 하는 식으로 말이야."

"⋯⋯집안 내분 같은 거야?"

사디나는 말없이 고개를 끄덕인다.

아아, 역시 거기로 흘러가는 건가.

만약에 내가 라프타리아에게 손을 대서 아이를 가졌다고 치자.

그렇다면 그 혈족들이, 타국의 신인 내 아이를 가진 라프타리아가 집안을 노리고 있는 게 아닐까 하는 생각에, 쓸데없이 집적거리고 들지도 모른다.

사디나는 그럴 가능성을 경계하고 있는 것이다.

"정 라프타리아와의 사이에서 아이를 갖고 싶다면, 그 나라 하나를 멸망시켜서 후환을 없앤 후에 가져야 해. 이 누나와의 약속이야."

"그건 지나치게 과격한 거 아냐?"

그 집안사람들이 모든 걸 다 알고 있으리라고는 생각하기 힘들다.

물론, 경계해 둬서 나쁠 건 없지만.

"그건 그렇긴 하지만 말이야. 무녀나 독자적인 능력을 가진 사람들을 얕잡아 보면 안 된다구. 나 같은 사람들이 널려 있고, 그 사람들이 라프타리아의 목숨을 노리고 달려들지도 모르는걸."

"……."

사디나 수준의 녀석들이 대량으로 넘쳐 나는 나라라니……그 녀석들 보고 세상을 구하라고 하고 싶을 지경이다.

하지만, 어쨌거나 라프타리아는 엄청나게 강하니까 쉽게 당하지는 않을 것이다.

그렇다고 해서 무책임하게 굴 생각은 없지만.

"실은 말이지, 나오후미도 나름대로 결의를 갖고 있을지도 모르지만, 이 누나는, 나오후미가 여자애를 울리는 짓은 안 했으면 좋겠다는 것뿐이야. 이 누나는 여자애가 아니라 어른 여자니까 상관없지만."

"이런저런 이유를 든 결과가 그거냐."

"어머나, 그렇게 나오면 이 누나가 할 말이 없잖니."

물론 집안 다툼 같은 문제도 있긴 하겠지만, 사디나는 나 자신의 마음을 물어보고 싶었던 것이다.

그 마음이 느껴졌다.

"우우⋯⋯. 나오후미 님?"

의식을 되찾은 라프타리아가 일어났다.

"괜찮아?"

"네. 이상하게도 개운한 기분이에요."

여러모로 부담이 많았으니까. 여러모로 스트레스도 쌓였을 테고.

그런 의미에서는 술로 발산하는 것도 나쁘지 않다.

"그거 다행인걸."

"제가 술에 취해 잠든 사이에 무슨 일 있었나요?"

"⋯⋯아니."

사디나는 이 사실을 얘기하는 걸 원치 않으리라.

쓸데없는 파란을 일으킬 이유도 없고 했기에, 나는 아무 것도 못 들은 걸로 하기로 했다.

"그냥, 라프타리아는 내 딸 같은 아이라는 얘기를 한 것뿐이야.”

“네?!”

목소리가 뒤집어지며 놀라는 라프타리아와 적당히 문답을 나누며 얼버무린다.

라프타리아를 좋아하려거든 각오를 하라니…… 성가신 문제군.

내가 이 세계에 영주할 일은 없다.

적어도, 나 자신은 그렇게 생각하고 있다.

“자…… 그럼 술판은 이쯤에서 끝내고 그만 돌아가서 자도록 하지.”

“어머나.”

“맞아요, 사디나 언니. 과음했어요.”

“으음…… 나도 모르게 잠이 들었었군.”

그때 가엘리온이 눈을 뜬다.

“한 잔 더.”

“어머나―, 가엘리온도 제법인걸. 이 누나랑 술 대결 안 할래?”

“나쁠 것 없지.”

술친구인가?

이튿날, 가엘리온은 숙취에 시달렸다.

술은 적당히 마시라고 주의를 줘야겠군.

15화 색즉시공

　그런 얘기를 나눈 다다음 날…… 아침 식사 후에 단련을 하고 있으려니, 덜컹덜컹 하고…… 정말로 귀한 내방객이 내 마을에 찾아왔다.

　"응? 오오!"

　무기상 아저씨가 마차를 타고 찾아온 것이다.

　광석 등을 운반하는 마차에 끼어 탄 느낌이었다.

　"여어! 형씨가 개척하고 있다는 마을을 구경하러 왔수다."

　무기상 아저씨는 마을의 모습으로 눈길을 돌린다.

　"이거 꽤나 개성적인 느낌으로 개척이 진행되고 있군 그래."

　바이오플랜트 밭이며 캠핑 플랜트, 그리고 마물 우리를 둘러보고 나서 그렇게 평가한다.

　"반박할 말을 찾을 수가 없네요."

　라프타리아가 약간 가시 돋친 목소리로 동의했다.

　"그게 바로 나오후미 님이시라구요! 라프타리아 씨도 이제 좀 인정하시는 게 좋다고 생각하는데요?"

　"아니, 그것도 좀 아닌 것 같은데. 그나저나 너는 왜 그렇게 시비조로 말하는 건데?"

　무기상 아저씨까지 이렇게 말하는 걸 보면, 내 개척이 이상하긴 이상한가 보군.

뭐, 바이오플랜트 밭도 그렇고 캠핑 플랜트도 그렇고, 이상한 면이 많아도 너무 많긴 하지.

특히 캠핑 플랜트가 진귀한 물건이라는 건 부정할 길이 없다.

내가 보기에도 메르로마르크의 다른 도시나 마을과는 동떨어진 광경이다.

막 저질러댔다는 건 나 스스로도 자각하고 있었지만, 이렇게 새삼 무기상 아저씨에게 지적당하고 보니 충격이 심하군.

"광석 채굴을 가다가 들린 거야?"

"뭐, 그것도 있지만 다른 용건도 있어."

그렇게 말하면서, 무기상 아저씨는 마차에 싣고 있던 보따리 속에서 옷 한 벌을 꺼내서 라프타리아에게 건넸다.

나는 그것이 무엇인지를 이해하고, 스스로의 눈이 초롱초롱 빛나고 있다는 걸 자각하면서 응시했다.

"왜 이런 걸 보면서 눈을 번뜩이시는 거예요?!"

옷을 건네받은 라프타리아 쪽은 기가 막힌다는 표정이다.

"오오……"

나는 라프타리아가 들고 있는…… 무녀복을 확인한다.

백호의 무녀복 · 속(俗)

방어력 상승 / 충격내성(소) / 참격내성(소) / 사성수의 힘 / 마력 방어 향상

속(俗)?

이건 뭐지? 그나저나, 예전에는 안력 스킬로 볼 수 없었는데?

"아, 능력치가 좀 낮은 것 같네요."

"그래?"

"네."

"미안하게 됐어. 그 이상은 안 되더라고."

"문제없어. 오히려 너무 잘 만들어서 감탄하던 참이야."

"제가 보기에는 그냥 평범한 갑옷이 나을 것 같은데요?"

보아하니 아저씨는 내 부탁을 듣고 여러모로 시행착오를 거듭했던 모양이다.

뭐, 이 세계는 키즈나 쪽 세계처럼 천의 방어효과를 끌어올리는 연구 같은 건 그다지 발달하지 않았으니까.

어느 정도 기술 유입이 된 덕분에 재현에 성공한 건가?

"형씨 부하 중에 재봉 도구를 쓰는 녀석이 있잖수? 그 녀석이 도와준 덕분에 진척을 봤다고 그러더구려."

세인 말인가? 무기상 아저씨를 소개시켜 준 기억은 없는데…….

그런 생각도 들었지만, 그러고 보면 세인은 항상 나를 감

시하고 있었지.

그리고 그 녀석은 재봉 도구의 권속기를 갖고 있다.

이세계의 기술 같은 걸 아저씨의 지인에게 가르쳐 줬다거나 하는 식일까.

"알았어. 그럼 라프타리아는 오늘부터 그걸 입도록."

"그 정열은 대체 어디에서 오는 건지……."

나는 히죽 하고 웃음을 짓는다.

"워낙 잘 어울리니까. 마을 사람들에게 보여주면, 녀석들도 납득할 거야."

"괜히 여쭤봤네요. 나 참……. 지금 입고 있는 갑옷이랑 성능 차이는 별로 없으니까, 뭐 상관없지만요."

"연구에 필요한 지원이라면 얼마든지 해 줄게. 그 외에 뭐 더 필요한 거 없어?"

나는 무기상 아저씨에게 무녀복 개발을 제안한다.

"나오후미 님? 제 말 듣고 계세요?"

무녀복을 든 채로 라프타리아가 항의해 왔다.

"듣고 있고말고. 일단 무녀복을 입고 마을 녀석들한테 보여줘 봐."

"그렇게 힘주어 말씀하실 것까지는……."

"나오후미 님에게 옷을 선물 받다니 어쩜 이렇게 부러울 수가!"

아트라가 뭔가 일렁거리는 질투의 아우라 같은 걸 뿜어낸다.

"필요 없다면 제가 가질게요."

"사이즈가 안 맞잖아요!"

"그래도 제가 입고 나오후미 님의 사랑을 쟁취하고 말겠어요."

"넌 또 무슨 소리를 하는 거야."

아트라의 열의에, 약간 황당할 지경이다.

"크윽……. 알았어요. 입으면 되잖아요."

라프타리아도 체념한 듯 옷을 갈아입으러 간다.

그리고 잠시 후, 라프타리아는 무녀복을 착용하고 돌아왔다.

"호오……."

아저씨도 마을 녀석들도, 하나같이 라프타리아를 응시하고 있다.

라프타리아는 뭔가 쑥스러운 듯, 도의 칼집을 양손으로 쥔 채 고개를 푹 숙이고 있다.

"이거 대단한데. 형씨가 한 말도 납득이 가는구려."

"라프타리아 끝내준다~! 뭔가 평소보다 더 멋있어 보여!"

키르가 라프타리아를 보며 의견을 늘어놓는다.

그렇지, 그렇지? 역시 라프타리아에게는 무녀복이 제일이라니까!

"멋있다니……."

"아니, 귀엽다고 해야지. 끝내준다!"

다들 하나같이 넋 나간 얼굴로 라프타리아를 쳐다보는 바람에, 라프타리아의 얼굴이 점점 더 붉게 달아오른다.

부끄러운 건가? 키즈나 쪽 세계에서는 그냥 일상적으로 입었었잖아.

"이것 참…… 그야말로 눈 호강이 따로 없군."

귀여운 딸이 설빔을 입은 모습을 보는 것 같은 기분이랄까, 라프타리아는 신기하리만치 무녀복이 잘 어울린다.

키즈나 쪽 세계에서 기모노나 *하카마 차림을 본 적도 있었지만, 역시 무녀복이 제일이다.

신기하리만치…… 마치 퍼즐 조각이 딱 들어맞는 것처럼 무녀복이 어울린다.

뭐랄까, 평소에 입고 있는 서양풍 의복이 어색하게 느껴질 만큼.

"그러니까 라프타리아는 앞으로 무녀복 차림으로 지내도록 해."

"왜 그렇게까지 집착하시는 건지는 이해가 안 가지만, 알았어요."

약간 한숨 섞인 말투로, 라프타리아도 수긍해 주었다.

"그래서? 아저씨는 이제 뭘 할 거지? 르모 종 녀석들에게 도움을 부탁하러 온 거라면 들어줄게."

"그거 좋지. 그럼 형씨의 호의에 좀 기대 볼까?"

---

* 하카마(袴) : 일본 전통옷의 하나. 주름이 잡힌 헐렁한 하의.

그렇게 라프타리아에게 무녀복을 입힌 우리는, 그날의 업무와 수행을 재개했다.

　더불어 에클레르가 영주로서의 업무에 죽는 소리를 하며 우리에게 도움을 요청해 왔기에, 이웃 도시로 도와주러 갔다.

　오늘은 아저씨가 마을에서 하룻밤 묵고 가기로 했고, 겸사겸사 마을 녀석들이 사용 중인 갑옷을 정비해 주겠다고 했다. 정말이지 여러모로 배포가 후한 아저씨에게 감사의 말밖에 나오지 않는다.

　날이 저물고…… 저녁 식사 시간이 되어 갈 무렵.

　"나오후미~. 나 왔어~."

　사디나가 마을로 돌아왔다.

　근해로 보내서, 인양업도 할 겸 식용 생선을 잡아오도록 주문했었던 것이다.

　오늘은 대량으로 잡았는지, 생선이 한가득 담긴 바구니를 짊어지고 있다.

　"생선 잡아왔어. 오늘은 화끈하게 먹어 보자구!"

　"아아 그래, 그래. 일단 생선구이부터——."

　그렇게 사디나가 잡아온 생선의 조리 방법에 대해 고민하며 얘기를 나누고 있으려니,

　"아, 사디나 언니, 어서 오——."

　세요, 라고 말하기도 전에, 털썩 하고, 사디나가 생선이 든 바구니를 떨어트린다.

"어이, 떨어트리지 마."

내가 주의를 주었지만, 사디나는 안중에도 없이 비틀비틀 라프타리아에게 다가가더니, 손을 뻗어서 옷을 벗기려고 든다.

"와앗, 왜 그러세요 사디나 언니?!"

"뭐 하는 거야, 이 술주정뱅이!"

"나오후미! 라프타리아한테 입힌 옷을 지금 당장 벗겨야 해!"

"무슨 말도 안 되는 소리야?! 왜 벗겨야 한다는 건데!"

기껏 만든 무녀복을 왜 벗겨야 한다는 건가.

라프타리아와 사디나가 실랑이를 벌이고 노예들이 수군거리기 시작한다.

"나, 나오후미, 괜찮겠어? 말려야 하려나?"

렌이 머뭇머뭇 내게 묻는다.

"글쎄. 어쨌거나 사람들 앞에서 라프타리아의 옷을 벗기려고 드는 정신 나간 녀석은 해치워야겠지."

그렇게 화를 내려 했을 때, 나는 사디나의 표정에 서린 절박감을 깨달았다.

"어이, 뭘 그렇게 허둥대는 거야. 사정을 설명해 봐."

"나오후미. 이 누나가 얘기했었지? 각오를 하라고."

응? 그러고 보니 그저께 밤에, 라프타리아와 결혼하려거든 각오를 하라고 사디나가 얘기했었지.

집안의 분쟁에 휘말릴 위험이 있다면서.

"그게 어쨌다는 건데?"

"다 관련이 있는 거니까, 빨리 이 옷을 벗겨야 한다구!"

"그, 그게 무슨 얘기예요?!"

뭐, 라프타리아는 그때 술에 만취해서 잠들어 있었으니까.

모르는 것도 무리는 아니다.

하지만, 라프타리아가 무녀복을 입는 게 그거랑 무슨 관계가 있다는 거지?

"알았어, 알았어. 라프타리아, 일단 갈아입고 와. 안 그러면 이 술주정뱅이 여자가 옷을 벗기려고 들 모양이니까."

"아, 알았어요."

그렇게 해서, 라프타리아는 다시 옷을 갈아입으러 갔다.

그리고 이제야 좀 얌전해진 사디나는, 라프타리아가 옷을 갈아입으러 간 집을 응시한다.

"도대체 왜 그러는 건데?"

"있잖아, 나오후미. 라프타리아에게 저 옷을 입힌다는 게 어떤 의미인지 아니?"

"몰라. 저건 이세계에서 가져온 우수한 장비를 개조한 물건일 뿐이라고."

그런 위험요소가 들어있는 물건이라는 소리는 들은 적도 없어!

사디나는 황당하다는 듯이 이마를 손으로 짚은 채, 평소의 그녀답지 않게 초조해하고 있다.

"나오후미, 그럼 설명해 줄게. 라프타리아에게 저 옷……을 입힌다는 건 말이지, 요전에 얘기했었던 것보다 더 무거운 의미가 있어. 그 나라에 있어서 왕위 계승의──."

사디나는 퍼뜩 놀라서 내달린다.

그리고 몇 초 후, 라프타리아가 옷을 갈아입으러 갔던 집에서 느닷없이 불길이 치솟는다.

"뭐, 뭐야?!"

"늦었나?!"

사디나가 곧바로 수인 형태로 변신해서, 재빨리 마법 영창에 들어간다.

"라프타리아!"

와르르 무너져 내리는 집에서, 여기저기 그을린 무녀복을 벗다 만 라프타리아가 뛰쳐나와서 도를 휘두른다.

뭔가 금속음이 울려 퍼지고…….

라프타리아를 향해서 뭔가가 날아들고 있다?!

시선을 집중해서 보니, 쿠나이 같기도 하고…… 쇠꼬챙이 같기도 한 무언가다.

뒤이어 어딘가에서 나타난 집단이 라프타리아를 향해 공격을 퍼붓고 있다.

"큭……."

칼날을 흘려보낸 라프타리아가 반격을 시도하지만, 상대는 종이 한 장 차이로 회피한다.

"······각오해라!"

불행 중 다행인 건, 라프타리아 쪽이 능력치가 더 높기에, 공격을 피하는 데는 문제가 없다는 점이랄까.

상대의 무기는 뭐지?

······소도(小刀)인가?

그 적이 라프타리아의 도를 받아내서 힘겨루기를 유도한 직후, 배후에 나타난 또 다른 적이 빈틈을 노리고 칼을 휘두른다.

하지만, 라프타리아는 재빨리 또 한 자루의 도를 뽑아서 막아낸다.

라프타리아에게는 이도류라는 스킬이 있으니까.

"순도(瞬刀)·하십자(霞十字)!"

있는 힘껏 스킬을 발동시켜서 떨쳐내 버리려고 했지만, 라프타리아의 도는 힘이 약간 부족했던 듯, 불꽃을 튀기는 데 그쳤다.

상대방도 상당한 실력자다.

"하앗!"

"소용없어요!"

라프타리아가 환각마법으로 상대의 눈을 속여서 공격을 회피한다.

서 있는 위치를 살짝 옮긴 것뿐이기에 상당히 아슬아슬해 보였다.

우리가 달려가는 얼마 안 되는 시간에 이런 맹공이 펼쳐지다니, 엄청난 베테랑들이잖아.

라프타리아는 권속기 소지자라고!

아무리 저주 때문에 능력이 저하돼 있다고 해도, 레벨 상한선이 100인 이 세계 녀석들에게 뒤처질 리가 없다.

그 정도 힘은 갖고 있을 것이다.

"에어스트 실드! 세컨드 실드! 유성방패!"

방어 일변도에 내몰려 있는 라프타리아를 보호하기 위해, 나는 황급히 앞으로 나섰다.

"드라이파 선더볼트!"

사디나의 마법이 완성되어 주위에 퍼부어지고, 숨어 있던 것으로 보이는 적이 모습을 드러낸다.

뭐, 뭐지? 사디나 같은 범고래 수인에 토끼 수인⋯⋯인가?

모두 닌자 같은 복장으로 나와 라프타리아, 그리고 사디나를 둘러싸고 있다.

"도대체 뭐 하는 놈들이야?"

아인들과 수인들이 라프타리아를 공격했다?

아인의 나라인 실트벨트며 실드프리덴 녀석들⋯⋯이라고 생각하기에는, 나를 상대로도 상당히 적의를 갖고 있는 것처럼 보인다.

"적인가?!"

"우와! 집이 불타고 있잖아! 형들이랑 같이 재건한 집이!"

"뀨아?!"

렌이며 키르, 그리고 마을 노예들, 더불어 마물들까지 수런거리기 시작한다.

"후에에에에! 이츠키 님! 응전해요!"

"알았어요."

물론 리시아와 이츠키도 달려온다.

"뭐야, 뭐야?!"

"도대체 무슨 일이 벌어진 거죠?"

포울과 아트라도 갑작스러운 사태에 놀라고 있다.

이렇게 많은 머릿수가 있는 와중에도, 적은 철수할 기색을 보이지 않는다.

적들은 적들대로, 말없이 서로 시선을 교환한다.

"천명 계승을 내팽개친 자의 딸이여……. 그 선언, 우리 나라는 똑똑히 보았다! 우리도 온 힘을 다해 네 천명 계승을 저지하겠다! 각오하라!"

"뭐야?!"

무슨 소리를 하는 거야? 나는 라프타리아에게 시선을 옮긴다.

"무슨 소리를 하시는 거예요? 저는 그런 선언 같은 거 한 적 없어요!"

"나오후미, 라프타리아, 이미 늦었어. 그 애들은, 너희 얘기에 귀 기울이지 않을 테니까."

그때 사디나가 날카로운 눈매로 살기를 내뿜고는, 갑작스레 나타난 닌자풍 적 집단에게 작살을 겨눈다.

……뭐지? 적들 가운데, 사디나와 쏙 빼닮은 모습을 한 범고래 수인들이 제법 섞여 있다.

그리고 요전에 했던 얘기…….

불길한 예감이 내 뇌리를 스친다.

"어떻게 된 거야?"

"있잖아, 나오후미. 라프타리아한테 입혔던 저 옷, 이름은 무녀복이라고 그랬었나? 가장 큰 원인은 저거야. 그건 알겠지?"

뭐, 사디나의 반응을 보면 어렴풋이 알 것 같긴 하지만.

도대체 어떤 경위로 습격을 당한 건지는 모르겠지만, 사디나의 얘기로 미루어 보아, 라프타리아의 출생 같은 것과 관계가 있을 것 같다.

"라프타리아에게 있어서는, 저 옷은 다른 의미를 갖게 된단 얘기야."

"그 정도는 나도 짐작할 수 있어. 이유를 제대로 설명해 달라고."

"정령구(精靈具) 소지자인가……. 감사무기(監査武器) 발도 허가! 전직 수룡의 무녀는 너희가 처리하도록!"

"""하앗!"""

챙 하고 저마다…… 뭐지? 파르스름한 불꽃과도 같은 에너지를 휘감은 무기를, 각 적들이 일제히 꺼내서 겨눈다.

"사정을 물어볼 여유는 없겠군. 일단 격퇴부터 하자."

사디나의 동족으로 보이는 범고래 녀석들이, 사디나가 움직이기도 전에 있는 힘껏…… 봉을 내지른다.

상당히 강력한 공격이었던 듯, 사디나는 엄청나게 멀리 나가떨어져서 낭떠러지 쪽으로 날아갔고……. 적들은 그런 사디나에게 다시 달려들어서, 동귀어진이라도 하겠다는 듯 붙잡고 바다로 떨어졌다.

"사디나 언니!"

라프타리아의 절규에 답하듯이 적이 무기를 휘두른다.

"……하앗!"

거대한 망치를 휘두르는 선봉의 공격을, 내가 막아낸다.

속도는 상당히 빠르다. 최선을 다한…… 제르토블에서 맞붙었을 당시 사디나의 공격과 비슷한 속도다.

경계해야 할 것은 방어 비례 공격, 혹은 방어 무효 공격인데, 상대가 그 공격을 보유하고 있는지는 불명.

그런 생각에 유성방패로 막아내려 했지만, 와장창 하고, 마치 설탕 세공품이 박살나듯이 손쉽게 파괴되고 말았다.

뭐야 이거? 내 유성방패가 이렇게 손쉽게 격파된다는 게 말이 되는 건가……?

마룡이나 용사라면 그래도 이해가 가지만, 이들은 보아하니 그저 평범한 이세계인들이다.

게다가 부서지는 형태가 지금까지와는 조금 다른 것 같은 느낌이 든다.

뭐랄까…… 유성방패의 결계가 무효화된 것처럼, 맥없이 파괴돼 버린 것이다.

"큭!"

적의 측면 공격을 방패 본체로 막아낸다. 그 단순한 공격에도 쩍 하는 충격이 팔에 전해진다.

대미지는 없다. 방어 비례 공격도, 방어 무시 공격도 아니다.

그런데도 내 유성방패를 손쉽게 파괴했다고?

게다가 현재 장비하고 있는 마룡 방패의 반격효과가 발동하지 않는다.

최근에 장착한 액세서리를 통한 반사 역시 마찬가지다. 아무런 효과도 작동하지 않는다.

"나오후미 님!"

내 배후에 있는 라프타리아에게 다른 적이 덮쳐든다.

젠장!

드리트 실드!

라프타리아를 보호하기 위해 세 번째 방패를 출현시킨다.

"소용없어."

라프타리아에게 덮쳐들려는 적은…… 소드 브레이커 타입의 단검을 사용하고 있다.

새로 출현시킨 방패 역시 퍽 하고 손쉽게 쪼개진다.

용맥법을 습득한 덕분에 어렴풋이나마 마법에 대한 감각이 예전보다 예민해져서, 나도 이제 마법에 의한 능력 저하 등을 감지할 수 있을 만큼의 감각 정도는 갖게 됐다.

혹시나 싶어서 자신의 능력을 확인한다.

……능력 저하 계통의 마법에 걸려 있는 것 같지는 않다.

그 말인즉슨, 단순한 위력으로 내 방어를 돌파했다는…… 건가?

하지만 능력 면에서는 우리가 앞서고 있다.

"형을 보호해!"

"잠깐! 너희, 조심해!"

나의 제지를 뿌리치고, 키르와 노예들이 우르르 끼어든다.

이러다가는 마을 녀석들 중에 사망자가 발생한다!

하지만 그런 내 우려와는 달리 모두 요령껏 연대해 가면서 싸우고 있는 듯, 키르를 비롯한 노예들도 적에게 큰 빈틈은 보이지 않고 있다. 그 모습을 보고, 하다못해 조금이라도 피해를 감소시키기 위해 쯔바이트 아우라를 영창한다.

적들 측에도 상당한 숙련자가 있는 것 같지만, 인원은 이쪽이 더 많은 상태……. 그래서인지 적들도 좀처럼 공략법을 찾지 못하고 있는 것 같다.

하지만, 문제는 그게 아니다.

힘겨루기를 벌이고 있는 키르와 노예들의 무기가 적을 베지 못했다는 점이다.

"나오후미! 큭……."

접근하려는 렌과 리시아 등을 차단하듯, 적들이 막아선다.

"렌! 이츠키라도 상관없어! 지원을 부탁한다!"

"알았어요!"

"나오후미, 버텨야 해!"

렌과 이츠키가 각각 스킬을 내쏜다.

"헌드레드 소드!"

"애로우 레인!"

나는 거기에 맞춰서 상대방을 밀쳐내고, 방패를 위로 들어 올린다.

"유성방패!"

결계를 생성해서, 렌과 이츠키의 지원 사격으로부터 라프타리아와 사디나를 보호하듯 방어태세를 취한다.

"큭……."

우리를 둘러싼 적은, 신음하면서 각자의 무기로 렌과 이츠키의 스킬을 요격해 나간다.

뭐 저런 무기가 다 있어?! 아니, 애초에 도대체 정체가 뭐냐? 이 녀석들은!

"이 자식들, 무슨 꿍꿍이냐!"

렌이 고함치면서 적을 향해 검을 휘둘렀지만, 역시 결정타가 되기에는 부족했다.

아니…… 스테이터스 면만 따지자면 약간 웃돌고 있다.

하지만 적들은 사슬갑옷 같은 걸 옷 속에 착용하고 있는 듯, 분명히 검이 적중했는데도 녀석들의 방어는 돌파되지 않는다.

"뭐야, 이놈들은?!"

"내게 맡──스파이더 네트!"

그때 스윽 하고 세인이 모습을 드러내서, 일대에 거미줄을 친다.

예상치 못한 복병이 자아낸 실이 몸을 옭아매는 바람에, 적들의 동작이 둔해진다. 그것이 승부를 갈랐다.

"갑니다! 순도 · 하십자!"

"하아아아아아아아아아아아아!"

"가요, 이츠키 님!"

"네."

내 동료들 가운데 전투력이 높은 녀석들이 그 약간의 틈을 찔러서 공격을 퍼부었다.

"큭……. 하지만, 여기서 물러설 수는 없다!"

"무슨 갑옷이 이렇게 튼튼한 거냐."

"그러게 말이에요……."

라프타리아와 렌, 이츠키의 공격에 의해, 가까스로 상대의 갑옷과 사슬갑옷을 돌파해서 벨 수 있었지만, 그럼에도 치명상과는 거리가 멀다.

섬뜩하리만치 숙련도 높은 연대 작전과 세련된 움직임에 의한 군더더기 없는 공격.

스테이터스는 우리 쪽이 높지만, 기술적인 면에서는 밀리고 있잖아.

"큭⋯⋯."

"앵천명석(櫻天命石) 설치 허가를!"

"이번 작전에서는 가져오지 않았다! 옥쇄를 각오하고 싸워라!"

"""" 핫!""""

이 대사로 미루어 보아, 이것 말고도 숨겨둔 카드가 더 있는 모양이군.

하지만, 지금은 그런 걸 신경 쓸 때가 아니다!

"거치적거려요!"

아트라가 빈틈을 찔러서 적의 품에 주먹을 꽂아 넣는다.

"으윽!"

응? 아트라의 공격에 상대의 방어가 격파됐잖아?

한편, 렌과 이츠키는 공격이 통하지 않는다고 투덜대고 있었다.

라프타리아, 렌, 이츠키의 공격은 잘 안 통한다. 내 스킬은 손쉽게 격파당했다.

뭔가 공통점이 있다.

──용사인가?

하지만, 그걸 생각하기 전에 먼저 해야 할 일이 있다.

좌우간, 지금은 이렇게 움직임이 좋은 적을 상대하고 있는 것이다.

세인이 만든 실은 이미 끊어져서, 효과가 사라진 상태다.

적을 척척 해치울 수 있는 방법이 뭐 없을까?

"라프타리아!"

도 아니면 모다! 나는 의식을 집중하도록 라프타리아에게 눈짓으로 신호를 보낸다.

꾸벅 고개를 끄덕인 라프타리아에게 등을 맡기는 형세로, 전방에서 상대의 공격을 막아내며 마법 영창에 들어갔다.

즉흥적인 전략. 내가 원하는 것은 단지 이 자리에서…… 라프타리아의 주특기인 환각으로 적들을 현혹시키는 것.

그에 호응하듯이 퍼즐 조각의 형태가 시야에 떠오른다.

"할 수 있겠어, 라프타리아?"

"노력해 볼게요!"

내가 영창하는 바탕 마법은 아우라가 아닌 가드……. 진작 익혀 두긴 했지만, 아우라를 습득한 뒤로는 전투에서 사용하지 않게 된 지원마법이다.

라프타리아는 처음 써 보는 합창마법에 당황했지만, 나보다 이해력이 빠른 건지, 허둥대는 와중에도 성공적으로 조합해 내고 있다.

『두 개의 힘, 적을 현혹하는 환각의 힘을 담아, 패배의 운명을 뒤집고 승리의 미래를 자아내는 힘을……!』

좋아! 영창이 성공적으로 이루어졌다.

어째서일까. 라프타리아와 힘을 합칠 때가, 사디나와 함께 마법을 영창할 때보다 빨리 완성되는 것 같은 느낌이다.

물론, 내가 영창한 마법 자체의 난이도가 낮다는 점도 영향이 있겠지만.

어쨌든 해 보는 수밖에!

마법을 영창하면서 적의 맹공을 막아낸다.

최근 들어 아트라나 라프타리아와 함께 훈련을 해 왔던 것이 효과를 발휘한다.

아트라의 본능적인 맹공에 비하면, 움직임은 좋지만 형태가 고정되어 있는 적의 공격은 대처하기 쉽다.

그리고 마법 형성이 끝난다.

『용맥이여. 우리의 바람을 들으라. 힘의 근원인 우리가 원한다. 다시금 이치를 깨우쳐, 내 적을 현혹하는 환상을 보여라!』

““색즉시공!””

타깃 마크가 내 시야에 떠오른다.

그것은 내가 적으로 인식한 모든 대상에게 작동하는 모양이었다.

주저하지 않고, 재빨리 발동시킨다.

팟! 하는 소리와 함께, 나와 라프타리아가 영창한 마법이

이 자리에 있던 모든 적들에게 걸렸다!

"하앗!"

공격하던 적이 크게 헛손질을 하면서 엉뚱한 방향으로 이동해 간다.

어렴풋하게나마, 우리의 환상이 적들과 선전을 펼치고 있는 모양이다.

"뭐, 뭐지?!"

"합창마법을 영창했어. 잠시 동안, 이 녀석들은 빈틈투성이야!"

"아마 환각을 통해서 오감을 현혹시키는 데 성공한 모양이에요. 그래도 조심하셔야 해요! 아무래도 공격이 명중하면 풀리는 것 같고, 그렇지 않더라도 금방 간파해 낼 수 있을 테니까요!"

"그럼 어떻게 해야 하는데?!"

"효과 시간도 그다지 길지 않아요……. 지금 할 일은……."

라프타리아는 그렇게 말하고…… 눈에 익은 자세를 취한다.

"적들은 아무래도, 스킬 등을 통한 공격에 대해서 강력한 내성을 갖고 있는 것 같아요. 그 점은 나오후미 님과 다른 용사 분들도 느끼고 계시겠죠."

"하긴."

"렌 씨와 이츠키 씨도 힘을 실어서…… 이 빈틈을 최대한으로 활용해 주세요."

"알았어!"

"네."

"후에에에……."

"타이밍을 절대 놓치지 마."

나는 사정거리 안에 있는 녀석들 가운데 능력이 높은 녀석들을 우선시해 가면서, 아우라를 걸어 준다.

시간으로 따지면 아마 채 1분도 되지 않았으리라.

라프타리아는 마력 충전을 마치고 렌과 이츠키, 그리고 마을 녀석들에게 신호를 보낸다.

"유성검!"

"이글 피어싱 샷!"

렌과 이츠키를 필두로, 다들 저마다가 가진 스킬이며 큰 기술을 적에게 퍼붓는다.

아트라는…… 퍽 하고 적의 가슴에 주먹을 꽂아 넣는다.

하지만, 살기를 감지한 건지 전투 경험 덕분인지, 적들은 곧바로 방어 자세를 취했다.

"갑니다! 하아아아아아아아아!"

라프타리아가 휘두른 도의 칼날이 번뜩이고, 스킬이 아닌…… 일격이 일대에 전개된다.

"팔극진, 천명검!"

무시무시한 기세의 발도 공격이었지만, 동료들은 다들 미리 예측하고 있었는지, 몸을 숙여서 라프타리아의 일격을 회피했다.

현혹된 상태로 서 있던 녀석들 대부분에게 팟 하는 빛줄기가 명중하고, 그 자리에서 음양의 문양이 나타나며 그들을 날려 버렸다.

""끄아아아아아아아아아?!""

예상치 못한 일격에 당한 적들은 모두 전투불능 상태가 되었다.

"……마력과 기를 이용한 동시 공격이라니. 나오후미 님의 검이라 자처하는 것도 완전 헛소리는 아니었네요. 저도 지지 않을 거예요."

아트라가 그렇게 분석하며 쓰러진 적을 짓밟은 채 라프타리아에게 승리의 포즈를 선보인다.

그와 거의 같은 순간이었을까.

해안에 굵직한 번개가 수없이 내리꽂히고, 수면에서 사디나가 뛰쳐나왔다.

"나 원 참……. 이 정도로 이 누나를 막을 수 있을 거라고 생각했다가는 오산이라구."

"무지 강했어, 이 사람들."

흥분한 기색의 키르가, 쓰러져 있는 적을 단검 칼집으로 쿡쿡 찌른다.

"어머나~? 나오후미가 지켜준 거니?"

"일단은. 하지만 마무리는 라프타리아가 해 줬어."

"괴, 굉장하더군."

"네. 그런데 이분들에게는 저희의 무기나 스킬이 잘 안 통하는 것 같던데요……? 통하기는 하는…… 건가요?"

이츠키는 여전히 갈팡질팡하고 있군.

"가능하면 취조해 봤으면 좋겠는데."

그런 생각에, 나는 고꾸라져 있는 적을 걷어차서 뒤집는다.

녀석은 별안간 눈을 확 부릅뜨고 일어나려 했으므로, 있는 힘껏 짓밟는다.

"전투를 속개할 생각은 접는 게 좋을걸? 자, 순순히 자백하시지."

"홋! 네놈들에게 할 얘기 따위는…… 없다!"

그렇게 대꾸하는 동시에, 내가 짓밟고 있던 녀석을 비롯해서, 그 자리에 있던 자들의 몸에서 빛이 흘러나온다.

"천명의 계승을 내팽개친 자의 딸이여. 우리는 너의 선전 포고를 확실히 받아들였다. 이미 보고대를 국가로 보낸 상태다! 앞으로 우리 나라에서 잇따라 자객들이 찾아오겠지. 안온한 나날을 맞이할 수 있을 거란 생각은 꿈에도 하지 마라! 하하하하하!"

"나오후미!"

"모, 모두 물러서!"

"천명님께 영광 있으라!"

내 지시를 받은 동료들이 쓰러진 적들에게서 거리를 벌린 것과 거의 동시에, 적은 자폭해서 날아가 버렸다.

"패배와 동시에 자폭……? 뭐야, 이놈들은."

그나저나 무지하게 징그럽잖아.

시체가 산산조각이 나 있고 피비린내가 진동한다. 화약 냄새도 나고.

이걸 청소해야 하는 사람 입장도 생각 좀 하란 말이다! 젠장! 게다가 건물에까지 불이 붙어 있잖아.

"일단 서둘러서 불부터 꺼! 피해를 최소한으로 억제해야 해!"

그렇게 전투를 마친 우리는, 먼저 건물의 진화작업을 마치고 나서 다시 모였다.

다행히 진화작업은 금방 끝났다.

애초에 캠핑 플랜트는 식물이라서 잘 안 탄단 말이지.

부서진다 해도 대체품은 얼마든지 있다.

그런 생각을 하고 있으려니,

"이, 이 무기는……."

무기상 아저씨가, 적이 들고 있던…… 자폭 때문에 망가져 버린 무기를 조사하다가 말문이 턱 박혀 있었다.

"왜 그래?"

"아, 아니. 아무것도 아니우."

"그래?"

아저씨의 분위기가 어째 좀 이상하다. 뭐, 얘기해 주지 않는다면 어쩔 수 없지.

"미안하게 됐어. 모처럼 마을에 와 줬는데, 오자마자 이런 사건에 말려들게 해서."

우리와는 약간 떨어져 있었지만, 무기상 아저씨도 선전을 펼쳐 주었었다.

고마운 걸 넘어서 미안해해야 할 상황이다.

"신경 쓸 것 없수. 그런데 형씨, 이 무기를 조금 더 조사해 보게 해 주면 안 될까?"

"응? 그래, 묘한 능력을 갖고 있었던 것 같으니, 조사해 준다면 나야 좋지."

용사의 힘에 대해서, 묘하게 효과를 발휘하는 것 같았다.

아저씨가 조사해서 수수께끼를 풀어 주기를 기대해 봐야겠군.

"그럼 사디나, 이유를 설명해 주지 않겠어?"

"그래. 마침 나오후미한테 설명하려고 했을 때 훼방꾼이 나타났었으니까. 어차피 더 감출 수도 없을 것 같구."

아인 형태로 돌아온 사디나는 체념한 듯 가볍게 어깨를 으쓱거리며 대답한다.

"지금까지 숨기고 있었지만, 라프타리아는 어떤 나라 의…… 이 나라로 따지자면 왕의 혈족이야."

"네?!"

라프타리아가 놀란 듯 자기 자신을 가리킨다.

"그랬었군. 나오후미의 동료인 라프타리아가……."

"놀랍네요……. 그렇죠, 리시아 씨?"

"아, 네, 이츠키 님."

그렇게, 그 자리에 있던 자들이 술렁술렁 동요하기 시작한다.

"그렇게 놀라실 것도 없어요."

그때 입을 연 것은 아트라.

무슨 소리지? 혹시 라프타리아의 고귀한 부분이라도 느껴 왔었던 건가?

"저에게 있어서 라프타리아 씨가 저의 나오후미 님 독점을 방해하는 장애물이라는 점은 변함이 없는걸요."

아, 뭔가 황당해하는 녀석들이 다수. 나도 황당하다.

"너도 참 어지간하군."

생각해 보면 포울과 아트라도 쓰레기의 친척이면서 실트벨트 우두머리의 혈족이니, 왕족 같은 거라 할 수 있겠지.

"본론으로 돌아가지. 그래서? 그거랑 무녀복이 무슨 상관이 있는 거지?"

사디나는 곤혹스러운 표정으로 무녀복 차림의 라프타리아를 응시하다가, 머리를 빗어 정돈하며 시선을 내게로 향했다.

"알았어. 아까 싸웠던 애들이 '천명님'이라고 했던 건, 임금님 같은 지위라고 생각하면 돼."

"그래."

"나오후미가 무녀복이라고 부르는 옷은 말이지, 라프타리아의 부모님이 계시던 나라…… 쿠텐로라는 나라에서는 오직 여성 천명님만이 입을 수 있는 의상이야."

……아아, 그런 거였군.

렌도 이츠키도 리시아도, 아트라며 포울이며 이 자리에 있던 모든 자들 모두가 어렴풋이 깨달았다.

"한마디로, 무녀복이 이상하리만치 잘 어울렸던 건, 종족 면에서도 어울리는 게 당연한 거였다는 거군. 게다가 그걸 입는다는 건, 자신이 왕이라는 걸 뜻한다는 거고."

"맞아~."

"그리고 라프타리아의 아버지는 왕이 되는 게 싫어서, 왕족의 권리를 내팽개치고 사랑의 도피를 해서 메르로마르크에 온 거겠지."

사디나는 연신 고개를 끄덕인다.

"그 나라 녀석들 입장에서 생각하면, 변경에서 아인의 신이라 불리는 방패 용사의 부하 노릇을 하고 있는 라프타리아가 왕족의 옷을 입고 있는 셈이 되겠지. 이건 왕이 될 뜻을 드러낸 거다, 우리 나라에 대한 선전포고다, 그러니까 목숨을 내놔라…… 이런 식인가?"

"나오후미. 눈치가 엄청나게 좋은걸. 이 누나도 놀랐지 뭐야."

"몰랐던 거냐! 게다가, 보고를 받은 그 나라는 라프타리 아에게 끊임없이 자객을 보낼 거라고 그러기까지 했잖아!"

미치겠네! 왜 이런 성가신 문제가 나한테로 흘러 들어오 는 거냐!

이제야 렌과 이츠키와 모토야스에게 강화 방법을 공유시 키는 데 성공했구나 싶었건만……. 뭐, 모토야스는 소식이 끊긴 상태지만.

이제 용사들의 저주를 풀고 냉큼 칠성용사라는 녀석들을 만나 볼까 하던 참이었는데!

정신 나간 짓은 작작 좀 벌이란 말이다!

"이 누나는, 자극하지만 않으면 괜찮을 거라고 생각했었 어. 설마 나오후미가 그 옷을 라프타리아한테 입힐 거라고 는 생각도 못했었는걸."

큭……. 일이 왜 이따위로 돌아가는 거냐.

귀여운 딸의 화사한 모습을 보며 눈호강이나 좀 하려던 것뿐이었는데! 젠장!

"그나저나 사다나. 가끔씩 아무도 없는 곳을 쳐다보고 있 었던 건, 저 녀석들이 숨어있다는 걸 감지해서 그런 거였군."

"맞아. 독자적인 은폐기술을 갖고 있어서, 나도 찾아내느 라 고생했다구."

"감시는 언제부터 붙어 있었지?"

내 질문에, 사디나는 약간 심란한 눈매로 대답한다.

"라프타리아의 부모님이 나라를 떠난 이후로, 계속."

"그렇군."

그 말인즉슨 아까 우리가 싸웠던 녀석들은, 이 마을이 파도에 휘말려서 피해를 입고, 라프타리아의 부모님이 죽었을 때도, 라프타리아가 죽음의 위기에 처해 가며 노예생활을 겪고 있을 때도, 구해주지도 않은 채 지켜보고 있었다는 말이 된다.

요컨대 자기 나라 왕족에 관한 문제 이외의 일에는 관심이 없었다는 얘기다.

부모를 잃고 슬퍼하는 라프타리아를 보면서도, 노예가 되어 채찍질 당하는 라프타리아를 보면서도, 그러다가 용사에게 사역되고, 그 후에도 나 때문에 온갖 고생을 하는 모습을 보면서도 말이다.

천명님 좋아하시네! 그 천명의 일족을 소홀히 대하는 주제에 헛소리는 좀 작작 하시지.

계속 감시하고 있었다니 속이 뒤집힌단 말이다!

"후……후후후후후후후후후후후후후후후."

"나, 나오후미 님? 저기……."

"배짱 한 번 두둑한 놈들이군. 녀석들이 라프타리아의 목숨을 노리고 쳐들어오겠다면, 그에 걸맞은 대가를 치르게 해 주지. 사디나, 요전에 나보고 나라 하나를 멸망시킬 각오를 하라고 했었지? 그거 좋지. 네가 했던 그 말, 받아 주겠어. 그 나라를…… 내가 이 발로 직접 짓밟아 주지!"

"어머나~."

왜 그런 황홀한 표정을 짓는 거냐!

"할 거냐?"

렌의 물음에, 나는 힘차게 고개를 끄덕인다.

"그래. 나는 이런 더러운 장난질을 하는 녀석은 질색이라고. 너도 알잖아?"

"그야…… 뭐. 한 번 당한 건 되갚아줘야지. 이 문제를 이대로 방치하다간 지저분한 일만 더 생겨날 것 같으니까."

"모든 건 다 나오후미 씨가 라프타리아 씨에게 무녀복을 입히는 바람에——우읍."

이츠키를 쏘아보니, 리시아가 이츠키의 입을 틀어막고 있다.

흥. 지금은 분노를 퍼부을 방향이 따로 있으니 한번 봐주마.

그 대신…… 녀석들에게 죗값을 치르게 해줄 수 있도록 강해지라고.

풀이 죽은 듯 어깨를 축 늘어뜨리고 있는 라프타리아에게로 시선을 돌린다.

"싫어?"

"아뇨……. 계속 물고 늘어질 것 같으니까, 저도 대응하는 게 옳다고 생각해요. 저기, 면목이 없네요."

"아니, 라프타리아에게 무녀복을 입히기 위한 통과점이라면 어쩔 수 없지. 어차피 피해 갈 수 없는 장애물이라면…… 온 힘을 다해 뚫고 가는 수밖에."

그렇다.

쓰레기 같은 놈들이 내가 개척한 마을로 쳐들어온다면, 응전하는 수밖에 없다.

이건 절대로 피할 수 없는 싸움이다.

적이 오기를 두려워하고만 있느니, 적에게 한 방 먹여 주는 게 낫다!

아니, 한 방 정도가 아니라 백 배로 되갚아주고 말겠다.

"방침이 정해졌으니 바로 행동에 들어가지. 사디나, 적의 위치를 가르쳐 줘."

"알았어."

이렇게 해서 우리는, 라프타리아의 출생과 관련된 나라, 쇄국정책을 펴는 나라인 쿠텐로로 쳐들어가기로 결의했다.

방패 용사 성공담 12

2016년 01월 19일 제1판 인쇄
2019년 02월 14일 3쇄 발행

지음 아네코 유사기 | **일러스트** 미나미 세이라 | **옮김** 박용국

펴낸이 임광순 | **제작 디자인팀장** 오태철

편집부 황건수 · 신채윤 · 이병건 · 이홍재 · 김호민
디자인팀 한혜빈 · 김태원
국제팀 노석진 · 엄태진

펴낸곳 영상출판미디어(주)
등록번호 제 2002-000003호
주소 21311 인천광역시 부평구 평천로 132 (청천동)
전화 032-505-2973(代) | **FAX** 032-505-2982

ISBN 979-11-319-3899-7
ISBN 979-11-319-0033-8 (세트)

Tate no yuusha no nariagari 12
ⓒ Tate no yuusha no nariagari by Aneko Yusagi
First published in Japan in 2015 by KADOKAWA CORPORATION, Tokyo.
Korean translation rights arranged with KADOKAWA CORPORATION, Tokyo.